Oh Älble, sei rau!

Bernd Weiler wurde 1959 in Eislingen/Fils am Albtrauf geboren und studierte Germanistik und Anglistik, um dann als freier Redakteur und Autor im Bereich Reise und Natur zu arbeiten. Derzeit ist er als Hausmann, freier Lektor und Autor tätig. Er hat mehrere Regiokrimis veröffentlicht, die beiden Pfenningen-Krimis »Leberkäsweckle« und »Butterbrezel« und eine Bodensee-Krimireihe mit der Kommissarin Kim Lorenz. »Oh Älble, sei rau!« ist sein erster Krimi mit Hauptkommissar Christian Schoch. Er lebt mit seiner fünfköpfigen Familie in Pfullingen.

Dieses Buch ist ein Roman. Handlungen und Personen sind frei erfunden. Ähnlichkeiten mit lebenden oder toten Personen sind nicht gewollt und rein zufällig. Ausnahmen werden im Nachwort erwähnt.

BERND WEILER

Oh Älble, sei rau!

KRIMINALROMAN

emons:

Bibliografische Information der Deutschen Nationalbibliothek
Die Deutsche Nationalbibliothek verzeichnet diese Publikation in der Deutschen Nationalbibliografie; detaillierte bibliografische Daten sind im Internet über http://dnb.d-nb.de abrufbar.

Umschlagmotiv: © mauritius images/imageBROKER/Markus Lange
Umschlaggestaltung: Tobias Doetsch
Gestaltung Innenteil: César Satz & Grafik GmbH, Köln
Lektorat: Susann Säuberlich, Neubiberg
Druck und Bindung: CPI – Clausen & Bosse, Leck
Printed in Germany 2016
ISBN 978-3-95451-743-5
Originalausgabe

Für Franka, Lotta und Moritz

Alb, Schwäbische

Wo bist du? Alb
in sanften Hügeln
schroffen Felsen
mit tiefen Höhlen
endlosen Waldrändern?

Bist das du, Alb?
durchaus mal plätschernd
gefährlich hoch
am alten Wacholder
farbenfroh, zuzeiten.

Wie deine Menschen
tiefe Augen, große Herzen
wenig Worte, aber wenn
ehrlich, gradeheraus
wie du.

Bernd Weiler

Ein spätes Frühstück. So hatte sie sich das gedacht. Er wusste wohl, warum Sabine auf diese glorreiche Idee gekommen war. Hier hatten sie sich zu ihrem ersten Ausflug damals getroffen. Damals, das war jetzt gerade mal eineinhalb Jahre her. So lange waren sie zusammen gewesen. Gewesen.

Christian Schoch hatte es gespürt, aber nicht wahrhaben wollen. Als sie ihn angerufen hatte, war aus einer Ahnung eine Gewissheit geworden. Aber trotz alledem war er zuversichtlich nach Zwiefalten gefahren. Und weil er einiges zu früh dran gewesen war, hatte er sich das Münster in all seiner barocken Pracht von innen angesehen. Ob das allerdings die richtige Einstimmung gewesen war, da war er sich hinterher nicht mehr so sicher.

Jedenfalls war sie gekommen. Sie hatten an diesem herrlichen Maitag genau den Spaziergang wiederholt, mit dem die ganze Sache damals angefangen hatte. Er erinnerte sich noch genau. Obwohl sie längstens keine Teenager mehr gewesen waren, waren sie Hand in Hand entlang des plätschernden Baches gewandert. Da war es noch diese Verzauberung gewesen, dieses Entdecken und Entdecktwerden, dieses Spüren und Gespürtwerden. So anders waren sie heute durchs Tal gegangen. So vollkommen anders.

»Möchtest du ein komplettes Frühstück? Ich glaube, mir reicht ein Kännchen Kaffee.« Sabine schaute ihn mit ihren dunklen Augen fragend an.

Christian Schoch lehnte sich in seinem Stuhl zurück. Sein Blick wich ihr aus. Es war gut, dass am späten Vormittag erst wenige Tische auf der Terrasse besetzt waren. Irgendwie wäre es ihm peinlich gewesen, bei ihrem Gespräch jemanden am Nebentisch mithören zu lassen. Er wandte sich ihr wieder zu.

»So ähnlich hast du damals auch gefragt«, sagte er.

»Und?«

»Ich nehm auch ein Kännchen und ein Stück Apfelkuchen.«

»Okay.«

Er winkte der jungen Frau, die auf der Terrasse bediente und abwartend an der Hauswand gelehnt hatte. Sie klemmte sich zwei Speisekarten unter den Arm und schlenderte gemütlichen Schrittes an ihren Tisch.

»Bitte?«, fragte sie mürrisch.

Christian Schoch ließ sich Zeit. Schließlich bestellte er zwei Kännchen Kaffee und ein Stück Kuchen. Die Bedienung nickte und drehte sich um.

»Danke«, sagte er, war sich aber nicht sicher, ob sie das noch gehört hatte.

»Okay«, hatte Sabine gesagt. Das war etwas an ihr, das ihm immer mehr auf die Nerven gegangen war. Dieses »Okay«. Bei jeder nur möglichen Gelegenheit benutzte sie dieses Wort. Er fand, es passte nicht mehr. Ein solches »Okay« benutzte man mit sechzehn und hatte dabei, ganz wichtig, einen Kaugummi im Mund.

Sie lächelte ihn an. »Erinnerst du dich?«

»Wieso nicht?«

»Es war schön, es war eine schöne Zeit.«

»Das freut mich für dich«, sagte er mürrisch. Er sah keinen Anlass, hier den Gutgelaunten zu geben. Schließlich hatte er sich von Stuttgart her den Weg gemacht. Das war eine ganz schöne Strecke über die Fildern nach Reutlingen und auf die Alb hinauf. Dieses blöde Lichtenstein mit der neuen Dreißigerzone. Hatten ihn mal wieder erwischt, die Kollegen. Aber was soll's, hatte er gedacht, fünfzehn Euro in die Staatskasse. Schließlich wurde er aus dieser Kasse ja auch bezahlt.

Eine schöne Zeit. Er fragte sich, ob man das sagen konnte. Es war eine gute Zeit gewesen. Sie hatten miteinander geschlafen, gelacht und viele Ausflüge gemacht. Aber sie waren immer nur zu zweit unterwegs gewesen. Das hatte ihn mit der Zeit schon gestört. Er hatte niemanden aus ihrem Freundeskreis kennengelernt. Sie hatte sich für seine Freunde nicht interessiert. So konnte eine Beziehung eben nicht funktionieren. Sie in ihrem Freundeskreis, er in seinem.

Ist es das gewesen, was von Anfang an gefehlt hat?, fragte er sich. Vielleicht.

»Hast du gerade einen neuen Fall?«, unterbrach Sabine seine Gedanken.

Er schaute auf. Sie warf mit einem leichten Wischer ihre blonden Locken nach hinten. Das hatte er an ihr geliebt. Besonders am Morgen, wenn sie aufwachte und die verwuschelte Mähne aus dem Gesicht strich. Das werde ich am meisten vermissen, dachte er.

»Im Augenblick nicht. Bin ja erst befördert worden. Ist noch nicht klar, wohin ich komme.«

Diese Entscheidung stand aus. Er war gespannt, wie es für ihn weitergehen würde. Hoffentlich verschlug es ihn nicht in irgendeine abgelegene Stadt. Es war alles möglich. Jedenfalls würde er nach dem Abschied von Sabine auch für sich einen Schnitt machen. Dann war es ganz gut, wenn es möglichst weit weg von Reutlingen und Tübingen ging. Andererseits konnte er es sich nicht recht vorstellen, irgendwo in der schwäbischen Pampa einen normalen Alltagsdienst zu versehen. Da wäre Stuttgart schon reizvoller, vielleicht auch Göppingen oder Esslingen.

»Nun bist du also Hauptkommissar«, sagte Sabine.

»Ja.«

»Das wolltest du doch immer.«

»Schon. Aber eigentlich wollte ich auch in Reutlingen bleiben. Die ganzen Veränderungen, Zentrale nach Esslingen, nur noch eine Zweigstelle in Reutlingen … Ich weiß nicht. Kann sein, es geht weiter weg.«

»Wohin könnte denn das sein?«

»Keine Ahnung. Vielleicht Ulm, vielleicht Richtung Bodensee, Konstanz, Friedrichshafen oder auch Göppingen und Esslingen. Ich weiß noch nicht so richtig, was ich selbst will, weißt du.« Er schüttelte sich. Bodensee wäre nicht gut, dachte er. Zwar mochte er den See und seine Ufer, schwamm auch gern mal eine Runde, aber für immer oder zumindest für die nächste Zeit konnte er sich das wirklich nicht vorstellen. Letztendlich hatte er das ja auch nicht zu entscheiden. Seine Vorgesetzten würden sich schon was einfallen lassen, wo man den jungen Hauptkommissar einsetzen konnte.

Die ersten Sonnenstrahlen fielen in das enge Tal der Zwiefalter Aach. Auch die Terrasse der Gastwirtschaft an der Wimsener Höhle bekam immer mehr Sonne ab. Bald würden drüben an der Höhle die ersten Fahrten mit dem Kahn beginnen.

Christian Schoch schaute hinüber und beobachtete, wie einer der Höhlenfahrer den Kahn fertig machte. Er erinnerte sich noch gut an seine erste Fahrt in die Höhle. Er mochte vielleicht zehn oder elf Jahre alt gewesen sein, als sein Vater ihn und seinen Bruder zu einem Ausflug in die Wimsener Höhle mitgenommen hatte. Seiner Mutter war das zu unheimlich gewesen. Mit einem Boot in eine Höhle, etwa siebzig Meter, und dann noch die Vorstellung, dass dies nur einen ganz kleinen Teil eines ewig langen Höhlensystems darstellte. Das war für sie zu viel gewesen. Also hatte sie draußen gewartet, bis die drei Männer nach etwa zwanzig Minuten mit begeisterten Mienen aus der Unterwelt der Schwäbischen Alb zurückgekehrt waren.

»An was denkst du?«

»Ach, meine erste Fahrt in die Höhle drüben. Ich glaube, ich war zehn damals. Und begeistert.«

Sabine schaute ebenfalls zur Höhle hinüber. Am Kiosk stand schon eine größere Gruppe, die ihren Eintritt in die Wasserhöhle lösen wollte.

»Der an der Kasse wird wie immer fragen: ›Hin und zurück?‹ Und er wird staunende, fragende Blicke ernten – und natürlich so manchen Lacher«, sagte Christian Schoch lächelnd.

»Wieso?«

»Das machen die dort immer so. Die haben ihren Spaß mit den Besuchern, auch in der Höhle. Finde ich gut.«

»Stimmt.«

»Hat sich ziemlich verändert dort drüben, seit damals«, sagte Christian Schoch nachdenklich. »Ist ja auch schon mindestens zwanzig Jahre her. Da gab es nur den Kiosk, keinen abgetrennten Warteraum mit Seilen zum Auf- und Zusperren. Bis vor Kurzem haben die Höhlenführer noch selbst vor der Einfahrt von der Geschichte der Höhle erzählt. Heute macht das ein Videobildschirm. Schade.«

»Warum?«

»Also, für mich passt das nicht zum Charakter dieser eigentlich kleinen Höhle. Das hat was von Tourismus-Highlight, ist mir einfach zu viel.«

»Da hast du vielleicht recht.«

Die Bedienung brachte ihnen zwei Kännchen Kaffee und den Apfelkuchen. Auch sie schaute für einen Moment in die einfallende Sonne und hinüber zur Höhle. Die Terrasse des Lokals war noch immer spärlich besetzt. Bald würden die ersten Besucher kommen und sich ein leckeres Mittagessen in der Maisonne gönnen.

»Die erste Einfahrt heute.« Sie hatte die Blickrichtung des Paares erkannt. Hier stimmt etwas nicht, dachte sie. Sie hatte die beiden beobachtet, das machte sie gern. An die Hauswand gelehnt, hatte sie ihnen zugesehen. Schon als sie sich setzten, war für sie klar gewesen, dass etwas zwischen ihnen nicht im Lot war. Das konnte sie mit ihrer Erfahrung erkennen. Angesichts des schönen Wetters und der warmen Sonnenstrahlen waren ihre Gesichter zu kühl, zu ernst. Da steht was an, hatte sie gleich gedacht. So war es auch gekommen. Die beiden hatten sich kaum in die Augen geschaut. Die Blicke hinüber zur Höhle waren eher ausweichend als interessiert gewesen.

»Darf es sonst noch etwas sein?«, fragte sie.

Sie verneinten und schenkten sich Kaffee ein. Christian Schoch machte sich an den Apfelkuchen. Ablenkung war jetzt ganz wichtig. Eigentlich wusste er nicht so recht, wie sich Sabine das vorgestellt hatte. Über was sollten sie reden? Wie schön es gewesen war? Warum es nun nicht mehr so schön war? Oder vielleicht, wie es hatte passieren können, dass Sabine einen anderen Mann kennengelernt hatte? Was für einen anderen Mann? Vielleicht darüber. Doch er war sich nicht sicher, ob er darüber reden wollte. Wahrscheinlich war es so ein sportlicher Typ, lässig, einwandfreie Figur, kein Bauchansatz, eben schick. Nein, entschied er, darüber will ich wirklich nicht reden. So etwas konnte passieren, passierte alle Tage, nun halt ihnen. Klar, er war enttäuscht, verletzt, betroffen. Es ärgerte ihn auch, wenn er ehrlich war, dass es Sabine war, die sich hier und jetzt aus einer Beziehung mit ihm verabschiedete. Aber solche Gefühle waren kleinlich und zeigten nur seine Verletztheit. Es war wie immer, sein Kopf konnte die Situation zwar einordnen und bewältigen, aber in seinem Inneren sah es ganz anders aus.

»Es tut mir leid«, sagte Sabine und rührte emsig in ihrer Tasse.

»Das glaube ich dir sogar«, entgegnete Christian. »Ich möchte bloß wissen, was dieser Ausflug heute soll.«

»Ich dachte halt, wir nehmen Abschied, irgendwie. Vielleicht sehen wir uns nie wieder«, antwortete sie mit beleidigtem Ton in der Stimme.

»Na ja, wir sind ja nicht aus der Welt. Du bist und bleibst in Tübingen, und ich werde wohl aller Wahrscheinlichkeit nach auch in der näheren oder weiteren Umgebung bleiben. Außerdem wohnt meine Familie immer noch in Sickenhausen.«

»Wer weiß«, sagte sie. Als sie aufschaute, rollte ihr aus einem Auge eine kleine Träne über die Wange.

»Jetzt lass doch«, sagte Christian und legte seine Hand auf die ihre.

»Es tut schon weh«, sagte sie.

»Na.«

»Doch. Aber das glaubst du ja wieder nicht.«

»Was heißt ›wieder‹?«

»Genau, weil eben wieder! Das ist es. Du bist immer so weg in solchen Situationen. Da sagst du halt ›Na‹, und damit ist für dich die Sache erledigt.«

»Was soll ich denn sonst sagen?« Christian war verwirrt. Es war wieder einer dieser Punkte. Wie sagte seine Mutter immer? »Stell dich doch mal!« Das war leichter gesagt als getan. Sollte er hier jetzt in Tränen ausbrechen? Das konnte er nicht, und das wollte er auch nicht.

»Siehst du«, sagte Sabine entrüstet. Demonstrativ hob sie ihren linken Arm mit der Uhr hoch. »Heinz wartet auf dem Parkplatz auf mich. Ich gehe dann. Machst du das?« Sie schaute auf die leeren Kaffeetassen auf dem Tisch, dann zu ihm.

»Ja, ja. Geh nur«, sagte er schnell.

Sie stand auf, nahm ihre Tasche und bückte sich zu einem flüchtigen Küsschen zu ihm herab. »Tschau.«

»Tschüss.« Er sah ihr nach, wie sie über die Brücke ging und dann hinter der Felsnase in Richtung Parkplatz verschwand. Ende eines Kapitels, dachte Christian Schoch.

Er schenkte sich Kaffee nach. Es wurde immer wärmer und immer voller. Nun standen sie drüben an der Höhle schon Schlange.

***

Der kleine Tim saß ganz vorn im Boot. Der Junge hatte sich beim Einsteigen ein wenig vorgedrängelt, und seinem Vater war nichts anderes übrig geblieben, als dem Sohn zu folgen. Er hatte sich bei den anderen Fahrgästen entschuldigt und nur wohlwollende Blicke geerntet. Auch der Bootsführer hatte in seinen einleitenden Worten den neugierigen kleinen Jungen erwähnt, der nun vorn am Bug eine sehr verantwortungsvolle Aufgabe hatte. Die hatte Herbert Broch seinem Sohn während der Einfahrt erklären müssen.

Tim bemühte sich, aufmerksam den Kommandos des Bootsführers zu lauschen und ja nichts falsch zu machen. Er durfte hin und wieder an die felsige Decke greifen und dem Boot den entscheidenden Stoß geben, damit es in die richtige Richtung fuhr. Tim war stolz wie Oskar.

Im Eingangsbereich wurde das Wasser schnell tief. Sie fuhren auf ein großes Becken zu, in dessen Mitte ein kleiner Felsen aus dem Wasser ragte, an dem sie rechts vorbeimanövrierten. Wenige Scheinwerfer warfen fahles Licht in die Höhle. Sie beleuchteten die kleinen Gags, die von den Höhlenführern da und dort eingebaut worden waren. Auf dem Felsen saß ein kleiner Zwerg, der die Besucher zu begrüßen schien.

Der Bootsführer erzählte von der Länge der Höhle, vom System an Gängen und Syphons, das noch Hunderte Meter in den Berg hineinführte. Taucher hatten die Höhle schon weit erforscht.

Die Leute konnten sich das nicht so recht vorstellen. Wollten es wahrscheinlich auch nicht. Schon die relativ kurze Fahrt auf einem Boot in eine so enge Höhle war für viele genug. Sie wollten sich nicht wirklich ausmalen, wie viel tiefer es da noch hineinging. Das war etwas für Spezialisten, für Forscher und Höhlenfans, die sich nichts Tolleres vorstellen konnten, als ein paar Meter weitergekommen zu scin.

»Jetzt Obacht mit den Köpfen!«, sagte der Bootsführer. Sein Blick galt mehr den Passagieren als dem Kurs des Bootes, das er längst routiniert steuerte. Seine ganze Aufmerksamkeit war ihrer Sicherheit gewidmet. Keine Hände über Bord, kein Kopf zu hoch, das war wichtig. Deshalb behielt er den kleinen Jungen vorn im Boot besonders im Auge. Der hatte sich eben ziemlich weit hinausgelehnt.

»Du, Papa, isch des Wasser net kalt?«, fragte Tim seinen Vater.

»Hosch doch grad ghert, acht Grad Celsius, des ganze Johr über«, antwortete der, »wieso frogsch?«

»Weil do oiner schwemmt, noi, der taucht, der hot sei Gsicht em Wasser.«

Herbert Broch sah nach unten ins düstere Höhlenwasser. Tatsächlich, da schwamm ein Körper. Aber das war kein Taucher. Dieser Mensch hatte einen Anzug an und machte einen ziemlich toten Eindruck.

***

Erster Kriminalhauptkommissar und Amtsleiter Hartmut Müller saß in seinem Büro im Reutlinger Polizeirevier. Vor ihm lagen die Dienstpläne der neuen Woche. Sein Assistent Rüdiger Baisch saß ihm gegenüber. Er wartete auf die Reaktion seines Chefs und fragte sich, warum ihm immer so mulmig war, wenn er dem Amtsleiter gegenübersaß. Schließlich war er auch ein Hauptkommissar, wenn auch kein Erster.

Es war das Temperament seines Vorgesetzten, das ihm auf die Nerven ging. Seit er hier in Reutlingen arbeitete, das waren immerhin mehr als zehn Jahre, kommandierte ihn dieser Müller in einem Kasernenton im Haus herum. Er war inzwischen schon zum Gespött der Kollegen geworden. Die mussten sich zwar auch das eine oder andere anhören, aber die konnten dann wieder gehen. Er nicht.

»Baisch, was soll das denn? Ich habe Ihnen doch ausdrücklich gesagt, dass wir keine zwei Frauen zusammen in ein Team planen. Ist es zu viel verlangt, meine Anweisungen auch mal zu befolgen?« Amtsleiter Müller war bei diesem Anschiss immer lauter geworden.

Hoffentlich hört man das nicht draußen auf dem Korridor, dachte Rüdiger Baisch.

»Ja, aber ich dachte …«, versuchte er eine Erklärung.

»Ach, Baisch, lassen Sie doch das Denken!«

»Weil das doch nur in der Innenstadt ist, bei der Kindergartenveranstaltung auf dem Marktplatz, da dachte ich …«

»Baisch!«

»Gut, ich ändere das noch, Herr Amtsleiter«, sagte Baisch zähneknirschend. Das hätte man auch anders sagen können, dachte er.

Das Telefon klingelte. Müller hob ab. »Wer? Der Baisch. Ist hier. Was gibt es? – Nein, stellen Sie ruhig durch, ich stelle laut, dann kann er mithören und weiß Bescheid.«

»In der Reutlinger Fußgängerzone ist ein Exhibitionist unterwegs«, hörte man die Stimme von Miriam Welsch, die in der Zentrale alle Anrufe allgemeiner Art entgegennahm.

»Bei uns, hier in Reutlingen?«, fragte Müller.

»In der Wilhelmstraße, mit Plakat«, sagte Miriam Welsch.

»Wie, mit Plakat?«, fragte Müller.

»›Für eine bessere Welt‹ steht da drauf, berichtet der Anrufer.«

»Und weiter?«

»Dann lässt er die Hosen runter. Aber nur hinten«, sagte Miriam Welsch.

»Was? Was heißt ›nur hinten‹?«, fragte der Amtsleiter.

»Na, er zeigt den Passanten sein Hinterteil, unbedeckt.«

Baisch hörte interessiert zu. Was es nicht alles gab. Einen richtigen Exhibitionisten hatten sie in Reutlingen schon lange nicht mehr gehabt. Aber einen Exhibitionisten, der nur hinten die Hosen runterließ, das war neu. Von so etwas hatte er in seiner wahrlich langen Amtszeit noch nicht gehört. War mal was Neues.

»Wir schicken sofort die Streife hin, die sollen den Mann in Gewahrsam nehmen«, sagte Müller. »Wo ist das?«

»Obere Wilhelmstraße, beim oberen Brunnen«, erklärte Miriam Welsch.

»Gut. Dann geben Sie den Kollegen Bescheid. Die sollen ihn hier bei uns abliefern. Schmücke soll sich den Mann mal vornehmen.« Müller legte auf. »Für eine bessere Welt«, sagte er zu Baisch, »und dann lässt er die Hosen runter!«

»So etwas hatten wir noch nie«, meinte Baisch.

Amtsleiter Müller schüttelte den Kopf. »Baisch, Sie kümmern sich um die Sache. Wir brauchen keine nackten Ärsche in der Fußgängerzone, bei uns gibt es Ärsche genug!«, brüllte er und setzte sich wieder.

Rüdiger Baisch hatte sich unter den Worten seines Chefs geduckt. Er mochte es nicht, wenn er brüllte, schon gar nicht, wenn er auch noch ausfällig wurde. Er stand auf. »Mach ich, Herr Müller, wird erledigt«, sagte er und wandte sich zur Tür.

»Aber unverzüglich, Baisch, verstanden?«

Jawoll, Herr Hauptfeldwebel, hätte Rüdiger Baisch am liebsten geantwortet. Das hätte dem Ton entsprochen, den er gerade erdulden musste. Er verzichtete auf eine weitere Antwort. Als er die Tür hinter sich schloss, wusste er, dass er seinen Chef nun ein wenig ungläubig zurückließ. Das machte er so manches Mal. Zwar schäumte der Amtsleiter eine Weile, aber bis er wieder mit ihm zu tun hatte, war sein Zorn längst verraucht.

***

Was ist denn an der Höhle los?, fragte sich Christian Schoch, denn als die erste Fahrt herauskam, kam dort drüben Unruhe auf. Zwar konnte er noch nichts Genaues heraushören, aber es riefen mehrere Stimmen immer lauter durcheinander. Irgendetwas musste passiert sein.

Die Fahrgäste stiegen aus dem Kahn. Der Hauptkommissar sah den Bootsführer in schnellem Schritt auf den Kiosk zugehen. Er hatte die Absperrung eingehakt und auf die wartenden Fahrgäste eingeredet. Gespannt betrachtete Christian Schoch die Szene.

Es vergingen nur wenige Minuten, dann war ein Martinshorn zu hören, das langsam näher kam. Schließlich dröhnte die Sirene durch das felsige Tal kurz vor der Brücke. Das Polizeifahrzeug schoss um die Ecke und kam wenige Meter vor der Terrasse des Lokals zum Stehen. Zwei uniformierte Beamte stiegen eilig aus und rannten in Richtung Höhle.

Da ist wirklich etwas passiert, dachte Christian Schoch. Natürlich trieb ihn die Neugierde, zu zahlen und hinüber zum Höhleneingang zu gehen. Andererseits war er offiziell nicht hier und konnte sich dienstlich nicht einmischen. Das mussten die Kollegen schon selbst in die Hand nehmen, was sie ja offensichtlich auch taten, wie er beobachten konnte.

Die beiden Polizisten drängten die wartende Menschenmenge vom Eingang zurück und sperrten den Bereich mit den vorhandenen Bändern ab. Nur die kleine Gruppe der ersten Einfahrt blieb im Eingangsbereich zurück. Die Menschen redeten auf die beiden Beamten ein. Sie zeigten auf einen kleinen Jungen, vielleicht zehn Jahre alt – genauso alt wie Christian Schoch damals, bei seiner ersten Fahrt.

Er ließ sich die Rechnung bringen, zahlte, stand auf und schlenderte zur Höhle hinüber. Es konnte nicht schaden, einen genaueren Blick auf die Situation zu werfen.

Als er näher kam, konnte er erste Stimmen unterscheiden.

»Klar isch der dot!«, rief einer.

»Was macht der denn en der Hehle?«, fragte eine andere Stimme.

Die Polizisten standen bei dem kleinen Jungen und einem Mann von etwa Mitte dreißig. Wahrscheinlich der Vater, dachte Christian Schoch. Der Junge war kreidebleich. Sein Vater strich ihm beruhigend über den Kopf. Auch er machte ein betroffenes Gesicht. Offensichtlich war etwas Ernstes in der Höhle passiert.

Ernst Reger und Günter Schaich waren vom Revier in Hayingen zur Höhle gerufen worden. Es war eine aufregende Fahrt hierher gewesen. Ein Toter in der Wimsener Höhle? So richtig konnten sie das noch nicht glauben. Ernst Reger, Polizeihauptmeister und Leiter der Dienststelle, schob sich nach ihrer Ankunft gleich nach vorn.

»Wann hosch du den gseah?«, fragte Ernst Reger den kleinen Jungen.

»Jetzt dua doch langsam, Ernscht«, meinte Günter Schaich, »du siehsch doch, der kloi Kerle isch doch no ganz durchanander!«

»Aber Mensch, wenn des wirklich a Toter isch!«

»No isch es halt ein Toter, do kennet mir au nex meh macha.«

Ernst Reger wiegte den Kopf hin und her. Manchmal hatte sein Kollege Schaich die Ruhe weg. Immerhin war das der erste richtige Todesfall in ihrem Revier. Denn es war bestimmt schon mehr als zwanzig Jahre her, als ein junger Mann sich in Mägerkingen aufgehängt hatte. Ernst Reger wandte sich wieder seinem Kollegen zu. »Was hoißt do ›nex meh macha‹? Mir brauchet Taucher ond en Krankawaga!«

»Genau«, bestätigte Günter Schaich und zog sein Handy aus der Tasche, »genau des brauchet mir. Hot Hayinga Taucher?«, fragte er die beiden Höhlenführer.

Die nickten. »Zumindescht send a bar von denne emmer drbei, wenn se tauchet«, sagte einer der beiden.

»No ruaf e do mol a«, sagte Günter Schaich und tippte Zahlen in sein Handy. Währenddessen führte Ernst Reger die kleine Gruppe hinüber zum Kiosk. Sie setzten sich. Einer der Höhlenführer brachte einige Becher Kaffee und stellte sie auf den groben Holztisch.

Christian Schoch stand an der Absperrung. Interessiert beobachtete er die Arbeit der Kollegen. Offensichtlich hatten die es nicht alle Tage mit einem solchen Fall zu tun. Eine Leiche in der Wimsener Höhle, so viel hatte er schon aufgeschnappt. Was würden sie jetzt tun? Rettungsdienst, Feuerwehr oder Technisches Hilfswerk? Da war er auch überfragt. Am besten wäre es, ein paar Höhlentaucher zu organisieren, denn bis aus Stuttgart oder womöglich vom Bodensee offizielle Rettungstaucher angefordert waren, das konnte dauern.

Christian Schoch beschloss, sich auf den Heimweg zu machen. Hier konnte er kaum von Nutzen sein. Es war nicht seine Zuständigkeit, leider. Die Bergung der Leiche, dann Gerichtsmedizin, dann die Ermittlungen. So würde das ablaufen, aber ohne ihn. Er war gespannt und würde diesen Fall im Auge behalten. Wie kam ein Toter in die Wimsener Höhle? Warum und wie war dieser Mensch zu Tode gekommen? Mit diesen Gedanken im Kopf ging der Hauptkommissar gefassten Schrittes hinüber zum Wanderweg hinein ins Tal der Zwiefalter Aach.

Ihn holte niemand am Parkplatz ab. Er hatte das zweifelhafte Vergnügen, in seiner Stimmung das Tal nach Zwiefalten in der anderen Richtung zu durchwandern. Eigentlich ein sehr schöner, abwechslungsreicher Spaziergang, vorbei an Grillstellen, steilen Felswänden und lauschigen Plätzchen am plätschernden Bach. Aber er wusste noch nicht, ob er so richtig in Stimmung für einen solchen Spaziergang war.

Nach den ersten Schritten ins Tal hinein beschloss Christian Schoch, sich Gedanken zu machen. Gedanken zu einem oder einer Toten, der oder die eines späten Vormittags im Mai in der Wasserhöhle in Wimsen entdeckt worden war. Warum legte der Täter eine Leiche in der Wimsener Höhle ab? Verstecken wollte er sie offenbar nicht, denn dass die Leiche entdeckt werden würde, das musste der Täter erwarten. Sogar den Zeitpunkt der Entdeckung konnte er vorhersehen, nämlich bei der ersten Einfahrt in die Höhle. Es ergibt sich aber auch, so dachte der Hauptkommissar im Gehen, dass die Leiche erst am vergangenen Abend abgelegt worden sein konnte. Man müsste wissen, ob der Eingang irgendwie abgeschlossen wurde oder auch über Nacht so offen und frei zugänglich blieb, wie er tagsüber war. Wahrscheinlich gab es keine besonderen Sicherungen, denn wer würde schon bei Nacht in eine dunkle und kalte Wasserhöhle eindringen? Also musste die Höhle selbst eine bestimmte Bedeutung in diesem Mordfall haben. Obwohl, Mord, dachte Schoch,

Mord war es im Grunde genommen noch nicht. Vielleicht handelt es sich auch um einen Selbstmord, wäre möglich. Doch er verwarf diesen Gedanken als sehr unwahrscheinlich.

Als sich das Tal weitete und die Türme des Zwiefalter Münsters zu sehen waren, ging es dem Hauptkommissar deutlich besser. Ein paar professionelle Gedanken zur Ablenkung und schon sah man die eigene Situation mit mehr Distanz. Es war ihm leichter ums Herz. Hatte er in sich drinnen schon länger gewusst, dass die Beziehung mit Sabine ihrem Ende entgegenging? Anzeichen hierfür hatte es zwar nicht gegeben, aber ein kleines, zweifelndes Gefühl war schon da gewesen. Jetzt hatte er Gewissheit, blieb aber als derjenige zurück, der sich Gedanken machen konnte oder sollte. Sabine hatte sich ja gleich in die Arme des Nächsten geworfen.

Er beschloss, auf dem Weg nach Stuttgart im Reutlinger Stadtteil Sickenhausen bei seiner Mutter vorbeizufahren. Zwar wusste er jetzt schon, was er zu hören bekommen würde, aber sie würde sicherlich ein wenig Verständnis aufbringen und, wenn er sich gleich ankündigte, etwas Leckeres zum Mittagessen machen.

Er drückte die Kurzwahltaste und telefonierte. Sie freute sich, dass er sich meldete. Was es zu essen geben würde, ließ sie offen. So ein wenig Spannung im Alltag kann nicht schaden, dachte Christian Schoch.

Über Pfronstetten fuhr er in Richtung Engstingen über die Albhochfläche auf den Albtrauf zu. Er mochte diesen Teil der Schwäbischen Alb mit seinen sanften Hügeln und kleinen Kuppen. Immer wieder faszinierten ihn die Waldstreifen, die einen hier oben überall zu begleiten schienen.

Wenn er an die Schwäbische Alb dachte, kamen ihm Bilder von Wacholderheiden, Trockenrasen mit Orchideen und Silberdisteln in den Sinn. Und natürlich die Waldränder. Irgendjemand würde vielleicht irgendwann mal die Länge der Waldränder auf der Schwäbischen Alb messen. Da würden sicherlich einige hundert Kilometer zusammenkommen, dachte der Hauptkommissar.

Er erinnerte sich an die Kabarettnummer von Uli Keuler mit diesem Dichter, der einen Meter Waldweg bedichtet hatte. So einen müsste man finden für die endlosen Waldränder der Schwäbischen Alb. Das würde ein Jahrhundertwerk werden. Vielleicht aber auch ziemlich langweilig. Er sollte sich erkundigen, wo Uli Keuler gerade spielte. Der hatte mit seinem schwäbischen Klassiker an die Tradition von Häberle und Pfleiderer angeknüpft. Das könnte mal wieder ein Spaß sein, die alten und die neuen Nummern dieses Kabarettisten zu sehen. Er notierte sich das geistig.

***

Es lag dichter Dunst im Kessel. Die baden-württembergische Hauptstadt zeigte mal wieder deutlich, warum sie zu den am meisten mit Feinstaub belasteten Metropolen Deutschlands zählte. Kriminaldirektor Peter Wächter blickte aus dem obersten Stockwerk des Polizeigebäudes hinunter auf die Stadt. Obwohl die Sonne versuchte, ein bisschen Licht ins Tal zu werfen, kam noch kein richtiger Sonnenstrahl hier unten an. Der Verkehr ließ nach, das war immer so am späten Vormittag.

Man kann die Uhr danach stellen, dachte der Kriminaldirektor. Apropos Uhr, fiel ihm ein. Er fixierte die große Wanduhr über seinem ausladenden Schreibtisch. Wenige Minuten bis elf. Die Kollegen würden bald da sein. Er war gespannt, was sie zu seinem Konzept sagten. Es war zwar keine erneute Umstrukturierung, aber immerhin ein neuer Ansatz, von dem er sich einiges erhoffte.

Es klopfte, und seine Sekretärin kam mit zwei Herren mittleren Alters in Anzug und Krawatte herein. Kriminalrat Frieder Rosch, ein untersetzter Mittfünfziger, schüttelte dem Kriminaldirektor als Erster die Hand. Hinter ihm schob sich Kriminalrat Rainer Hilscher in den Raum. Sein Händedruck ist wie sein Auftritt, dachte der Kriminaldirektor, lau und heimlich.

»Seien Sie willkommen, meine Herren«, begrüßte Wächter die beiden Kollegen. »Bitte, nehmen Sie Platz.« Er wies mit der Hand zu der kleinen Sitzgruppe mit Sesseln aus den sechziger Jahren, die er sich eigens für solche Anlässe angeschafft hatte.

Sein Blick fiel auf das Bild seines Ministerpräsidenten, das an der Wand hinter seinem Schreibtisch hing. Dieser Kretschmann wollte einfach nicht gerade hängen. Wieder war das Bild ein wenig nach links gekippt. Bezeichnend, dachte Wächter und hoffte, dass es seinen Besuchern nicht auffiel. Er konnte sich mit der politischen Situation in seinem Ländle noch immer nicht abfinden. Als Kretschmann mit seinen Grünen zum ersten Mal gewählt worden war, hatte Wächter das noch für ein Versehen gehalten. Aber entgegen seinen und seiner Parteifreunde Hoffnungen war die Sache ganz anders gelaufen als gedacht. Von wegen Ausrutscher, die Grünen regierten immer noch im Ländle. Die CDU war als Juniorpartner eine Koalition eingegangen. Wenn man ihm das vor zwanzig Jahren erzählt hätte, wäre es für ihn ein netter Witz gewesen. Inzwischen hatte die CDU in Baden-Württemberg nichts mehr zu lachen. Die SPD noch viel weniger.

Seine Sekretärin brachte Kaffee und eine kleine Platte mit Butterbrezeln. Das musste genügen. Schließlich handelte es sich hier um kein ausgiebiges Kaffeekränzchen, sondern um eine dienstliche Besprechung. Da wurde gearbeitet und nicht geschlemmt.

Wächter merkte, wie der Schwabe in ihm hochkam. Das war gut so. Nur immer bescheiden bleiben. Nicht zu viel, aber auch nicht zu wenig. In diesem Fall halt nur Brezeln. Mit der Einstellung hatte er es schließlich bis ins oberste Stockwerk geschafft.

Eine halbe Brezel hatte ihm den Weg geebnet, so glaubte er fest. Es war bei einer Besprechung mit dem Innenminister gewesen. Lauter hohe Herren waren anwesend gewesen. Er hatte damals seinen Chef nur begleitet, war aber neben dem Minister zu sitzen gekommen. Der hatte eine Brezel geteilt und eine Hälfte wieder auf die Platte gelegt. Wächter hatte ihn gefragt, ob er die halbe Brezel noch esse. Der Minister hatte verneint. Wächter hatte sich die Brezel genommen.

Er erinnerte sich noch gut an den Blick des Ministers. So ist das gewesen, dachte er und wandte sich wieder seinen Besuchern zu.

»Einen schönen Blick über die Hauptstadt haben Sie von hier oben«, erlaubte sich Kriminalrat Hilscher zu bemerken.

»Wir unten sehen nur auf das nächste Hochhaus, den Presseturm«, ergänzte Kriminalrat Rosch.

Kriminaldirektor Wächter lächelte. Es war doch immer dasselbe. Sollte er jetzt seinen Kollegen erklären, dass es das Ergebnis emsiger Aufstiegsarbeit war, wenn er hier oben über den Dächern Stuttgarts residierte? Das war der Lauf der Welt. Er hier oben, sie da unten. Er residierte, sie arbeiteten.

»Aber bestimmt sehen Sie doch auch hinunter auf die Staatsoper und den Landtag, oder?«

Die Herren nickten. Vielleicht, dachten sie, vielleicht, wenn sie ein wenig die Köpfe streckten, dann könnte ein solcher Blick möglich sein.

»Warum ich Sie hergebeten habe«, eröffnete Peter Wächter das Gespräch, »nun, wir arbeiten schon längere Zeit daran, die Polizeistrukturen in unserem Land moderner zu gestalten. Die neue Aufteilung, übrigens sehr gute Arbeit, Herr Hilscher«, er nickte dem Kollegen zu, »diese neue Aufteilung bringt nicht nur personell einige Verbesserungen, nein, sie fördert vor allem unsere Effektivität.«

Die Herren staunten innerlich. Effektivität? Eigentlich war es lediglich um Einsparungen gegangen. Es war schwer genug gewesen, die verschiedenen Einheiten von hier nach da zu verschieben, Umzüge, Familien, Ortsbezug, das waren die Problemfelder gewesen, mit denen sie sich hatten herumschlagen müssen.

»Ich denke, da stimmen Sie mir zu?« Wächter formulierte den Satz als Frage.

Die Herren nickten.

»Danke. Also, um dieses Konzept nun zu vervollständigen, wenn nicht zu perfektionieren, schlage ich vor, nach amerikanischem Vorbild mehrere Sonderermittler-Einheiten zu kreieren, die in den verschiedenen Gegenden flexibel einsetzbar sind. Meine Herren, ich spreche bewusst von Gegenden, passender wäre vielleicht: Landstrichen. Ich möchte Einheiten schaffen, die mit Bezug zur Landschaft und mit gutem Bezug zu den Menschen in der Region einsetzbar sind.«

Die Kriminalräte sahen ihren Chef ungläubig an.

»Jetzt gucken Sie doch nicht so. Am besten, wir machen ein Beispiel«, setzte Wächter an.

Aha, dachten die Herren, das Beispiel. Nicht umsonst trug ihr Chef seit einiger Zeit den Spitznamen »Beispiel-Wächter«. Wenn gar nichts mehr half, dann musste das berühmte Beispiel herhalten.

»Also, hier die Akte.« Wächter legte eine Personalakte auf den kleinen Nierentisch. Die Herren blätterten gemeinsam darin, während er weiter ausführte. »Vielleicht kennen Sie den Kollegen. Christian Schoch, Anfang dreißig, eine etwas ungerade Karriere bisher. Aufgewachsen am Albtrauf, im Filstal, ein paar Semester Studium in Tübingen, Anglistik und Germanistik, glaube ich mich zu erinnern. Dann Polizeihochschule, recht guter Abschluss. Nach praktischen Erfahrungen in Reutlingen und Göppingen seit Kurzem Hauptkommissar. Er war auch einige Monate hier im Hause beschäftigt. Sie kennen ihn?«

Die Herren nickten. Sie hatten ihre Erfahrungen mit dem eigensinnigen jungen Mann gemacht, der sich so gar nicht mit den Bedingungen normaler Polizeiarbeit anfreunden konnte. Sollte ihr Chef ihn doch ruhig einsetzen, wo er wollte. Aber am besten nicht in ihren Abteilungen. Einen solchen Störenfried konnten sie in ihrem eher ruhigen Alltag nicht brauchen.

»Na also, dann wissen wir, von wem wir reden, nicht wahr?«, sagte Wächter und fuhr fort. »Das Beispiel: Wir werden diesen Schoch als Sonderermittler einsetzen – und zwar auf der Schwäbischen Alb. Betrachten Sie es als eine Art Pilotprojekt. Ich denke, das passt ganz hervorragend. Die Alb ist eine relativ ruhige Gegend, auch wenn mit der ganzen Flüchtlingsthematik nun auch dort droben so manches mehr los ist als vorher. Dennoch eignet sich diese Region meiner Ansicht nach ganz hervorragend für mein Projekt. Dieser Sonderermittler wird für alle Eventualitäten und Sonderfälle zur Verfügung stehen. Er wird lediglich mir persönlich Rechenschaft schuldig sein. Das bitte ich rechtlich dann noch auszuarbeiten, Hilscher. Rosch, Sie werden die Sache mit der Personalabteilung klären, bitte.«

Kriminalrat Hilscher schaute von der Personalakte auf und

nickte. »Das müsste wie eine Art kleine GSG 9 gemacht werden, Herr Kriminaldirektor«, bemerkte er.

»Personalabteilung können Sie als erledigt betrachten«, sagte Rosch, »das kriegen wir hin. Das läuft als eine Stelle auf ZBV, also zur besonderen Verwendung. Das untersteht dann automatisch Ihnen als Leiter der Dienststelle.«

»Gut, gut«, sagte Wächter lächelnd, »dann wäre ja alles unter Fach und Dach oder wie man so sagt. Ich bin gespannt, wie mein neues System anlaufen wird.«

Kriminaldirektor Wächter stand auf, die beiden Herren ebenfalls. Er führte sie zur Tür und verabschiedete sie mit Handschlag. Immer musste er sich was einfallen lassen. Kein Gedanke, dass mal einer der Herren auf eine Idee kam oder einen neuen Vorschlag machte. Die saßen in ihren Abteilungen und erledigten ihren Alltag. Kam mal was Neues, anderes, war schon Stress angesagt.

»Dieser Schoch soll antanzen!«, rief er durch die offene Tür nach draußen seiner Sekretärin zu. »Ade, die Herren!«

Rosch und Hilscher waren schon an der zweiten Tür und grüßten ebenfalls. Sie gingen auf den Aufzug zu. Noch hatten sie kein Wort gewechselt. Kaum hatten sich die Türen des Aufzugs geschlossen, konnten sich beide ein Grinsen nicht verkneifen. Dieser Wächter!

»Machen wir noch ein Beispiel«, sagte Hilscher kichernd.

»Aber ein regionales, mit Bezug, bitte«, fiel Rosch lachend ein.

»Vielleicht die Alb, die Schwäbische«, stieß Hilscher hervor und bekam ebenfalls einen Lachanfall.

Rosch drückte auf die Drei. Nun ging es vier Stockwerke nach unten. Sie waren es gewohnt, von ihrem Chef auf diese Weise in den obersten Stock zitiert zu werden. Für gewöhnlich gab es von seiner Seite bei diesen Treffen eine Menge heißer Luft. Dass diesmal etwas zu tun war, hatte die beiden Kriminalräte überrascht.

***

»Ond wann kommet dia?«, rief Polizeihauptmeister Ernst Reger seinem Kollegen Günter Schaich zu, der versucht hatte, die Höhlentaucher zu erreichen.

Schaich stand am Kiosk und schlürfte erst mal einen Schluck vom heißen Kaffee. Es war zwar nicht kalt, die Sonne brach ja durch, aber die Feuchtigkeit des Morgens lag noch wie eine kalte Decke im Tal. »Koi Ahnung, se suchet no!«, rief er seinem Kollegen Ernst Reger am Höhleneingang zu.

Dieser machte ein verärgertes Gesicht, zog sein Handy aus der Tasche und telefonierte.

Was das jetzt wohl soll?, überlegte Schaich. Eigentlich waren sie ein eingespieltes Team. Ihr Polizeiposten in Hayingen war zwar für einen relativ großen Bereich zuständig, aber dieser Bereich bestand aus wenigen Ortschaften und zahlreichen Bauernhöfen, sodass sich die Arbeit im Großen und Ganzen in Grenzen hielt. Einen echten Toten hatte er in seiner Laufbahn noch nie gehabt. Er musste mal den etwas dienstälteren Kollegen Reger fragen, ob der schon mal … Aber das glaubte er auch nicht.

Was hat der jetzt zu telefonieren?, fragte sich Schaich. Hier stand die Feuerwehr mit einem Einsatzwagen, drüben wartete ein Rettungswagen vom Roten Kreuz, und das Technische Hilfswerk war auch verständigt. Wieso also telefonieren? Sie hatten doch genug damit zu tun, die vielen Touristen davon abzuhalten, zur Höhle vorzudringen.

Gott sei Dank halfen ihnen die Kollegen von der Feuerwehr. Sie beide allein hätten die Situation längst nicht mehr im Griff gehabt. Aber an den acht Leuten von der örtlichen Wehr kam keiner vorbei. Sie standen in ihren Uniformen wie eine schwarze Mauer vor dem Gelände am Höhleneingang.

»Ernscht! Was telefonierscht denn?«, rief er Reger zu. Manchmal ließ der ihn deutlich spüren, dass er nur der zweite Mann im Revier war.

»Ach, bloß so a Idee!«, kam es zurück.

Eine Idee, dachte Schaich, das kann was werden. Er kannte die Ideen, die der Kollege so manches Mal entwickelte. Sie konnten nicht mehr tun als warten. Wenn der Brillinger von den Höhlentauchern seine Kollegen erreichte und die kommen konnten, dann gut. Falls nicht, dann nicht so gut, denn verschiedene Telefonate hatten die Situation nicht verbessert. Reutlingen sah sich zwar zuständig, aber nicht in der Lage, Taucher zu schicken. Eventuell die Spurensicherung, eventuell. Dann hatte er in Stuttgart angerufen. Zuerst bei der obersten Polizeidirektion, dann beim Landeskriminalamt. Günter Schaich hatte ein ungutes Gefühl, was er mit diesen Telefonaten losgetreten haben könnte. Taucher hatten die jedenfalls auch keine parat. Aber die vom Landeskriminalamt wollten sich kümmern. Eines war ihm nun jedenfalls klar: Keiner in Stuttgart hatte die Wimsener Höhle gekannt.

Armes Schwaben, dachte Günter Schaich. Er betrachtete die Szenerie. An der Absperrung standen mindestens fünfzig Menschen, eine recht gemischte Touristentruppe mit zahlreichen Kindern. Die beiden Höhlenführer in ihrem Kiosk machten das Geschäft ihres Lebens. Da wollte keiner hinüber in die Gaststätte. Alle blieben sie an der Absperrung stehen, holten sich was zu trinken und zu essen. Die beiden im Kiosk kamen kaum hinterher.

Ein kleiner blauer Polo fuhr sehr zügig über die Brücke und hielt hinter dem Kiosk. Schaich kannte das Auto. Das gehörte doch Regers Frau. Dessen Sohn Andy stieg aus und hielt etwas langes Grünes in den Händen. Der Junge grüßte zu ihm herüber und ging in Richtung Höhle. Nach einem kurzen Gespräch ließen ihn die Feuerwehrleute durch.

Was soll das jetzt?, fragte sich Polizeimeister Schaich. Er musste sehen, was da los war. Regers Idee? Was hatte die mit etwas langem Grünen zu tun? Er machte sich auf den Weg zum Höhleneingang. Er musste in Erfahrung bringen, was sein Kollege Reger vorhatte.

***

Sickenhausen war ein Dorf und würde ein Dorf bleiben. Zwar war es schon seit längerer Zeit ein sogenannter Stadtteil Reutlingens, aber trotz Neubaugebiet und Dorfentwicklung hatte es sich seinen dezenten Dorfcharakter mehr oder weniger bewahrt. Ein paar Läden, eine Metzgerei mit Backwaren und ein Ausflugsgasthof der besseren Art, das war das Zentrum von Sickenhausen.

Christian Schoch bog von der Hauptstraße ab, fuhr an der zweiten Kneipe vorbei und hielt an einem alten Bauernhaus. Hier hatten sozusagen seine Vorfahren gelebt und gearbeitet. Sein Urgroßvater hatte den kleinen Bauernhof aufgebaut, Landwirtschaft und kleine Viehzucht betrieben und sein Auskommen gehabt. Ein Auskommen, das immerhin für zehn Menschen gereicht hatte.

Eigentlich unglaublich, dachte Christian heute. Acht Kinder hatte die Bauersfamilie großgezogen, sechs davon hatten damals überlebt. Sein Großvater als der Älteste hatte den Bauernhof weitergeführt. Er hatte auch wieder fünf Kinder gehabt. Dann ging es mit der Landwirtschaft langsam bergab. Christian hatte das mal recherchiert. Er wollte damals wissen, wie das alles so hatte kommen können. Die Erklärungen waren vielfältig. Der Großvater hatte angefangen, sich als gelernter Schmied etwas dazuzuverdienen. Nach ein paar Jahren war die Landwirtschaft nur noch ein Nebenerwerb gewesen. Aus der Schmiede hatte sein Vater dann eine Werkstatt für landwirtschaftliche Maschinen gemacht und schließlich die Landwirtschaft bis auf einen kleinen Rest für den Eigenbedarf aufgegeben. Die Firma hatte sich entwickelt, einen neuen Standort ganz in der Nähe aufgebaut, nur gewohnt hatte man immer noch im Bauernhaus mit Scheune und Schopf.

Hier war er aufgewachsen, auf dem Dorf. Um aufs Gymnasium zu gehen, musste er in die Stadt. Die Stadt: Reutlingen. Ein großer Schritt damals, von der kleinen Dorfschule ins große Gymnasium. Wie hatte er sich gleich am ersten Tag lächerlich gemacht, weil er kein Whiteboard kannte. Er hatte das Tuch zum Abwischen eben nass gemacht, so, wie er es von der Tafel in der Dorfschule her kannte.

Christian Schoch lächelte in sich hinein. Den kleinen Jungen, der damals vom Dorf in die Stadt kam, den hatte er längst hinter sich gelassen. Er war hinaus in die große Welt gegangen, nun ja, nach Tübingen, Lehrer wollte er damals werden.

Er stieg aus und war gespannt. Seine Mutter hatte sich gefreut, dass er kam. Sie würde was Feines kochen, hatte sie am Telefon gesagt.

Er ging auf die alte Holztür zu. Sie war noch ein richtiges Original, mindestens hundertzwanzig Jahre alt. Wenn diese Tür erzählen könnte, das wären Geschichten, dachte Christian Schoch. Er drückte auf den Klingelknopf. Gleichzeitig schellte es im Haus, in der Scheuer und in der ehemaligen Werkstatt. Das hatte sein Vater damals installiert. Wie oft hatte er seinen Bruder, der inzwischen die Firma führte, gebeten, das doch endlich abzustellen. Aber so war das halt unter Brüdern. Er war gegangen und hatte nun hier, zu Hause, nichts mehr zu melden.

Die Tür ging auf, seine Mutter stand vor ihm. Sie nahm ihn gleich in die Arme. Es war schön, nach Hause zu kommen. Zusammen gingen sie die schmale Stiege mit dem wackeligen Geländer hinauf. Auch das hatte er seinem Bruder gesagt, dieses Geländer …

»Wo kommsch her?«

»Alb, Wimsener Hehle.«

»Alloi?«

»Sabine.«

»Isch vorbei?«

»Ja.«

Manchmal ging so etwas ganz schnell. Andere bräuchten wahrscheinlich Viertelstunden. Hier waren nur ein paar Worte nötig. Seine Mutter hatte es mal wieder gewusst. Auch er hatte gewusst, dass seine Mutter es ahnte. Seine Mutter ahnte meistens alles. Aber es würde kein Satz kommen von wegen: »Das habe ich schon immer gesagt.« Das nicht.

»Vielleicht isch's besser.«

Genau. Genau so ein Satz kam dann. Ein Satz, der abschloss und nach vorn schauen ließ. Er ging nicht darauf ein. Er wusste, das war besser so. Seine Mutter erwartete auf solche Kommentare keine Antwort.

»'s gibt en Dota en d'r Wimsener Hehle. Isch scho was em Radio gwä?«

Seine Mutter ging zum Herd und schüttelte den Kopf. Er wusste, sie hörte immer Radio beim Kochen. SWR 4, der Hausfrauensender.

»En Dota?«, sagte seine Mutter mit ernstem Gesichtsausdruck. »Was macht der en d'r Hehle?«

»Des frog ich mich au«, antwortete Christian. Er setzte sich an den Küchentisch. Hier wurde unter der Woche gegessen. Sonntags in der Stube. So war das immer gewesen. Dann auch anderes, besseres Geschirr. Sein Blick auf den Herd verriet ihm einiges. Spätzlestopf, kleinerer Kochtopf, großer Topf. Er kombinierte.

»Ond?«

»Kartoffelschnitz ond Schpatza!«, rief er triumphierend.

»Schtemmt. Wie hosches rauskriegt?«

»Zemlich oifach, Mutter. D'r Spätzlestopf, d'r kleinere fir d' Kartoffel ond d'r große fir d' Briah.«

»Do merkt mer halt da Kommissar«, sagte die Mutter mit ein wenig Stolz in der Stimme.

Christian Schoch schaute seiner Mutter zu. Er kannte den Ablauf genau. Schließlich waren Kartoffelschnitz und Spatzen eines seiner Lieblingsgerichte. Gaisburger Marsch, so nannte man es in Stuttgart und Umgebung. Aber bei ihnen hieß dieses Gericht ganz klar: Kartoffelschnitz ond Schpatza. Das war Heimat, das war daheim.

Er war schon ein bisschen in der Welt herumgekommen, hatte in Nordengland studiert, Europa erkundet und einiges gesehen. Das hatte alles seine Neuheiten und Andersartigkeiten, die er mit offenen Augen bestaunt und erlebt hatte. Aber hier war er her, das war sein Fundament, und dazu gehörten auch Kartoffelschnitz ond Schpatza. Das blieb auch hier. Er erinnerte sich noch gut an seine Kommilitonen in der Flat in Leeds, denen er mit viel Aufwand handgeschabte Spätzle und ein Rahmgeschnetzeltes gekocht hatte. Das war nicht so angekommen, wie er es erwartet hatte.

Seine Mutter stellte die große dampfende Schüssel auf den

Tisch. »D'r Frieder kommt au glei«, sagte sie. Sie nahm seinen Teller und schöpfte reichlich Spätzle und Kartoffeln hinein, dazu eine Saitenwurst.

Frieder war sein jüngerer Bruder, ebenfalls ledig. Der arbeitete drüben in Altdorf, irgendwas mit Computer, Programmieren, Systembetreuung, so etwas. Frieder wohnte noch bei der Mutter.

Die Tür ging, sie hörten die Schritte auf der Stiege. Dann stand Frieder in der Tür.

»Hi, Christian. Hätte ich mir denken können. Wenn d'r Christian kommt, no gibt's Kartoffelschnitz!«

Er umarmte den Bruder. Obwohl Christian wenig von dem verstand, was Frieder beruflich machte, hatte er immer schon ein gutes Verhältnis zu ihm gehabt. Sie akzeptierten sich, so hätte man ihre Beziehung knapp charakterisieren können.

Frieder setzte sich. Die Mutter schöpfte auch ihm. Christian sah voller Vorfreude auf den dampfenden Teller.

»En Guata«, sagte Frieder.

»Au«, sagte Christian.

»Lasst's eich schmecka«, sagte die Mutter. »Was hosch du vorher gsagt: en Doter en d'r Wimsener Hehle?«

Damit ist das Thema auf dem Tisch, dachte Christian Schoch.

***

»Du kannsch doch net so do nei!«, rief Günter Schaich seinem Kollegen Reger hinterher, der sich gerade daran machte, die Höhle zu betreten. Er hatte sich von seinem Sohn seine Anglergummistiefel bringen lassen, die gut und gern bis unter die Achseln reichten. So ausgestattet watete der Polizeihauptmeister nun durch das knietiefe Wasser auf den Höhleneingang zu.

»Warom denn net, bis do oiner kommt, isch der erfrora!«, rief Reger nach hinten. Weil er schon nahe am Felsüberhang des Eingangs war, hallte seine Stimme laut in Richtung Kiosk. Entsprechend waren die Reaktionen der Zuschauer. Ahs und Ohs machten die Runde, Kinder weinten, Hausfrauen wurden blass.

»Der isch doch scho dot!«, versuchte Schaich seinen Kollegen von dieser in seinen Augen blödsinnigen Aktion abzubringen.

»I hol den jetzt do raus ond baschta!« Mit dieser deutlichen Feststellung verschwand Reger in der Höhle.

Günter Schaich und die Zuschauer blieben staunend zurück. Sie sahen zu, wie der Polizeibeamte mit seinen grünen Gummistiefeln in der Höhle verschwand. Was hat den denn jetzt bloß geritten?, dachte Günter Schaich.

Einer der Höhlenführer, Hubert Stolz, kam zu ihm herüber. Er lehnte sich neben Schaich an den Tresen des Kiosks. »Was macht denn der do?«, fragte er.

»Er will den Dota aus d'r Hehle hola«, antwortete Schaich.

»Mit Rohrstiefel, oder was?«

»Ha jo, du siehsch es jo.«

»Des isch doch viel zu tief. Des goht mit Rohrstiefel net!«

»Ach so, zu tief, ja dann.«

Beide schauten hinüber zur Höhle. Ernst Reger war nun schon fast eine Minute verschwunden. Schaich machte sich Sorgen. Zu tief, dann würde er nicht weit kommen.

Reger watete vorsichtig am Höhlenrand entlang. In der Mitte wurde das Wasser empfindlich tief. So tief, dass selbst seine hohen Gummistiefel keine Trockenheit mehr garantieren konnten. Er erinnerte sich noch genau an seine erste Fahrt in die Höhle, und er erinnerte sich auch an die Wassertemperatur, acht Grad, das ganze Jahr über. Also durfte er mit seinen Stiefeln nicht zu tief eintauchen, sonst wäre sein Ausflug in die Unterwelt der Schwäbischen Alb schnell beendet. Acht Grad würde er nicht lange aushalten.

Immer wieder hielt er sich an den feuchten Felswänden fest. Mal ging es besser, mal schlechter. Manchmal musste er sich an der Decke abstützen, um den Halt nicht zu verlieren. Er ging langsam auf den Inselfelsen zu, auf dem ein kleiner Zwerg bei den Besuchern immer wieder für Lacher sorgte. Ihm war nicht zum Lachen. Nun musste er sich ziemlich weit nach unten ducken, um eine sehr flache Stelle der Höhle zu überwinden. Er hatte für einen Moment nicht nach unten geschaut. Er fand kaum mehr

Halt am Rand der Höhle. Sein Gummistiefel rutschte ab. Hier war es tief. Sehr tief. Er rutschte immer weiter in das eiskalte Wasser. Die Gummistiefel gingen zwar bis unter die Achseln, aber dann war Schluss mit lustig.

Er glitt immer weiter ins Wasser hinein. Warum kam ihm jetzt dieser blöde Witz von der Bundeswehr in den Sinn? Handbuch des Soldaten: Ab einem Meter Wassertiefe beginnt der Soldat selbstständig mit Schwimmbewegungen. Das musste er jetzt auch tun. Er paddelte ein wenig mit den Armen, mit den schweren Gummistiefeln war schlecht schwimmen. Er kam nicht weiter, ja, er kam nicht einmal allein zurück. Er brauchte Hilfe.

»Hilfe, Hilfe!«, rief es aus der Höhle.

»Des isch d'r Ernscht«, sagte Schaich zu Hubert Stolz.

»Auf geht's, mir fahret mit em Kahn nei«, sagte der und war schon auf dem Weg zur Höhle.

Schaich folgte ihm.

Stolz machte schnell die Sicherungsleinen los, wartete, bis Schaich eingestiegen war, dann stieß er den Kahn vom Steg ab. Heute muss es mal schneller gehen als sonst, dachte er. In dem eiskalten Wasser konnte man schnell erfrieren, lange würde der Ernst das nicht aushalten können.

Schon nach wenigen Metern sahen sie ihn im Wasser. Er hatte eine der tiefsten Stellen erreicht. Fast drei Meter ging das dort hinunter. Hubert Stolz steuerte den Kahn quer zum Polizisten. Günter Schaich reichte Reger die Hand. Auch Stolz half nun mit, ihn in den Kahn zu hieven. Als dies geschafft war, schnauften alle drei erst mal durch.

»So ein Bledsenn, mit Rohrstiefel«, sagte Hubert Stolz vorwurfsvoll.

»Des send meine Anglerstiefel, ganz hohe«, sagte Reger entschuldigend.

»So hoch kennet dia gar net sei. Dohanna isch des Wasser fascht drei Meter tief!«

Kleinlaut setzte sich Reger auf eine der Bänke.

»Hollet mern jetzt no?«, fragte er.

»Wenn's dir net zu kalt isch. Günter, gib ihm mol die Decke«, sagte Hubert Stolz zu Schaich. Der legte Reger eine wärmende Decke über die Schulter.

»No hollet mir den halt no raus.«

Hubert Stolz stieß den Kahn ab. Sie konnten den Leichnam schon vor sich im Wasser sehen. Nach etwa zehn Metern hatten sie ihn erreicht. Offensichtlich handelte es sich um einen Mann, der mit dem Gesicht nach unten im kalten Höhlenwasser trieb.

Günter Schaich griff nach einem Bein. Eigentlich lässt sich der Tote recht leicht im Wasser bewegen, dachte er und schubste die Leiche an sich vorbei dem Höhlenausgang zu.

Stolz steuerte den Kahn nun in die andere Richtung. Schaich hielt den Toten am Hosenbein fest. Irgendwie sollten sie verhindern, dass die Menschenmenge dort draußen ihnen beim Ankommen zusah.

Mit der linken Hand hielt Günter Schaich den Toten, mit der rechten holte er sein Handy heraus. Er müsste noch die Nummer vom Rettungsdienst im Speicher haben. Die würde er anrufen, schließlich warteten die draußen auf sie.

»Ja, hallo. Ich ben's. Dia Feierwehrleit sollet die Leit von d'r Hehle weghalta. Mir kommet jetzt mit dem Tota raus, gell. Okay, alles klar.«

Als sie mit dem Kahn ins Freie hinausfuhren, hatten die Feuerwehrleute schon für Abstand gesorgt. Stolz machte den Kahn fest. Ernst Reger hatte es eilig, an Land und ins Warme zu kommen. Erst jetzt drehte Günter Schaich die Leiche um. Hubert Stolz schaute ihm dabei zu.

Ein bläulich weißes Gesicht sah sie an, die Augen waren trüb. Die beiden machten erstaunte Gesichter.

»Des isch ja der Herr von Aue.« Schaich fand als Erster die Sprache wieder.

»Genau«, sagte Reger bloß.

»Sie kennen den Mann?«, fragte einer der Sanitäter.

»Ja, klar, des isch doch der Herr von Aue vom ›Arbeitskreis Lebendige Alb‹, diesem ›ALA‹. Was hoißt kenna, i woiß, dass der so aussieht. Der isch schon oft en d'r Zeitung gwä.«

»Und, was machen wir jetzt?«, fragte der zweite Sanitäter.

»I denk, mir miaßet auf Spurensicherung ond Gerichtsmedizin warte«, erklärte Ernst Reger.

»Seh ich auch so«, bestätigte Schaich.

»Des ka daura«, meinte Reger.

»Am beschta machet mer vorn am Parkplatz a Schild na, dass d' Hehle gschlossa isch, oder was moinscht du, Ernscht?«, fragte Schaich seinen Kollegen.

»Des wird des Beschte sei, Günter. Kümmersch du de drom?« Ernst Reger hatte zwar die Neugier noch bei dem Toten gehalten, nun fror es ihn aber dermaßen, dass er schnell zum Gasthof hinüberlief.

»Mach ich«, sagte Schaich und ging zum Kiosk, um sich Material für ein Schild zu beschaffen.

***

»Noi, du bisch doch dot!«

»Wieso jetzt scho? Mir hend doch kaum agfanga!«

»I ben d'r Regisseur, ond i sag, du bisch jetzt dot.« Offensichtlich lief das noch nicht so, wie sich der Regisseur das vorgestellt hatte.

Die Jungs und Mädels des CVJM Mägerkingen wollten in diesem Jahr in ihrem Sommerlager was ganz Besonderes zeigen. Eine Winnetou-Inszenierung made in Mägerkingen. Die Proben dazu liefen auf Hochtouren. Man hatte außerhalb des Ortes, auf einem Höhenzug, eine Hütte gefunden, die den Vorstellungen der Macher ziemlich genau entsprach. Sie lag am Hang, hatte zumindest zwei Zimmer, und vor allem befand sich davor eine überdachte Grillstelle. Lagerfeuer war natürlich ganz wichtig.

Nun ging es darum, die ausgedachte Szene umzusetzen: Drei Trapper sollten am Lagerfeuer kampieren, Schüsse sollten im Hintergrund fallen, und ein Reiter sollte schwer verletzt kurz vor der Hütte vom Pferd fallen und dann tot sein. Schließlich sollte Winnetou heranreiten und die drei Trapper mit einem Friedensgruß willkommen heißen.

»Des isch doch eine Scheißrolle!«

»Ich kann auch nichts macha, darauf hend mir ons geeinigt«, entschuldigte sich der Regisseur Ronald Häbe. Seit er denken konnte, wurde er von seinen Freunden nur Ron genannt.

»Du reitest heran, Schüsse, du fällst vom Pferd und Exitus!«

»Ich könnt doch no schtöhna, oder?«, fragte das Opfer zaghaft nach.

»Des wird zu lang. Du fällsch ond stirbsch. Fertig.« In diesen Fragen kannte Ron keine Nachsicht. Man musste auch Laienschauspielern gegenüber eine klare und feste Linie halten, sonst war man als Regisseur verraten und verkauft.

»Von mir aus.«

»Also nomol. Rick! Aufs Pferd ond dann flott herangeritten!«

Der angesprochene Rick stand auf, nahm das Pferd und ging mit ihm einige Schritte weg von der Hütte. Er bestieg das massige Tier. Nun wartete er auf das Kommando des Regisseurs.

»Was isch denn jetzt mit dem Feuer?«, rief Ron.

»Mir misset no Holz hola!«, meinte eine Stimme aus dem Hintergrund.

»Na dann«, sagte Ron, »macht mal. Pause! Wir müssen Holz holen.«

Alles war genau eingeteilt. Neben den insgesamt neun Akteuren, den drei Trappern, Santer, Winnetou, dem weisen Klekih-petra, der Schwester Nscho-tschi, dem Vater Intschu tschuna und natürlich Old Shatterhand, gab es noch zahlreiche Helfer im Hintergrund. Unter anderem eine kleine Truppe von drei Mann, die für das Lagerfeuer und einige andere Aufgaben zuständig war. Nachdem die Proben nun schon den zweiten Tag liefen, brannte das Feuer zwar mehr oder weniger fröhlich vor sich hin, musste aber immer wieder gefüttert werden. Das war hier oben gar nicht so einfach, denn rund um die Hütte gab es keinen nahen Wald, wo man mal eben ein paar Äste hätte holen können. Also musste sich der Trupp, der nicht umsonst aus drei Leuten bestand, auf einen recht weiten Weg machen, um Feuerholz heranzuschaffen. Damit sich der lange Weg auch lohnte, hatten sie sich einen alten Leiterwagen organisiert, in dem sie das Holz transportierten. Mit dem Wagen fuhren sie ein gutes Stück in den Wald hinein und sammelten dann das morsche Holz zusammen.

»Des isch ein rechter Scheiß, wenn ihr mi froget«, sagte Tschick, einer aus der Truppe. Eigentlich hieß er Hans Bauer, aber seine Kumpels hatten ihn nach dem österreichischen Ausdruck für Landstreicher Tschick genannt, weil er meistens am verlottertsten von allen aussah.

»A bisle helfa hot's ghoißa, ja, aber so!«, meinte Bruno Maier, genannt Frog. Er hatte den unverzeihlichen Fehler begangen, im Kindergarten bei einer Aufführung des Froschkönigs den Frosch zu spielen. Das hatte ihm diesen Spitznamen eingebracht, den er seit seiner Kindheit trug.

»Do henda war der Holzschlag, do goht nex meh«, bemerkte der Dritte im Bunde, mit dem Spitznamen Wecka, der seinen Namen seiner fast leidenschaftlichen Vorliebe für Leberkäswecken verdankte.

Nachdem sie einige hundert Meter hinter sich gebracht hatten, bogen sie nach rechts ab, am ausgebeuteten Holzschlag vorbei, hinein in ein anderes Waldstück, das mehr Altholz versprach.

»Sieht et schlecht aus«, sagte Frog, als er sich einen Überblick verschafft hatte.

»Doch, echt cool, des wird langa«, sagte auch Tschick.

»Also, Tschick do vorna, Frog do henta ond i do driba! Okay?« Wecka wollte Ruhe in der Truppe, er zeigte den anderen die Richtung, in der sie suchen sollten. Der ganze Scheiß ging ihm so langsam mächtig auf die Nerven. Ein Winnetou-Spiel in Mägerkingen, was für eine Schnapsidee!

Die beiden anderen machten sich auf schmalen Trampelpfaden auf den Weg ins Unterholz. Wecka stellte den Leiterwagen ab. Dann ging er ein Stück weiter einen Fahrweg entlang, um ebenfalls ins Holz abzubiegen. Wenn das so weiterging, würden sie jeden Tag weiter laufen müssen, um an genügend Holz zu kommen. Vielleicht musste er sich da was einfallen lassen. Sie hatten doch den Trecker und einen Anhänger. Den könnte man sich mal ausleihen. Eine kurze Fahrt ins richtige Waldstück mit den langen, hohen Holzbeigen, und schon war das Holzproblem beseitigt.

Wecka stampfte durch das tiefe Laub. Kaum hatte er einige Meter hinter sich gebracht, stutzte er. Vor ihm hing an einem Ast ein fast neu aussehendes Jackett. Er nahm es vom Baum und betrachtete es genauer. Die Taschen waren leer. Vor seinen Füßen auf dem Boden lagen ein paar Blätter Papier. Er hob sie auf. Es waren zusammengeheftete DIN-A4-Seiten. Er studierte die Papiere und wiegte dabei den Kopf hin und her. So, so, dachte er, das ist ja interessant, was bei uns so im Wald herumliegt.

»Jungs!«, rief er in den Wald hinein. »Schaut mal, was ich gfunda han!«

Tschick und Frog waren gleich zur Stelle. Sie sahen Wecka auf einer kleinen Lichtung stehen. Die Sonne durchbrach hier das Baumdach mit ein paar Strahlen, die auf das Jackett fielen, das Wecka in der Hand hielt.

»Was isch denn des?«, fragte Tschick.

Frog beugte sich neugierig nach vorn und schaute sich das Kleidungsstück genauer an. »Ein Jackett, tät ich saga.«

»Mitta em Wald ond leer, ond dia Blätter do«, sagte Wecka und hielt die Papiere hoch.

»Was isch do drauf?«, fragte Tschick.

»Wenn ihr mich froget, no send des die Pläne, von dene was em Blättle gschtanda hot.«

»Du meinsch den Tunnel?«, fragte Frog.

»Genau! Des sieht mir ganz drnoch aus. Kommet, schnappet eich no a bar Priagel, packets en da Waga ond no gammer zrick!«

Frog und Tschick sammelten noch ein paar dicke, alte Äste vom Boden auf und klemmten sie sich unter die Arme. Sie gingen zurück zu ihrem Leiterwagen. Darin verstauten sie die Äste. Dann machte sich die Truppe auf den Weg zurück zur Hütte.

»I ben gspannt, was d'r Ron dodrzua sagt«, meinte Wecka im Gehen.

An der Hütte wurden die Holzholer längst erwartet.

»Na endlich!«, rief ihnen Regisseur Ron schon von Weitem entgegen. »Das Feuer sollte längst höher brennen!«

Wecka hielt das Jackett und die Papiere in die Höhe.

»Guck mal, was mir gfonda hend!«

Ron ging den drei Jungs entgegen. »Wo habt ihr das gefunden?«, fragte er.

»Do henda, em Wald«, antwortete Tschick, der auch gleich mal was sagen wollte. Später würde er ja wieder nicht zu Wort kommen.

»Im Wald?«, fragte Ron ungläubig.

»Ja, mitten im Wald«, sagte Wecka.

»Ond koiner, der en des Jackett neighert«, bemerkte Frog.

»Ein Jackett ond ein paar Blätter. Was ist da drauf?«, fragte Ron.

»Wie's aussieht, Pläne, vom Tunnel«, meinte Wecka.

»Pläne, so, so, Pläne und ein Jackett im Wald. Seltsam. Was machen wir?«, fragte Ron in die Runde.

»Am beschta Polizei, denk ich«, antwortete Wecka.

»Richtig«, bestätigte Ron. Er schaute auf. Ein Motorengeräusch näherte sich vom Tal her.

»Aha, do kommet Nscho-tschi ond Klekih-petra mit em Tregger. Dia brenget sicher d' Leberkäsweckla!«

Ein Gemurmel in der Runde.

»Scho wieder Leberkäsweckla. Emmer dia Leberkäsweckla«, machte sich der Unmut Luft. Nur Wecka strahlte über das ganze Gesicht, denn schließlich gab es seine Leibspeise.

»Heute Abend gibt es gegrillte Rote«, versuchte Ron seine Truppe zu beruhigen. Allerdings zeigte das allgemeine Murren, dass die roten Würste die Stimmung wohl kaum heben konnten.

***

In der Zentrale vom »Arbeitskreis Lebendige Alb« war heute Vormittag deutlich mehr los als sonst. Einer der Vorstände, Hans Merger, war gegen elf Uhr ins Büro gestürzt und wollte wissen, wer dem Amtsblatt denn diese Tunnelpläne verraten hatte.

»Wir hattet des doch genau besprocha. Kein Wort zu niemandem, bis die Sache einigermaßen wasserdicht ist! Die Pläne waren nur em Herrn von Aue ond mir bekannt. Nur ons send die vorgelegen. So etwas kann und darf nicht nach draußen dringen! Wie konnte des passiera, Frau Schirmer, Fräulein Sacher?«

Merger visierte die beiden Mitarbeiterinnen scharf an. Mit dem war nicht gut Kirschen essen, wenn er so drauf war wie jetzt. Das wussten die beiden Frauen aus Erfahrung. Sie schüttelten erst mal nur den Kopf. Sie hatten tatsächlich keine Ahnung, wie die Pläne an die Öffentlichkeit gekommen waren. Schließlich hatte ihnen ihr Chef, Herr von Aue, eingeschärft, dass sie absolut geheim seien. Sie sollten darüber kein Sterbenswörtchen verlieren, hatte er ausdrücklich gesagt.

»Von uns kommt das nicht. Vielleicht hat Herr von Aue …«, begann Elfriede Schirmer mit einer verzweifelten Erklärung. Sie hatten tatsächlich nicht von den Plänen gewusst. Das hatten die beiden Herren schön geheim gehalten.

»Der Herr von Aue weiß doch ganz genau, dass die Pläne noch viel zu unreif sind, um sie in der Presse zu platzieren!«, rief Merger.

»Na ja, Presse, so schlemm ischs ja net, d's Amtsblatt halt«, versuchte Susanne Sacher zu beschwichtigen.

»Schon, aber Amtsblatt immerhin. Da können Sie drauf warten, bis das die größeren Zeitungen aufgreifen. Die lesen auch, wissen Sie? Wo isch überhaupt Ihr Geschäftsführer?«, fragte Merger. Je nach Gemütslage wechselte er vom Dialekt ins Hochdeutsche.

»Ist heute noch nicht aufgetaucht. Hatte wohl gestern einige Ortstermine. Da ist es vielleicht später geworden, wer weiß«, erklärte Frau Schirmer in ihrem besten Hochdeutsch.

»Der kommt sicherlich bald«, ergänzte Fräulein Sacher.

»Na hoffentlich«, sagte Merger, der sich immer noch nicht beruhigen konnte. »Sie rufen mich bitte an, wenn er auftaucht. Ich möchte das mit ihm besprechen. Ich bin drüben im Büro.«

Merger schlug laut die Tür hinter sich zu. Sein Architekturbüro lag nur eine Häuserecke weiter, ebenfalls am Marktplatz von Trochtelfingen. Als einziger Architekt und Stadtrat kam er im lebhaften Städtchen ganz gut auf seine Kosten. Beweis hierfür war eine prächtige Villa am Ortsrand, die er mit seiner Frau und zwei Kindern im Teenageralter bewohnte.

Susanne Sacher und Elfriede Schirmer schauten ihrem Vorstand hinterher, der strammen Schrittes nach rechts abbog.

»So ein Aufruhr wega soma Tunnel. Des send doch au bloß Pläne, ich bitt dich«, meinte Elfriede Schirmer.

»Scho. Aber ich möchte bloß wissa, wie des rauskomma isch«, sagte Susanne Sacher.

»Ich könnt da Herbert aruafa, was meinsch?«

»Glaubsch, der sagt dir was?«

»Probiera kennt es«, meinte Elfriede Schirmer, »am beschta, ich mach des net am Telefon. I gang gschwend nüber ens Rothaus.«

Susanne Sacher sah der Kollegin hinterher. Sie wusste wohl, dass die Elfriede eher persönliche Gründe ins Rathaus bewegten, als herauszufinden, woher Herbert Schick die Information über den Tunnelbau bekommen hatte. Susanne hatte schon länger den Verdacht, dass da was zwischen den beiden lief. Herr Schick war auffallend oft hier bei ihnen im Büro. Seine Anlässe waren dabei immer mehr als fadenscheinig. Aber was ging es sie an? Die beiden waren schließlich alt genug. Elfriede war alleinstehend und Herbert Schick ein recht rüstiger Witwer. Warum sollte man sich da Gedanken machen?

Susanne Sacher versuchte, ihren Chef, Rainer von Aue, am Handy zu erreichen. Sonst funktionierte das meist reibungslos, denn von Aue zählte zu den Menschen, die selbst in den unmöglichsten Situationen erreichbar sein wollten. Daher wunderte es sie, dass er nicht ans Handy ging und sich auch seine Mailbox nicht meldete. Seltsam, dachte die junge Frau.

***

Die Leiche lag auf einem großen Holztisch in einem Nebenzimmer des Hayinger Rathauses. Ernst Reger und Günter Schaich hatten in ihrem kleinen Revier keine Möglichkeit gesehen, den Leichnam vernünftig unterzubringen. Vor allem so aufzubahren wie hier im Rathaus, denn jeden Moment konnte die Gerichtsmedizin aus der Landeshauptstadt Stuttgart eintreffen.

Sie hatten die Leiche des Geschäftsführers des »ALA« im Rettungswagen von der Höhle nach Hayingen gebracht. Die Rettungssanitäter hatten sich zwar beschwert, dass sie zum einen keine Leichen transportierten und ihnen zum anderen die triefend nasse Leiche den ganzen Wagen versaute. Aber das hatten die Polizisten nicht gelten lassen.

Die Sanitäter waren wieder abgefahren. Nun standen Schaich und Reger zusammen mit ein paar Leuten vom Rathaus um die Leiche herum. Es war eine Runde düsterer Gesichter. Keiner der Umstehenden hatte jemals eine Mord- oder Unfallleiche so von Nahem gesehen. Aber die Neugier siegte, sie schauten dann doch genau hin. Schließlich kannte man so was nur aus dem Fernsehen.

»Der isch ja ganz käsig«, meinte eine junge Frau, die sich durch den Ring der Männer nach vorn gedrängt hatte, »derf mer den alanga?«

»Ich bitt Sie!«, sagte Reger empört. »Do wird nix aglangt. Nochher kriaget mir von d'r Gerichtsmedizin oins aufs Dach!«

Schaich nickte zustimmend. Schon die Aktion seines Kollegen Reger mit den Gummistiefeln würde bei den Beamten von der Gerichtsmedizin nicht gut ankommen, da war er sich sicher. Allerdings hatten sie bisher noch nichts von den Tauchern gehört. Sie hatten Stuttgart lediglich mitgeteilt, dass ein Taucheinsatz jetzt wohl nicht mehr notwendig war. Obwohl es ja vielleicht Spuren in der Höhle geben könnte, dachte Schaich. Vielleicht sollte man die Taucher doch kommen lassen oder zumindest ein paar von den örtlichen Tauchern in die Höhle schicken. Andererseits konnte man ja auch mit einem Kahn einfahren, das würde zur Spurensuche sicherlich genügen.

Ernst Reger setzte sich auf einen der Stühle, die entlang der Wand standen. »Ond, was machet mer jetzt? Gibt's vielleicht en Kaffee? Voma Mittagessa ka mer wohl bloß treima!«

Schaich nickte. Das war wieder mal so ein Tag. Wer wusste, wann sie endlich diese Leiche loswerden würden. Hoffentlich nahmen die Kollegen aus Stuttgart den von Aue gleich mit. Günter Schaich konnte den bleichen Leichnam nicht mehr sehen.

Eine Angestellte des Rathauses kam mit einem großen Tablett durch die Tür. Sie ging auf den Holztisch zu, schob die Beine des Toten etwas zur Seite und stellte das Tablett ab.

»Aber des goht doch etta!«, rief Reger. Er nahm das Tablett vom Tisch und stellte es provisorisch auf einem der Stühle ab. Schaich sah sich um und entdeckte in einer Ecke einen kleinen Klapptisch. Den platzierte er vor den Stühlen. Reger brachte das Tablett, Schaich schenkte ein. Angesichts der kalten Leiche genoss die Runde erst mal eine heiße Tasse Kaffee. Aber es vergingen nur wenige Minuten, dann fuhr der VW-Bus der Stuttgarter Gerichtsmedizin vor.

Die Tür wurde aufgerissen. Ein recht gewichtiger Mann mit hochrotem Kopf erschien im Türrahmen.

»Wo ist die Leiche?«, rief er entrüstet.

Alle Anwesenden wandten sich der Tür zu und staunten ob dieses Auftritts. Reger und Schaich als die zuständigen Beamten gingen den Leuten aus Stuttgart entgegen.

»Reger, Ernst, Polizeihauptmeister«, stellte sich Reger vor.

»Schaich, Günter, Polizeimeister«, machte es ihm Schaich nach.

»Dr. Hungerbühler, Gerichtsmedizin Stuttgart«, sagte der Mann laut, »und das hier ist mein Assistent Wanner.«

Hinter dem großen Mann zwängte sich ein kleines, schmächtiges Männchen in den Raum. Beide gingen auf den Holztisch mit dem Toten zu.

»Da haben wir ja die Leiche«, sagte Dr. Hungerbühler zufrieden. Das Männchen nickte. Sie stellten ihre Taschen ab. Nachdem sie ihre Jacken ausgezogen hatten, schlüpften sie in blaue Schürzen.

»So, meine Herrschaften. Sie haben nun gewiss genug Zeit mit dem Verblichenen verbracht. Jetzt gehört er uns. Wenn Sie uns bitte allein lassen würden. Die Herren Polizisten können natürlich bleiben, wenn sie wollen«, sagte Hungerbühler und machte sich an die Untersuchung.

»Wie war denn die Auffindsituation, Herr Reger?«, fragte Hungerbühler in Richtung der Polizisten nach hinten. Sein Blick blieb auf den Toten auf dem Tisch gerichtet.

»Nun, in der Wimsener Höhle, im hinteren Teil, im tiefen Wasser«, erzählte Reger.

»Und wer hat die Leiche geborgen? Taucher?«

»Nein, ich«, antwortete Reger.

»Sie?« Hungerbühler drehte sich um. »Sie?« Er schaute Reger ungläubig an.

»Ja, nachdem die Taucher nicht komma send, hab ich meine Gummistiefel angezogen und ben hinein in die Hehle«, erklärte Reger. Das hatte er sich gedacht. Da setzte man sich voll für die Sache ein, aber was man dafür erntete, das war Kritik.

»Nicht gerade nach den Vorschriften«, bemerkte Hungerbühler.

»Es hat ja auch nicht geklappt. Hend Sie gewisst, dass die Hehle glei zemlich am Afang drei Meter tief isch? I han 's Wasser en de Rohrstiefel ghet«, erzählte Reger aufgebracht.

Hungerbühler und sein Assistent zogen den Toten aus. Reger und Schaich blickten zum Fenster. Das war ihre Sache nicht. Ihnen hatte das käsweiße Gesicht des Toten in der Höhle schon genügt. Genaueres wollten sie nicht sehen. Ihr Alltag bestand in der Regel aus Falschparkern und hin und wieder einem kleineren Unfall. Ein Toter und eine Obduktion waren in ihren Karrieren bisher noch nicht vorgekommen.

Die Gerichtsmediziner drehten die Leiche auf den Bauch. Am Hinterkopf war deutlich sichtbar ein Hämatom zu erkennen. Sie untersuchten die Beule genauer.

»Also, meine Herren, nach dieser eher oberflächlichen Untersuchung kann ich Ihnen so viel sagen: Der Tote hat keinen Selbstmord begangen. Vor seinem Exitus, den wir noch gründlich unter die Lupe nehmen müssen, hat er einen sehr starken Schlag auf den Hinterkopf erhalten. Ob dieser schon tödlich war, wird sich in Stuttgart bei der Obduktion erweisen. Sie können also von einem Gewaltverbrechen ausgehen. Wer ist hier zuständig? Kriminaltechnisch, meine ich.«

»Eigentlich Reutlingen beziehungsweise jetzt ja Esslingen«, sagte Reger, »aber i denk, wir müssen die Sache erst mal selbst angehen.«

Die Gerichtsmediziner packten ihre Utensilien ein. Hin und wieder warf Dr. Hungerbühler einen Blick auf die Polizisten. Er schien ihnen so einen Fall nicht zuzutrauen. Immerhin ein Tötungsdelikt, da ließ man in Stuttgart eigentlich keine Streifenpolizisten ran. Aber was geht es mich an?, dachte er. Irgendeine übergeordnete Kriminaldienststelle wird sich um den Fall schon kümmern. Sollten die beiden Dorfpolizisten doch ruhig ein paar Ermittlungen durchführen. Schaden konnte das auf keinen Fall.

»Eine Untersuchung des Auffindortes sollte auf jeden Fall stattfinden. Viel werden Sie in der Höhle wahrscheinlich nicht finden«, sagte Hungerbühler. »Vielleicht können Sie noch mal mit Ihren Gummistiefeln rein, oder Sie suchen mit einer guten Lampe vom Kahn aus. Man kann doch mit dem Kahn reinfahren, gell? Ist schon lange her, dass ich in der Wimsener Höhle gewesen bin.«

»Ja, ja«, sagte Reger, »wir werden die Höhle vom Kahn aus absuchen. Des mit de Gummistiefel lasset mer lieber, Herr Doktor. I ben ja fascht versoffa!«

»Dann nehmen Sie doch besser den Kahn«, sagte Hungerbühler.

»Nachdem es nun nicht der Tatort ischt, reicht des wahrscheinlich scho«, meinte Ernst Reger.

»Wir lassen die Leiche dann abholen und nach Stuttgart bringen. Sie informieren bitte Reutlingen beziehungsweise Esslingen, damit die Bescheid wissen, wo sich die Leiche befindet. Einen guten Tag noch, die Herren«, sagte Dr. Hungerbühler zum Abschied. Sein Assistent hatte sich mit einem Nicken verabschiedet. Er stand schon draußen am Wagen und wartete auf seinen Chef.

Reger und Schaich sahen dem abfahrenden weißen VW-Bus hinterher. So hatten sie sich das vorgestellt. Ein kurzer Besuch der Herren Gerichtsmediziner, und die dann immer so ein wenig von oben herab. In Ernst Reger brodelte es. Das wollte er sich als Polizeihauptmeister nicht so ohne Weiteres gefallen lassen.

»Dann nehmen Sie doch besser den Kahn! So ein Sesselfurzer. Den brauch e grad no, dass er mir erklärt, was I zom macha han!«, entrüstete er sich.

»Es isch unglaublich«, bestätigte Günter Schaich.
Er schaute Reger fragend an. Was sollten sie denn jetzt machen?, schien sein Blick zu bedeuten.

Polizeihauptmeister Reger spürte instinktiv, dass nun Entscheidungen getroffen werden mussten. Es fiel ihm auch gleich was ein.

»Ich denk, Günter, wir solltet mol en Abstecher noch Trochtelfinga macha. Immerhin wisset dia vom ›Arbeitskreis Lebendige Alb‹ noch gar nicht, dass zumindescht ihr Chef nemme so lebendig isch. Auf geht's!« Reger ging hinüber zu ihrem Streifenwagen.

Schaich setzte sich hinters Steuer. Die Kollegen in Reutlingen oder Esslingen konnten sie von unterwegs verständigen. Wahrscheinlich würde ihnen der Fall sowieso bald entzogen werden. Deshalb mussten sie unbedingt gleich loslegen, wann bot sich denn schon einmal eine solche Gelegenheit? Schließlich war das womöglich ihr erster Mord.

***

Eine Woche Urlaub hatten sie alle genommen, die Studenten unter ihnen ließen Uni mal für eine Woche Uni sein. Für dieses Ereignis: Winnetou-Festspiele in Mägerkingen auf der Schwäbischen Alb.

Annerose Beutler saß ein wenig abseits der anderen Mitspieler. Sie hatte sich bei der Verteilung der Rollen nicht nach vorn gedrängt und war nun eben eine einfache Squaw. Warum auch nicht, hatte sie gedacht, dann hast du nicht so viel Text. Aber dass sie dann für allerlei Aufgaben zur Verfügung stehen musste, das hatte sie nicht bedacht. Der Herr Regisseur kommandierte die Truppe mit lauten Befehlen. Ihr Name fiel recht oft. So hatte Annerose sich das nicht vorgestellt. Es sollte doch ein Spaß werden. Eine mehr oder weniger lustige Aufführung, die ein bisschen Geld in die CVJM-Kasse bringen würde. Immerhin waren die beiden Vorstellungen am Wochenende schon ausverkauft.

Die örtliche Feuerwehr hatte sich bereit erklärt, den Aufbau der Tribünen zu erledigen. Die Männer würden am Freitag kommen, das Material war schon angeliefert worden und lagerte drüben am Hang. An die dreihundert Plätze sollte die Tribüne bieten, hinzu kamen noch etwa fünfzig Plätze an Biertischgarnituren vor der Tribüne.

Wenn sie nicht spielte, sollte Annerose wie die anderen bei der Bewirtung helfen. Wie sich der Herr Regisseur das gedacht hatte, war ihr schleierhaft. Immerhin hatten sie entsprechende Kostüme, die sie in vielen Stunden Näharbeit gefertigt hatten. Sollten sie denn als Squaws rote Würste, Schweinebauch und Bierhumpen servieren? Sie wollte darüber mit Ron noch mal reden. Irgendwie zerstörte das doch das Bild. Indianer, die auch noch servierten. Das konnte sie sich nicht vorstellen. Sie war gespannt, was Ron dazu sagte. Bestimmt hatte er wieder eine hochtrabende Erklärung parat, von wegen Verfremdung und so. Aber sie wollte so eine abgehobene Deutung nicht gelten lassen. Ihrer Meinung nach machten sie sich lächerlich. Dann mussten eben noch ein paar Leute her. Sie jedenfalls würde in ihrem Kostüm Theater spielen, mehr nicht.

Annerose schaute hinüber zur Hütte. Die Jungs probten gerade die Schlussszene mit Winnetous Tod. Das würde noch ein Weilchen dauern, aber dann waren die Squaws noch mal dran. Sie sollten um Winnetou weinen. Annerose musste lächeln. In ihrem Clubraum auf der Hasenheide hatten sie sich alle zusammen Winnetou eins bis drei angesehen. Ron hatte mit ihnen die Szenen besprochen, die er gern beim Festspiel aufführen wollte. Das erste Aufeinandertreffen von Winnetou und Old Shatterhand, dann die Szene mit Nscho-tschi und Intschu tschuna, deren Tod. Und natürlich auch der von Klekih-petra, dem weißen Freund der Apachen, als er sich rettend vor Winnetou in den Schuss wirft. Das muss natürlich unbedingt gezeigt werden, meinte Ron. Es folgten noch ein paar kleinere Szenen, zum krönenden Abschluss dann Winnetous Tod.

Zwei Mal hatten sie sich die Filme angesehen. Alle Kostüme sollten genau den filmischen Vorgaben entsprechen. Ron hatte extra Standbilder für jeden einzelnen Schauspieler ausgedruckt. Ganz nach dem Motto: so und nicht anders. Der Herr Regisseur hatte dann anhand der Bilder die Kostüme überprüft. Nun konnte man genau oder auch pingelig sein, aber die Maßstäbe, die Ron anlegte, gingen gar nicht. Es hatte eine Art kleinen Aufstand gegeben. Schließlich hatte er klein beigegeben. Sie konnten ihre Kostüme so machen, wie sie wollten. »Eine gewisse Ähnlichkeit soll aber schon gegeben sein«, hatte Ron gemeint.

Annerose schlüpfte in ihr Wildlederkleid. Es stand ihr ganz gut, wie sie fand. Die Schüsse von Santer und seiner Bande hallten durchs Hochtal. Nun würde Winnetou bald getroffen werden und Old Shatterhand um seinen Freund trauern. Anschließend sollten sie einen Kreis um den toten Winnetou bilden. Mit ihrem Klagegesang war das Stück dann aus.

»Die Squaws fertig machen!«, rief Ron.

»Mein Bruder«, hörte Annerose Winnetou mit den letzten Atemzügen stammeln.

»Mein Bruder«, sagte auch Old Shatterhand.

Annerose ging hinüber zu den anderen Squaws. Sie wussten, was sie zu tun hatten. Old Shatterhand würde den toten Winnetou ans Lagerfeuer legen. Es folgte ihr Auftritt als trauernde Squaws.

»Ich schaff des nicht!«

Annerose schaute auf. Anscheinend konnte Old Shatterhand seinen toten Bruder nicht aufheben. Sie hatte diese Besetzung überhaupt nicht verstanden. Schließlich war der Berti einer der schwersten der jungen Männer im CVJM in Mägerkingen. Dass nun ausgerechnet er den Winnetou spielen durfte, konnte nur daran liegen, dass er mit Ron gut befreundet war.

»Ich han des emmer gsagt, d'r Berti isch zu schwer!«, rief Hansi Ruck, der den Old Shatterhand spielte, entrüstet.

»Jetzt streng dich halt an!«, gab Ron zurück.

»Do kann ich mich aschtrenga, wie ich will, des schaff ich nicht!«, rief Hansi Ruck.

»Dann soll dir halt jemand helfa! Wecka, du kommsch hinzu und hilfst dem Old Shatterhand mit em Winnetou«, kam die Anweisung.

»D'r Wecka isch mit dem Kittel bei d'r Polizei!«

»Ach so, dann soll halt jemand anders«, grummelte Ron und schaute sich um.

»Frog, dann machs doch du, bitte.«

Solch freundliche Töne waren die Schauspieler von ihrem Regisseur gar nicht gewohnt. Frog hatte noch sein Indianerkostüm an. Er ging hinüber zum toten Winnetou. Old Shatterhand griff dem toten Indianer unter die Achseln, Frog nahm die Beine. So trugen sie ihn zum Lagerfeuer.

»Wenn jetzt noch das Lagerfeuer brennen würde, dann wär's perfekt!«, rief Ron ärgerlich. »Wer war denn dafür zuständig?«

»D'r Wecka ond d'r Tschick. Die send bei d'r Polizei! Ond i halt«, antwortete Frog.

»Aber bei der Aufführung muss das dann klappen! Also, weiter. Ablegen. Ernste Gesichter. Dann die Squaws!«

Annerose und die anderen Squaws machten sich bereit. Sie ließen dem trauernden Old Shatterhand noch ein paar Minuten, dann stellten sie sich im Halbkreis um den toten Indianer und seinen Freund. Ihr Singsang war herzerweichend. Die hohen Stimmen der jungen Frauen schallten vom Lagerfeuer hinunter ins Tal.

Ein schöner Schluss, das musste sie zugeben. Annerose zupfte an ihrem Kleid. Vielleicht hatten sie im Tal ihren Klagegesang sogar gehört. Das wäre eine tolle Werbung. Der Samstag konnte kommen.

***

Wecka und Tschick hatten für den Weg in den Ort den Traktor genommen. Sie genossen die Fahrt den Berg hinunter. Wecka holte aus dem alten Teil heraus, was herauszuholen war. So ging es mit fast sechzig Stundenkilometern auf schmalen Feldwegen hinab ins Tal.

»Mensch, Wecka, et so schnell. Des isch ein altes Gefährt!«, schrie Tschick seinem Freund ins Ohr.

Aber Wecka ließ sich davon nicht beeindrucken. Erst als die Hauptstraße näher kam, versuchte er zu bremsen. Die Reaktion des alten Traktors war bescheiden. Wecka drückte mit der ganzen Kraft seines rechten Beines aufs Pedal. Sie wurden zwar ein wenig langsamer, aber er hatte Bedenken, ob das bis zur Hauptstraße reichen würde. Noch waren es fast hundert Meter. Er schaute auf den Tacho und die Nadel. Sie ging nur wenig zurück.

Tschick griff Wecka an den Oberarm, um seine Aufmerksamkeit auf sich zu ziehen. »Do vorn kommt no d' Schtroß!«, rief er.

Das wusste Wecka auch. Er konnte nicht mehr tun als bremsen. Auf der nun etwas breiteren Straße versuchte er, mit Schlangenlinien ein bisschen Tempo zu verlieren. Es half alles nichts – wenn da vorn auf der viel befahrenen Straße Autos kommen würden, ging das hier schief. Er schaute sich nach beiden Seiten um. Kurz vor der Straße kam rechter Hand der Höhn'sche Hof. Vielleicht, wenn er dort in den Hof hineinfuhr und nichts auf dem Weg stand, dann könnte er durchs Gatter auf die Pferdeweide fahren. Aber nur, wenn der Weg frei war.

Tschick folgte dem Blick seines Fahrers. »Kasch doch et macha!«, rief er.

»Des goht net andersch«, sagte Wecka laut.

»D'r Hans wird a Freid han!«

»Des glaub i au!«, rief Wecka und steuerte auf den Hof des Bauernanwesens. Der war schon mal frei. Nach etwa fünfzig Metern kam ein altes Gatter, das sollte für den Trecker kein Problem sein. Dahinter lag die Koppel, meist weideten dort nur ein oder zwei Pferde. Hoffentlich nur eines, dachte Wecka.

Der Trecker fuhr auf das Gatter zu. Mit einem lauten Knirschen gaben die Rundhölzer nach. Das Gatter kippte nach vorn, der Trecker fuhr mühelos darüber hinweg. Wecka schaute sich um. Sie hatten Glück, kein Pferd war zu sehen. Im tiefen Grasboden lief der Trecker langsam aus. Sie kamen zum Stand.

In der Tür des Stalles stand Hans Höhn mit der Mistgabel in der Hand. Der Krach in seinem Hof hatte ihn neugierig gemacht. Als er die beiden Jungs mit ihrem Trecker sah, verzog er keine Miene. Wecka und Tschick stiegen vom Trecker ab.

»Sorry, Hans«, sagte Wecka.

»Echt sorry«, sagte Tschick.

»Ganget no nei, d' Else schenkt eich en Moscht ei. M'r sott vielleicht noch denne Bremsa mol gucka, oder?«, fragte Hans Höhn.

»Des wär, glaub ich, et schlecht«, sagte Wecka lächelnd. Die beiden waren froh, dass die Sache so ausgegangen war. Von Hans hatten sie nichts anderes erwartet. Er war immer schon einer mit einer schnellen Auffassungsgabe und der Ruhe selbst gewesen. Die Jungs gingen aufs Bauernhaus zu.

»Moment, ihr Kerle«, rief Hans ihnen nach, »oiner fehrt mir den Trecker no noch vorna an mei Werkstatt!«

Nachdem Wecka das erledigt hatte, gingen sie zu Else hinein und ließen sich ein kühles Glas Most schmecken. Nach wenigen Minuten kam auch Hans zur Tür herein.

»So, des lass mer gfalla! Zerscht da Trecker en Garta neifahra, ond no Moscht trenka«, sagte er, aber er lachte dabei. »Was isch denn des fira Kittel auf eierm Trecker?« Hans Höhn hielt ihnen das Jackett vor die Nase. Er hatte auch die Blätter mitgebracht.

Wecka und Tschick sahen sich an. Ihren eigentlichen Auftrag hatten sie fast vergessen. Das Jackett sollte doch zur Polizei.

»Den hemmer droba em Wald gfonda«, erklärte Wecka.

»Em Wald?«, sagte Hans zweifelnd. »So, so, em Wald. Oifach so?«

»Isch ama Ascht ghengt. Dronter die Blätter do«, sagte Tschick und zeigte auf die Tunnelunterlagen. Hans legte die Papierseiten auf den Tisch. Else brachte ihm automatisch seine Brille. Er setzte sich, studierte Blatt für Blatt.

»Em Wald, mit dene Blätter«, sagte Hans vor sich hin, »des ka nex Guats bedeita, wenn ihr mi froget.«

Else schenkte den beiden jungen Männern Most nach. Auch Hans bekam ein Glas.

»Bloß den Kittel ond dia Blätter?«, fragte er noch mal nach.

»Ja«, sagte Wecka.

»Ond dia Sache brenget mir jetzt nom auf d' Polizei«, erklärte Tschick.

»Polizei?«, fragte Hans.

»Ja«, sagte Wecka.

»Bei ons gibt's doch bloß no a Ordnungsamt. Polizei hend mir scho lang nemme. D'r Polizeiposchta isch dromma en Trochtelfenga.«

»No halt Ordnungsamt«, sagte Wecka.

»Do wird d'r Heber a Freid han«, meinte Hans.

Die beiden jungen Männer verabschiedeten sich. Wenn schon keine Polizei, dann eben Ordnungsamt, dachten sie sich. Hauptsache, das Jackett und die Blätter wurden der Staatsmacht übergeben. Die sollte dann sehen, was draus zu machen war.

Else und Hans Höhn waren am Küchentisch sitzen geblieben. Hans schenkte sich noch einen kleinen Schluck Most ein. Else stand auf, das Veschper war zu richten.

»A Kittel em Wald«, sagte Hans.

»Wie kommt der do na?«, fragte seine Frau.

»Des isch die Frage. Den wird oiner auszoga han, aber worom?«

»Der warme Mai?«

Hans Höhn lachte. Diese Art von Humor hatte er immer schon an seiner Frau geliebt. Es gab keine Situation, in der sie nicht zu einem kleinen Spaß oder einer zumindest positiven Äußerung fähig war. Immer wieder fiel ihr etwas ein. So auch diesmal.

»Kaum, Else, kaum«, erwiderte er, »aber en den Kittel ghert oiner nei. Vielleicht werdet mir bald hera, wo der isch, der do neighert. Wann esset mer?«

»Punkt zwelfe, wie emmer«, antwortete Else.

Hans schaute hoch zur Küchenuhr. Er stand auf. »No gange no zu den Henna nom«, sagte er und verließ das Haus.

Else machte sich am Herd zu schaffen. Das Gulasch köchelte schon im Topf vor sich hin. Dazu sollte es Bratkartoffeln geben.

Sie schälte ein paar und schnitt sie in dünne Scheiben. Hans mochte sie ganz knusprig, das wusste sie wohl. Etwas Butterschmalz in die Pfanne, schon brutzelten die Kartoffelscheiben und wurden langsam, aber sicher goldgelb und knusprig. Fehlte nur noch der Endiviensalat, schon war das Mittagessen fertig.

Auch Else ging der seltsame Fund der jungen Männer nicht aus dem Kopf. Das war ein gutes Jackett, zwar von der Stange, aber wahrscheinlich einer ziemlich teuren Stange. Wer ließ schon so ein Jackett einfach im Wald hängen und legte auch noch Papiere dazu? Das machte doch niemand, zumindest nicht freiwillig.

Sie überlegte. Ein Verbrechen? Hier oben bei ihnen, im Wald hinter ihrer Hütte? Das konnte nicht sein. Sie wendete die Kartoffelscheiben. Vielleicht sollte sie Hans bitten, das Waldstück genauer abzusuchen. Es fand sich womöglich noch etwas, womöglich eine Leiche.

Else wurde ganz schwummerig. Ein Mord? Sie musste sich an der Tischkante festhalten. Ein Mord hier in Mägerkingen? Das konnte nicht sein. Aber dieser Kittel und diese Blätter. Irgendjemandem gehörte doch dieses Jackett, aber wem?

***

Den Trochtelfingern war das Polizeiauto vor dem Büro des Arbeitskreises längst aufgefallen. Das kam alle Schaltjahre mal vor, dass die Hayinger Polizei in Trochtelfingen vorfuhr. Einige Hausfrauen, die ihren mittäglichen Einkauf mit einem kleinen Schwätzchen hie und da absolvierten, standen interessiert am Marktplatz, genau gegenüber dem Büro. Die Frage, was die Hayinger Polizei wohl da drinnen verloren hatte, machte die Runde. Es wurde spekuliert, nachgedacht und vor allem viel geredet. Als dann auch noch Herr Merger, der Architekt, aus seinem Büro gestürmt kam und mit eiligen Schritten auf die Bürotür des Arbeitskreises zuging, wussten die Umstehenden, dass etwas passiert sein musste. Was, das blieb ihren neugierigen Blicken vorerst verborgen, denn die Tür wurde schnell wieder geschlossen.

Im Büro des Arbeitskreises sah sich Hans Merger zwei unsicheren Polizisten und zwei weinenden Frauen gegenüber.

»Was ist denn los? Isch was passiert?«, fragte er die Polizisten.

»Kann man so sagen«, antwortete Polizeihauptmeister Reger, »der Herr von Aue wurde heute Morgen tot in der Wimsener Höhle aufgefunden.«

»Was? Der Herr von Aue, der Rainer, tot?«, sagte Merger fassungslos.

»Genaueres wisset mir noch nicht, die Leiche ist in Stuttgart in der Gerichtsmedizin. Reutlingen ist verständigt, wir sollen erst mal ermitteln«, sagte Günter Schaich.

Bei dem Wort »Leiche« heulten die beiden Frauen laut auf. Sie konnten das alles noch nicht fassen. Wie konnte denn ihr Chef, Herr von Aue, einfach so tot sein?

»Ja, aber, er war doch geschtern noch do«, stieß Elfriede Schirmer mit brüchiger Stimme hervor.

»Ja, geschtern«, sagte Ernst Reger. Woraufhin beide Frauen wieder zu weinen anfingen. Fräulein Sacher begann, Unterlagen auf ihrem Schreibtisch zu ordnen. Frau Schirmer ging hinüber zur Kaffeemaschine.

»Sie drenket doch einen Kaffee?«, fragte sie die drei Männer.

Reger und Schaich nickten sofort. Das konnten sie jetzt am späten Nachmittag nach der Aufregung vertragen. Merger ging ein paar Schritte im Büro umher.

»Ond Sie?«, fragte ihn Frau Schirmer direkt.

»Doch, doch, auch, ja, ja«, murmelte er. Von Aue tot, dachte er. Womöglich umgebracht und dann in die Wimsener Höhle geschafft. Wer konnte so etwas tun? Gut, der von Aue hatte so ein paar eigene Ansichten gehabt, was die Entwicklung des Tourismus auf der Schwäbischen Alb anging. Allein die Tunnelidee war doch ein Witz gewesen. Jetzt kam das auch noch großartig im Amtsblatt. Sie würden sich zum Gespött machen, da war sich Merger sicher. Aber wie sollten sie nun mit dem Tod ihres Geschäftsführers umgehen? Er würde Frau Schirmer bitten, das Begräbnis vorzubereiten. Eine eigene Familie hatte von Aue nicht gehabt, Verwandtschaft vielleicht. Das sollte die Schirmer herausfinden.

Wenn er die Beamten richtig verstanden hatte, dann war noch nicht klar, wie und wo Herr von Aue ums Leben gekommen war. Das mussten sie natürlich abwarten. Jetzt nur keine vorschnellen Aktionen, sagte er sich. Ruhe bewahren war jetzt ganz wichtig.

»Wo isch denn der Herr von Aue geschtern gwesa?«, begann Reger mit seinen Ermittlungen.

Frau Schirmer holte den Kalender ihres Chefs. »Er hatte eine Besprechung im Rathaus um zehn –«, sagte sie, aber Merger unterbrach.

»Da war ich dabei, das ging so bis um halb zwölfe«, ergänzte er.

»Also, dann war er zu Mittag und wollte am Nachmittag noch einige unserer Albproduzenten besuchen, wegen dem neuen Prospekt, wisset Se«, erklärte Frau Schirmer.

»Könnten wir da eine Lischte haben?«, fragte Schaich.

»Gern, kein Problem, des sind ja nur vier«, sagte Frau Schirmer und gab ihrer Kollegin Sacher einen Wink. »Susanne, sei doch so guat.«

Susanne Sacher tippte auf ihrer Tastatur, und kaum einen Augenblick später spuckte der Drucker ein Blatt Papier mit den vier Adressen aus. Reger nahm es gleich an sich.

Merger versuchte noch, einen Blick darauf zu werfen, aber der Polizist war zu schnell gewesen. Schließlich brauchte nicht jeder zu wissen, wo sich dieser Herr von Aue gestern Nachmittag aufgehalten hatte. Es war dem Polizisten Reger natürlich klar, dass Herr Merger die Adressen ohne Probleme von den beiden Frauen bekommen würde. Aber das war ihm egal. Von ihm hatte er sie dann jedenfalls nicht.

»I denk, no ganget mer, Ernscht, oder?«, fragte Schaich seinen Kollegen.

»Ja, ich denke, des war's fürs Erschte«, sagte der Polizeihauptmeister und setzte seine Mütze auf.

Als die beiden Polizisten nach draußen auf den Marktplatz traten, sahen sie die Frauen gegenüber, die tuschelnd zusammenstanden.

Die würden jetzt gern wissen, was los ist, dachte Reger. Die

Neugier war ein seltsamer Trieb. Das pfupferte jetzt die Frauen da drüben, dass sie zwar wussten, dass etwas los war, aber nicht, was. Da machte sich Ernst Reger allerdings keine Sorgen. Er wusste nicht zu sagen, wer die Nachricht als Erster in die Öffentlichkeit bringen würde. Merger vielleicht nicht, aber Sacher und Schirmer würden nicht dichthalten können. Außerdem würde die Abwesenheit des Herrn von Aue sicherlich bald auffallen. In einem kleinen Städtchen wie Trochtelfingen sprach sich das eben rum.

So war das hier oben auf der Alb, alles kleine Welten, meist ohne Geheimnisse.

Das lehrt einen der Alltag, dachte Reger bei sich. Kaum waren sie weg, würde eine der Frauen draußen auf dem Marktplatz all ihren Mut zusammennehmen und, sobald Merger das Büro verlassen hatte, mal kurz bei den beiden Sekretärinnen vorbeischauen. Einfach so, ganz zufällig. Die würde keine Brille brauchen, um schnell zu erkennen, dass wirklich etwas passiert war. Dann die richtigen Fragen gestellt, ein wenig Mitleid vorgegaukelt – und schon würde sie von den Frauen erfahren, was passiert war. Der weitere Ablauf war klar. Raus aus dem Büro, hinüber zu den anderen Frauen, die natürlich warteten. Und dann würde das Netzwerk loslegen. Eine rüber in die Bäckerei, sie habe noch was vergessen, eine in die Metzgerei, ihr Mann möge doch den Backschinken so und so weiter und so weiter. Es würde keine Stunde dauern, und die Information war im ganzen Städtchen bekannt. Da machte sich Reger nichts vor. Darüber wollte er sich auch keine weiteren Gedanken machen, das lief eben so.

Was ihn viel mehr umtrieb, war das Verhalten der Reutlinger Kollegen. Diese Aussage von wegen: Sie sollten ruhig mal ermitteln. Das war sonst nicht die Art von Anweisungen, die sie aus Reutlingen zu hören bekamen. Kaum war ein Unfall mit Personenschaden passiert, standen die Herren Kriminaler doch gleich bei ihnen auf der Matte. Jetzt hatten sie einen Todesfall, was auch immer die Untersuchungen ergeben würden, und es hieß, sie sollten doch mal ermitteln. Vielleicht war das auch eine

Auswirkung der Polizeireform. Personal einsparen, hatte es in der Zeitung geheißen. Hatten die jetzt schon zu wenig Personal, um einen Mord oder Todesfall bei ihnen auf der Alb zu untersuchen?

Reger war gespannt, wie das weitergehen sollte. Er wollte mit Schaich gleich heute Nachmittag diese vier Produzenten abklappern. Sie hatten ja die Liste vom Fräulein Sacher. Irgendwo musste dieser Herr von Aue doch vom Weg abgekommen sein.

***

Eigentlich war nichts anders. Hauptkommissar Christian Schoch schloss die Wohnungstür hinter sich. Hier war keine Spur von Sabine zu finden. Sie hatten das von Anfang an sauber getrennt. Mal in seiner Wohnung, mal in ihrer Wohnung. Aber keine Dinge hin- und hertragen. Diese Art von Nähe hatten sie noch nicht gewollt, vielleicht auch nicht geschafft. Somit war ihre Trennung im ersten Moment kaum zu spüren. Aber die Gefühle würden kommen, da war er sich sicher.

Er war wieder allein, mal wieder. Warum ging das bei ihm immer nur ein oder zwei Jahre? Machte er etwas falsch? Wieso liefen ihm Frauen stets davon? Das musste doch einen Grund haben.

Er setzte Teewasser auf. Für ihn war der Tag gelaufen.

Das Telefon klingelte. Er schaute auf sein Handy. Eine Stuttgarter Nummer. Halb sechs, ziemlich spät für einen amtlichen Anruf.

»Schoch«, meldete er sich. Er hörte eine Weile zu. »Ja, ist gut. Übermorgen, am Donnerstag, um zehn Uhr. Ich weiß, siebter Stock. Danke.«

Ein Termin bei Kriminaldirektor Wächter. Was das wohl zu bedeuten hatte. Stuttgart, zehn Uhr, das ließ sich machen. Um die Zeit war der Verkehr nicht mehr so wild. Es würde genügen, wenn er gegen neun Uhr losfuhr. Es blieb ihm noch der morgige Urlaubstag, immerhin.

Manchmal fragte sich Christian Schoch, ob das nun der richtige Weg für ihn war. Nach Abitur und ein paar Semestern

Studium hatte er sich vor einigen Jahren bei der Kriminalpolizei beworben. Er hatte gemerkt, dass die Universität nicht sein Leben war. Anglistik und Germanistik hatten ihm zwar Spaß gemacht, aber wo es eigentlich hingehen sollte, war ihm im Laufe der Semester immer weniger klar gewesen. In den Schuldienst wollte er nie, deshalb blieben nur wenige Möglichkeiten mit seinen Studienfächern. Also hatte er den Schnitt gewagt. Ein neuer Anfang in einer ganz anderen Welt. Das war kein Zuckerschlecken gewesen, die Jahre in der Ausbildung und dann an der Polizeifachhochschule. Aber er hatte sich durchgebissen, denn ihm war bewusst geworden, wo er mal hinwollte: zur Kriminalpolizei als Ermittler oder Profiler. Nun war er bald so weit.

Er legte sich eine CD in den Spieler. Heute war Eric Clapton angesagt. Unplugged und immer ein bisschen traurig. So wie sich Christian Schoch gerade fühlte.

Der warme Tee tat gut. Innerlich war ihm doch ein wenig kühl.

Er setzte sich in seinen Lieblingssessel und dachte nach. Da war Sabine, und da war der Tote in der Wimsener Höhle. Seine Gedanken mischten sich. Würde er wohl von der Leiche in der Höhle noch etwas zu hören bekommen, oder würde sich Sabine vielleicht melden? Ersteres, dachte er bei sich. Wahrscheinlich Ersteres.

Es klingelte an der Tür. Er schaute auf die Uhr. Dreiviertel sieben. Mit einem Lächeln öffnete er.

Vor der Tür stand Frau Schwegler. In der Hand einen Topf.

»'n Obend, Herr Schoch. Wie geht's immer? Ich hab do noch a paar Lachsmaultascha. Wenn Sie mechtet?«

»'n Abend, Frau Schwegler. Kommet Se doch rei«, sagte Christian Schoch.

Die alte Frau ließ sich nicht zweimal bitten.

Er bewunderte die Witwe, die mit ihren über siebzig Jahren noch so interessiert und rüstig war. Sie hatten ein herzliches Verhältnis. Ursula Schwegler kümmerte sich ein wenig um den allein wohnenden jungen Hauptkommissar. Seit sie ihre Liebe zur schwäbischen Küche entdeckt und nach mehreren Kochkursen auch italienische Varianten zu schätzen gelernt hatte, bekam Christian Schoch immer wieder mal etwas zum Probieren. Heute waren es Lachsmaultaschen.

Frau Schwegler stellte den kleinen Topf in der Küche ab.

»Sie könnet ja a bisle a Sahnesauce dazu mache«, sagte sie.

»Genau. Prima. Möchten Sie eine Tasse Tee?«

Christian Schoch ging mit einladender Handbewegung voraus ins Wohnzimmer. Er schaute sich um. Es war für seine Verhältnisse ziemlich aufgeräumt. Das war ihm wichtig, wenn Ursula Schwegler kam.

Sie setzte sich auf das kleine Sofa. »Ich trink gern eine Tasse mit. Vielleicht könnet mir zusammen die heute-Nachrichten schauen, was meinen Sie?«

»Gern. Ich wollte eben einschalten«, antwortete Schoch. Er nahm die Teekanne und schenkte Frau Schwegler eine Tasse ein.

Sie nippte. »Oh, ich würd tippen, ein First-Flush, oder?«

»Genau. Ceylon. Aus dem Teeladen.«

»Das lohnt sich«, sagte sie.

Christian Schoch schaltete den Fernseher ein. Es war fast so etwas wie ein Ritual. Wenn er zu bestimmten Zeiten am Abend zu Hause war, klingelte immer wieder mal Frau Schwegler. Gerade die Nachrichten schaute sie sich ungern allein an. Vor allem in der letzten Zeit.

Die Sendung begann mit dem zurzeit dominierenden Thema, der Flüchtlingswelle, die kein Ende zu nehmen schien. Über eineinhalb Millionen Menschen hatten sich schon auf den weiten Weg über den Balkan nach Österreich, Slowenien und vor allem Deutschland gemacht. Helmut Kohls »Europäisches Haus« hatte sich als ein Trugbild erwiesen. Viele Zimmer in diesem Haus hatten die Türen verschlossen und nur noch einen Briefschlitz für die Geldeinwürfe geöffnet. So kann europäisch doch nicht funktionieren, dachte Christian Schoch.

»Furchtbar«, sagte Frau Schwegler angesichts eines Berichts aus einem Zeltlager bei Hannover, »das kann man doch nicht zulassa. Selbst wenn die Temperaturen inzwischen wieder erträglich sind. Wenn ich an die kalte Wocha im Januar und Februar denk. Das war schlimm!«

Schoch nickte zustimmend. »Der arabische Frühling. Man hätte sich denken können, dass diese Länder nach den Diktaturen unruhig und unsicher werden.«

»Schon mein Mann hat immer gsagt: ›Die halbe Welt hat nichts zu essen, und wir leben hier im Überfluss, das kann auf Dauer nicht gut gehen.‹ Seine Worte.«

Sie konzentrierten sich wieder auf die Fernsehsendung. Allerdings mit weniger Interesse als zuvor, denn nun kamen die Börsennachrichten. Mit der Börse hatten sie beide wenig am Hut.

***

»Jenseits des Tales standen ihre Zelte …« Laut hallten die Stimmen der jungen Leute vom CVJM Mägerkingen hinaus in die Nacht. Ein großes Lagerfeuer brannte vor der Hütte, rote Würste wurden gegrillt. Irgendein Spender hatte ihnen ein kleines Fässchen Bier zukommen lassen, das sie nun gemeinsam leerten. Die Kostüme waren in der Hütte verstaut, die restlichen Utensilien zusammen mit dem Pferd, dem einen Pferd, das sie hatten, ins Dorf gebracht worden.

»Des Lied passt!«, sagte Annerose in die Runde. »Immerhin steht ja oi Zelt do.«

»Bloß mit de Reiterbuaba, do sieht's schlecht aus«, sagte ein anderes Mädchen.

»Worom, do hot's doch Reiter grad gnuag«, meinte Annerose lächelnd.

»Oi Pferd ond oin Reiter, meh net«, sagte eine andere junge Frau, Josefine, und lachte laut. Sie blätterte im Liederbuch. Nachdem sie ein paar Zeilen gelesen hatte, schüttelte sie den Kopf.

»Habt ihr euch den Text des Lieds mal angseha?«, fragte sie in die Runde der Squaws.

»Noi, wieso?«

»Ha, wenn e des do so les: ›Diesseits des Tales stand der junge König‹ ond so weiter, ond dann: ›Ihn hielten nur zwei jugendfrische Wangen und nur ein Mund, den er sich selbst verbot, noch fester schloss der König seine Lippen und sah hinüber in das Abendrot.‹«

»Homoerotische Anspielungen, na und? Hat man in solchen Liedern öfter. Übrigens im späten Mittelalter immer ein Thema«, sagte Sanne, die in Tübingen Empirische Kulturwissenschaften studierte.

»Von mir aus. Aber senga brauch es des dann doch net«, sagte Josefine entrüstet.

»Zom Senga isch's bled«, bestätigte nun auch Annerose.

»Wir singen doch immer nur die erste Strophe«, sagte eine andere, Ruth Witzorek, die nicht von der Alb stammte.

»Nicht unbedingt«, meinte Annerose.

Die jungen Frauen saßen etwas abseits der Gruppe. Ihr Gespräch war von den anderen nicht bemerkt worden. Die sangen das Lied fröhlich weiter.

»He, hallo, ihr!«, rief Annerose ihnen laut zu. »Wisset ihr eigentlich, was ihr do senget?«

Die Gitarre verstummte, die Stimmen verebbten. Was sollte das jetzt?, stand in den Gesichtern der anderen geschrieben.

»Ha, von wegen Knäbleins Wangen und so«, sagte Josefine mit einem lauten Lachen und las den Jungs die entsprechenden Zeilen vor. In der anschließenden Diskussion wurde das Thema Knabenliebe im späten Mittelalter lautstark diskutiert. Die Jungs wollten das Ganze nicht so eng sehen. Lied sei eben Lied, das stamme halt aus einer solchen Zeit, und deshalb … Damit wiederum wollten sich einige der jungen Frauen nicht zufriedengeben. Man könne das natürlich bei vielem sagen, meinten sie.

»Die Squaws sollen schweigen«, sagte einer der jungen Männer schließlich.

Die anderen Jungs lachten. Sie hielten ihre Würste an die Glut und nahmen hin und wieder einen Schluck Bier. Wenn das Winnetou war, dann machte das Spaß. Die Männer und Frauen saßen ganz gemischt beieinander, hie und da legte sich ein Arm um eine Schulter, dort sah man eine Hand auf einem Knie. Alle schauten ins Feuer, ob auf ihre Würste oder in die Flammen.

»Ich denke, wir sind schon ziemlich weit«, sagte Regisseur Ron mit seiner tiefen Bassstimme, »wir werden morgen noch die Eingangsszenen proben, also Anritt der Indianer, Winnetous erster Auftritt und dann natürlich Winnetou und Old Shatterhand, das erste Aufeinandertreffen. Das kriegen wir morgen locker unter, denke ich, oder was meint ihr?«

Aus der Runde kam Zustimmung. Das hörte sich überschaubar an. In der allgemeinen guten Stimmung ging das Gespräch von Wecka und Tschick mit ihren Kollegen fast unter.

»Mir hend koi Polizei en Mägerkinga?«, fragte einer erstaunt.

»Ja, echt, es gibt nur ein sogenanntes Ordnungsamt«, erklärte Wecka, »mit einem Herrn Heber. Der hot vielleicht ein Gsicht gmacht, wo ich ihm dui Jack geba han.«

»Er hot gfrogt, was er domit denn macha soll«, sagte Tschick.

»Ond no?«, fragte einer aus der Runde.

»No semmer ganga ond hend ihn mit dem Kittel alloi glassa«, sagte Wecka grinsend.

Tatsächlich hatten die zwei ihre Pflicht dann als erledigt angesehen. Schließlich hatte eine staatliche Stelle die beiden Fundstücke entgegengenommen und sogar quittiert. Als Beweis zeigte Wecka die Quittung. Nachdem sie das erledigt hatten, konnten sie sich wieder dem Problem Trecker widmen. Doch Hans Höhn hatte eine Extraschicht eingelegt und die Bremsen repariert.

»Abr jetzt vielleicht a bisle langsamer, Buaba«, hatte er noch zu ihnen gesagt.

Jedem anderen hätten sie das krummgenommen, von wegen Buben. Aber der Höhn Hans war ein ganz grader, den sie schon seit ihren Jahren in der Jugendfeuerwehr kannten. Hilfsbereit, verständnisvoll und gerecht, so war er immer gewesen.

Wecka, Frog und Tschick saßen abseits der anderen. Sie waren nicht so die Sänger. Jeder hatte eine Flasche Bier in der Hand. Das konnte man nach einem solchen Tag auch gebrauchen. Sie redeten über den Kittel und die Blätter im Wald.

»Mir hettet ons besser omschaua miaßa«, sagte Wecka vor sich hin.

»Do war nex«, meinte Tschick.

»I glaub au et«, sagte Frog.

»Aber so a Kittel ond Blätter, dia lieget doch et oifach so em Wald rom oder hänget an Bäum.« Wecka nahm einen Schluck aus seiner Flasche. Die Sache ließ ihm keine Ruhe. Rolf Heber auf dem Ordnungsamt hatte die Sachen zwar entgegengenommen, aber wie es weitergehen sollte, darüber konnte er ihnen nichts sagen. Er wolle in Reutlingen mal anrufen. »Mal anrufen«, das schien Wecka zu wenig zu sein. Vielleicht sollten sie morgen noch mal in den Wald gehen und rund um die Stelle suchen. Aber am Vormittag war früh schon die erste Probe angesetzt. Am Nachmittag oder in der Mittagspause könnte es eventuell gehen, dachte Wecka.

»Hend ihr des gwisst von dem letzschta Tota en Mägerkinga?«, fragte Tschick in die Runde.

»I glaub, mei Vatter hot mer mol drvo verzehlt«, sagte Frog.

»Mei Vatter hot den guat kennt, den Roland Fauser, des war a Freind von ihm. Er war an dem Obend domols au no mit em zsamma«, erzählte Wecka.

»Mit em zsamma?«, fragte Frog nach.

»Jo, dia waret mitnander onderwegs, Sigmaringa oder so. Der Roland hot mein Vatter no hoimgfahra, ond no muaß des passiert sei.«

»Wega ma Auto! Des sottsch nicht glauba«, sagte Tschick mit einem Kopfschütteln.

»Wia kam er so Angscht vor seinm Vatter han?«, fragte Frog.

»Des muaß ein ganz harter Hond gwesa sei, verzehlt mei Vatter«, sagte Wecka.

»Aber sich aufhenga, wega ma heniga Auto!«, meinte Tschick.

»Der hot nemme weitergwisst. Hendrher waret se alle betroffa, au d'r Vatter von ihm«, erzählte Wecka.

»Hendrher, des glaube«, meinte Frog und legte ein paar Holzscheite ins Feuer.

Die Geschichte von Roland Fauser ging den jungen Männern

nicht mehr aus dem Kopf. Heber hatte sie ihnen erzählt, weil dies der letzte unnatürliche Tod in Mägerkingen gewesen war. Dieser Roland Fauser war nachts nach Hause gefahren, hatte seinen Kumpel, den Vater von Wecka, abgesetzt und war weitergefahren. Irgendwie war er auf einem Feldweg ins Schleudern gekommen. Der Wagen rutschte in einen Graben. Allein konnte er ihn nicht herausziehen. Er ahnte wohl, was sein Vater zu der Sache sagen würde. Er hatte es sowieso schon schwer genug gehabt mit diesem Vater, so hatte Rolf Heber erzählt, der den Vater noch gut gekannt hatte. Roland war nach Hause gelaufen. Dann kam bei ihm wohl alles zusammen. Er ging in die Scheuer, suchte sich einen Strick, dann hängte er sich auf. Sein Vater fand ihn am nächsten Morgen.

»Wie alt war der Roland, hot d'r Heber gsagt?«, fragte Tschick.

»Drei Tag noch seinem Tod wär er zwanzig worda«, sagte Wecka.

»So alt wie mir«, meinte Frog.

Die beiden anderen nickten. Sich aufhängen, wegen eines kaputten Autos, mit kaum zwanzig Jahren. Das konnten sich die jungen Männer nicht vorstellen. Mit zwanzig, in ihrem Alter, da hatte man was vor im Leben, hatte Pläne, Träume. Da nahm man sich doch nicht wegen eines Unfalls einen Strick und hängte sich in der Scheuer auf. Wie konnte ein junger Mann, so einer wie sie, so viel Angst vor seinem Vater haben?

Sie stellten sich vor, wie das wohl bei ihnen gelaufen wäre. Natürlich hätte so ein Vorfall eine Strafpredigt nach sich gezogen, vielleicht auch ein Fahrverbot für ein paar Monate oder so was. Aber mehr doch nicht. Ihre Väter wären wahrscheinlich eher froh gewesen, dass nicht mehr passiert war. Und dann war dieser Roland ja nicht etwa alkoholisiert gewesen. Heber hatte erzählt, dass der Kerle stocknüchtern gewesen war. Ein Fahrfehler, eine rutschige Stelle, ein wenig zu schnell, und schon hängst du im Graben. Das konnte passieren. Das konnte auch mit ein paar Bieren passieren.

»A Kerle wie mir«, sagte Wecka nachdenklich.

»Was haltet ihr drvo, wenn mir den mol bsuachet?«, fragte Tschick die beiden anderen.

Sie schauten den Freund erstaunt an.

»Wie, bsuacha?«, fragte Frog.

»Ha, auf em Friedhof. Worom net?«

»Worom eigentlich net. Des war a Kerle wie mir«, meinte Wecka.

»Des machet mer«, sagte Tschick. Er hob seine Flasche hoch. Die anderen auch. Sie prosteten sich zu. Sie würden Roland Fauser besuchen.

***

Er beobachtete die jungen Leute vom Waldrand aus. Unter ein paar dichten Fichtenästen hatte er sich ein kleines Lager eingerichtet. Seine dicke Decke lag auf dem Boden, darauf sein Schlafsack. So ließ es sich liegen. Er würde hier vielleicht die Nacht verbringen. Das wollte er sich noch überlegen. Die jungen Leute machten sicherlich bald Schluss. Winnetou auf der Alb! Was sollte das denn bitte?

Er musste sie beobachten, wollte sehen, was sie machten. Noch hatten sie die Leiche nicht entdeckt. Das wunderte ihn. Er hatte doch extra die Jacke an einen Ast gehängt und daneben die Blätter gelegt. Das sollte reichen, hatte er gedacht. Auch wenn der Tote unter einem Baumstamm lag, hätten die Jungs ihn sehen müssen. Das weiße Hemd leuchtete geradezu durch das Unterholz. Aber sie hatten die Jacke und die Blätter geschnappt und waren einfach losgelaufen. Kein Blick mehr ins Unterholz oder darüber hinweg, keine Suche. Die waren mit ihrem Fund auf dem schnellsten Weg hinüber zur Hütte gegangen. Damit hatte er nicht gerechnet. Die dritte Leiche musste entdeckt werden. So hatte er sich das gedacht. Sie sollten alles zueinanderbringen. Sich zusammenreimen, damit er recht hatte, damit sein Plan aufging.

Er hatte sich seine Opfer sehr überlegt ausgesucht. Die mussten doch darauf kommen, dass da ein Zusammenhang bestand. Aber der Tote am Traifelbergfelsen war auch noch nicht gefunden. Er konnte doch keine Schilder anbringen: »Achtung Leiche!« Er musste lächeln. Das war ein deutlicher Fehler in seinem Plan gewesen: die Auffindung der Toten. Dabei hatte er zu Hause alles genau durchgespielt. Hatte sich sogar im Schuppen eine Pinnwand eingerichtet, an der eine Karte befestigt war. Dort waren die Fundorte der Opfer schon längstens mit roten Nadeln markiert. Dazu ein Bild und darunter die Zeitungsberichte. Er hatte alles fein säuberlich ausgeschnitten und gesammelt, schaute sich jeden Abend die Pläne und Bilder an, die sie sich für seine Alb ausgedacht hatten. Er hatte alles aufgehoben, die verrücktesten Ideen. Sie wollten Tunnel bauen, breitere Straßen und größere Parkplätze. Sie wollten Wege asphaltieren und größere Schilder aufstellen. Sie wollten alles tun, um mehr Menschen auf seine Schwäbische Alb zu bringen. Menschen, die durch die Orchideenwiesen latschten, Menschen, die Zweige abbrachen, um wilde Feuerstellen zu schaffen, Menschen, die ihren Dreck auf seiner Alb hinterließen. Wenn er an die vielen Plastikbeutel dachte, die er schon auf der Alb mit Abfällen gefüllt hatte. Er hatte sie alle noch in der Scheuer gestapelt, alle. Als Beweis für diese Drecksäue. Er schaffte es kaum, wenigstens seine Gegend einigermaßen sauber zu halten. Jeden Tag machte er sich auf seine Tour, hatte sich einen bestimmten Wanderweg ausgesucht und sammelte den Dreck ein.

Und jetzt sollten immer mehr Menschen auf die Alb kommen. Mit ihren großen Dreckschleudern von Autos, die Stuttgarter und Waiblinger vorneweg. Kaum einen Meter gelaufen, steuerten sie schon die nächste Wirtschaft an. Dort verdarben sie oft erst die Preise und dann das Essen.

Er packte seinen Schlafsack zusammen. Es war zwar eine warme Nacht, aber irgendwie hatte er das Interesse an der Jugendgruppe verloren. War vielleicht keine so gute Idee gewesen, hierherzukommen. Er musste gegen den Überwachungsdrang ankämpfen. Doch das schaffte er kaum. Er vermied schon die üblichen Wander- und Ausflugszeiten am Wochenende. So hatte er auf seinen Wanderungen meist Ruhe.

Er schulterte seinen Rucksack und machte sich auf den Heimweg. Der Mond schien hell, die wenigen Wolken versprachen trockenes Wetter für die nächsten Tage. Den Weg kannte er gut.

Er hatte früher öfter in der Hütte übernachtet. Irgendwann hatte er einmal beobachtet, wie Hans Höhn die Hütte aufschloss. Der Schlüssel hing verdeckt an einem kleinen Haken unterm Dach, neben der Holztür.

Der Gesang und die Klampfenklänge wurden leiser. Er mied die Fahrstraße und ging auf einem Trampelpfad am Waldrand entlang. Hin und wieder knackten Zweige unter seinem Tritt, mal flog eine Schleiereule auf – fast lautlos, diese Jäger der Nacht. Er konnte ihnen stundenlang zuschauen. Einmal hatte er ein Nest entdeckt. Über Monate beobachtete er die zwei jungen Vögel, die da heranwuchsen.

Sein kleiner Hof lag überm Tal hinter Mägerkingen. Hof war übertrieben. Von den vier Äckern und ein paar Wiesen war ihm nur das kleine Bauernhaus mit Scheuer geblieben. Es hatte halt hinten und vorn nicht gereicht, damals. Immer wieder ging ihm der Gedanke durch den Kopf, was wohl gewesen wäre, wenn er nicht nach Tübingen gegangen wäre. Er wollte weg, damals. In die Stadt, was erleben, andere Menschen, studieren. Aber das war eine andere Welt gewesen, an die er sich nie richtig gewöhnt hatte.

Vom Dorfgymnasium an die Universität. Niemand hatte ihm vorher gesagt, welche Schwierigkeiten da zu meistern waren. Das hatte schon mit der Sprache angefangen. Die anderen hatten ihn belächelt mit seinem relativ breiten schwäbischen Dialekt. Vielleicht hätte er sich nicht ausgerechnet Germanistik aussuchen sollen. Da fiel das natürlich besonders auf. Es störte ihn ja selbst, wie wenig er in der Lage war, sich im Hochdeutschen auszudrücken. Wenn er es versucht hatte, wirkte es holperig, als ob er eine andere Sprache sprechen müsste. Aber das allein war es nicht gewesen. Diese komplizierten Ansätze, dieses Ausdeuteln und Interpretieren. Er hatte immer gern und viel gelesen, aber die Germanistik hatte ihm die Freude verdorben. Da las dann immer einer im Kopf mit und analysierte, interpretierte, was auch immer.

Er hatte Mägerkingen erreicht. Das Dorf lag ruhig im Tal, nur auf der Durchfahrtsstraße nach Trochtelfingen war noch

Verkehr. Das war die Albstrecke nach Sigmaringen, der nächsten größeren Stadt. Er hielt sich an schmale Wege und ging nahe an den Hauswänden, damit ihn niemand bemerkte. Er wollte nicht gesehen werden, vor allem nicht um diese Zeit. Tagsüber ließ sich das manchmal nicht vermeiden, wenn er auf seinen Wanderungen durch einen Ort musste. Dann grüßte er. Die wenigsten kannten ihn oder waren interessiert, wer da durch ihren Ort wanderte.

Seit er aus Tübingen zurück war, hatte er sich meist auf dem Hof aufgehalten. Der kleine Bauernhof lag etwas abseits des Dorfes. Die Leute kannten ihn und ließen ihn machen. Er galt als eigenbrötlerischer Rückkehrer, der es dort wie hier nicht geschafft hatte. Ein bisschen Mitleid war in ihren Blicken, wenn sie ihn ansahen. Aber das störte ihn nicht. Er hatte seine Aufgabe, die er erfüllen wollte. Der größte Teil war schon geschafft. Er hatte alles genau geplant. Sie würden ihm vielleicht auf die Schliche kommen, aber die Wahrscheinlichkeit war gering. Er hatte seine Spuren verwischt oder vermieden, welche zu hinterlassen.

***

Der folgende Morgen begann geschäftig im Kriminalkommissariat in Reutlingen. Auf den Gängen des großen Bürogebäudes liefen Beamte hin und her, Türen wurden aufgerissen und wieder zugeschlagen. Amtsleiter Hartmut Müller staunte immer wieder, welche Auswirkungen eine überraschend angesetzte morgendliche Besprechung hatte. Schließlich machte auch er sich auf den Weg hinüber zum Besprechungsraum.

Die Aufteilung des Kommissariats auf Esslingen und Reutlingen hatte zwar personell einige Einsparungen gebracht, war aber organisatorisch noch nicht ganz ausgereift. So sah er das zumindest, denn die Zuständigkeiten waren von Stuttgart aus geregelt worden. Und die in Stuttgart, das mochten gute Verwaltungsbeamte sein, aber von der täglichen kriminalistischen Arbeit hatten sie wenig Ahnung.

Hartmut Müller schaute in die Runde. Ein paar Stühle waren

leer geblieben. Einige Kollegen waren wohl gerade bei einem Einsatz oder hatten Urlaub.

»Wo ist denn der Schoch?«, fragte Müller.

»Hat Urlaub«, sagte eine junge Frau neben ihm am Tisch.

»Ach so, ja.«

»Morgen auch noch, und dann hat er einen Termin in Stuttgart, beim Wächter«, sagte dieselbe Stimme.

»Beim Herrn Kriminaldirektor Wächter, Frau Strobel. So viel Zeit muss sein«, sagte Hartmut Müller mürrisch. Er setzte sich. Die junge Frau, Kommissarin Karin Strobel, zog eine Schnute, einige grinsten vor sich hin. Müller, der seinen Blick nach vorn richtete, entging das.

»Baisch, was liegt an, was läuft?«

Kriminalhauptkommissar Rüdiger Baisch hatte sich vorbereitet. Er kannte seinen Chef, wusste um dessen Erwartungen, wie die morgendliche Dienstbesprechung abzulaufen hatte. Alles musste kurz und prägnant abgehen. Er nahm ein paar Papiere in die Hand und stand auf.

»Wir haben die Enkel-Betrüger gefasst, zumindest mal zwei, die hier in Reutlingen gearbeitet haben.«

»Ha no, also gearbeitet würd ich do nicht saga«, unterbrach Amtsleiter Müller seinen Adlatus.

»Ja, gut. Also, es waren zwei junge Frauen, die hier in Reutlingen ihr Unwesen trieben.« Einige der Männer und Frauen am Tisch lächelten vorsichtig.

Hartmut Müller schaute zum Fenster hinaus. Er hatte sich fest vorgenommen, Haltung zu bewahren. Er kannte diese kleinen Sticheleien von Baisch, der sich manchmal ganz elegant aus solchen Situationen rettete. So auch heute.

»Ja, also. Die Vernehmungen laufen. Sie geben zwar noch nichts zu, wurden aber erkannt. Also, das läuft. Entsprechende Informationen wurden schon an die Presse rausgegeben. Thema Flüchtlinge: Nach den verschiedenen Problemen in anderen großen Städten bleibt es bisher bei uns hier in Reutlingen erfreulich ruhig. Ein paar Taschendiebstähle, die noch nicht zuzuordnen sind. Mehr gibt es dazu nicht zu berichten. Allerdings haben wir die Einsatzzahl an den Flüchtlingsunterkünften wie angeordnet deutlich verstärkt. Auch das mag dazu beigetragen haben, dass die Situation entspannt geblieben ist und hoffentlich bleibt. Neu ist für diese Runde sicherlich, dass wir Hinweise hinsichtlich einer Autoschieberbande bekommen haben, die sich Reutlingen als neuen Zielort ausgesucht hat. Erste Autodiebstähle sind wahrscheinlich ein Beweis hierfür. Genaueres wird eine einzusetzende Ermittlungsgruppe herauszufinden haben. Zum guten Schluss: ein Mord. Ja, Kolleginnen und Kollegen. Von der Alb, dem Revier Hayingen, wurde die Auffindung einer Leiche gemeldet, ein Toter in der Wimsener Höhle. Anscheinend haben sich die Kollegen nach Stuttgart gewandt, weil sich hier niemand so richtig zuständig fühlte. Das werden wir zu klären haben. Aus Stuttgart ist auch die Gerichtsmedizin angereist. Ein örtlicher Beamter hat die Leiche anscheinend selbst aus der Höhle geholt. Weitere Berichte liegen nicht vor. Ich weiß im Augenblick noch nicht, ob wir –«

»Natürlich wir! Baisch, ich bitte Sie! Wie konnte das denn passieren, dass die Kollegen in Stuttgart anrufen?« Müller war sichtlich außer sich.

»Wir hatten halt keine Taucher, und um die ging es gleich zu Anfang«, versuchte Baisch eine Erklärung.

»Was braucht es denn Taucher, wenn der Hayinger Kollege den Toten selbst aus der Höhle gezogen hat?«

»Wie gesagt, am Anfang hieß es halt, Taucher seien notwendig. Da haben die Kollegen gedacht, am besten gleich nach Stuttgart weiterleiten«, fuhr Baisch mit seiner Erklärung fort.

»Na ja. Und jetzt?«

»Jetzt haben die Hayinger angefragt, was sie machen sollen«, sagte Baisch.

»Wie sieht es personell aus?«

»Alle im Einsatz«, sagte Baisch.

»Die sollen ruhig mal ein oder zwei Tage ermitteln. Dann werden wir schon sehen.«

»Das habe ich denen schon gesagt. Nachdem wir niemanden frei hatten«, erklärte Baisch.

»Wer ist denn zuständig?«, fragte Müller.

»Noch nicht ganz klar. Wir wahrscheinlich, vielleicht aber auch Sigmaringen«, antwortete Baisch.

»Also am Ende wieder wir, oder?«

»Ja«, sagte Baisch. Zur Ablenkung sortierte er die Blätter vor sich auf dem Tisch. Amtsleiter Müller schaute ihm dabei zu. Dann wandte er sich an die Truppe.

»Also, lassen wir das mal so laufen. Den Kollegen dort droben auf der rauen Alb tut es vielleicht mal ganz gut, einen ernsthaften Fall zu bearbeiten. Lassen Sie die mal machen. Kollegen, ich danke. Wir haben Aufgaben, und wir gehen sie an. Damit entlassen.«

Alle Beamten erhoben sich mehr oder weniger schnell aus ihren Stühlen. Das war der Ton ihres Chefs. Je nach Einschätzung erhob sich die eine schneller oder der andere langsamer. Das hing vom Standing und der Position ab.

Baisch betrachtete die Bewegung der Kollegen interessiert. Er hatte seine Sache erledigt. Heute war er leidlich davongekommen. Das war auch schon ganz anders gelaufen. Wie oft hatte er in dieser Runde schon den geprügelten Hund geben dürfen? Wie oft?

Hartmut Müller grüßte kurz in die Runde, gab Baisch einen Wink, dass er ihn noch in seinem Büro sehen wollte, und ging dann gemächlichen Schrittes hinaus. Vielleicht sollte er sich das doch nicht noch drei Jahre antun. War es nicht immer dasselbe? Nach fast dreißig Dienstjahren durfte doch ein Punkt kommen, an dem sich die Wiederholungen so trafen, dass man beschloss – oder beschließen konnte –, mit diesem Alltag aufzuhören. Er hatte eine Frau, Kinder, Enkel, ein Haus, einen Garten und noch so manche Interessen, die er immer hintangestellt hatte. Warum jetzt nicht die Gelegenheit ergreifen und die paar Euro verminderte Rente in Kauf nehmen? Geld hatten sie wahrlich genug. Sie waren nicht reich in dem Sinne, und doch, das Haus war längst abbezahlt, die Ausbildung der Kinder überstanden. Vielleicht, wenn man ehrlich war, war man schon reich. Das hatte er alles ohne Probleme bewältigt. Viele klagten, wie wenig sie hier im Hause so verdienten. Da hatte er dem einen oder der anderen schon mal hin und wieder den Kopf waschen müssen von wegen Beamtenbezüge, Überstunden und Privatkrankenkasse. Das hatte nun beileibe nicht jeder.

Er öffnete die Tür zu seinem Büro. Das würde er dann nicht mehr tun können. Er würde auch diesen Blick vermissen, hinüber zur Marienkirche, hinein in die Gassen. Den Menschen zuschauen, das würde er dann nicht mehr haben, nicht mehr erleben dürfen. Da wären dann nur noch seine Frau, sein Garten und seine Enkel. Was hieß da »nur«? Aber in der Vorstellung würde ihm dieser, sein Alltag mit diesen Menschen und diesem Blick fehlen. Was machen? Ihm würde es genügen, mit einer halben Stelle weiterzumachen, Frau, Garten, Enkel mittags, vormittags Menschen und Blick. Aber das ging in seiner Position nicht, das ging bei der Kriminalpolizei überhaupt schlecht. Darüber musste er sich mal ein paar Gedanken machen. Warum sollte das bei ihnen hier nicht gehen? Er zog die eben geschlossene Tür wieder auf.

»Baisch!«, rief er auf den Gang hinaus. Sofort hörte er ein paar Beine, die sich bewegten. Menschen, genau, dachte er, Menschen. Seine Frau hätte aller Wahrscheinlichkeit nach nicht so reagiert.

***

»Wieso sagen Sie denn nichts? Jetzt sagen Sie doch mal was. Was soll das hier?« Der Mann mittleren Alters stand auf einem der Traifelbergfelsen. Man hatte von hier oben einen herrlichen Blick hinunter auf den kleinen Ort Honau und nach Unter- und Oberhausen. Den konnte der Mann im Augenblick nicht genießen. Wollte er auch nicht. Sein Gesichtsausdruck war angespannt, fast ängstlich.

Ein Stück weiter, im Schatten des Waldrands, stand eine Person. Sie war mittelgroß, vielleicht so groß wie er selbst. Er sah nur einen Schatten, der still unter den überhängenden Zweigen stand. Die Person trug einen schwarzen Hut, den sie sich weit ins Gesicht gezogen hatte. Die Person schwieg.

»Jetzt sagen Sie doch mal was. Warum die ganze Heimlichtuerei, der Zettel mit einer Schrift, die nur mit Zitronensaft sichtbar wird? Zitronensaft! Haben Sie eine Ahnung, wie lange ich suchen musste, bis ich in meinem Junggesellenhaushalt Zitronensaft gefunden habe? Jetzt sagen Sie doch mal was. Wieso gerade hier, auf den Traifelbergfelsen, und wieso hier vorn? Geht es um den Blick? Eine schöne Aussicht.«

Der Mann drehte sich zum Tal hin um und zeigte mit der rechten Hand darüber.

»Dort unten der kleine Ort Honau. Kennen Sie die Olgahöhle und das Hauff-Museum? Sehr besuchenswert, meine ich. Wir haben das auch in unserem Prospekt. Sie kennen sicherlich unseren Tourismus-Prospekt ›Die Alb, ein Erlebnis der besonderen Art‹. Darin haben wir alle diese Highlights zusammengefasst. Mit schönen Bildern, versteht sich. Das belebt den Tourismus. Und wenn hier alles gut beschildert ist, der eine oder andere Wanderparkplatz gebaut, dann geht das hier los. Das verspreche ich Ihnen. Was meinen Sie?«

Der Mann wandte sich wieder der Gestalt am Waldrand zu. Er sah sie lange an. Wollte jetzt nicht mehr reden.

Wenn der andere schwieg, konnte auch er schweigen. So vergingen ein paar Minuten. Noch versteckte sich die Morgensonne hinter den Baumwipfeln. Goethes Gedicht ging dem Mann durch den Kopf. Nur die Zeilen mit den Wipfeln. Ruhe ist hier auch, dachte er bei sich. Verdammt viel, zu viel Ruhe. Was wollte diese Person? Von seinem Standpunkt aus konnte er nur den Schatten unter den überhängenden Zweigen einer Buche ausmachen. Er hätte nicht einmal wirklich sagen können, ob es sich um eine Frau oder einen Mann handelte.

Die Gestalt trug einen groben Mantel und hielt einen langen Stock in der rechten Hand. Es war eigentlich kein Stock, es war eher ein ziemlich gerader morscher Ast. Die Gestalt bewegte sich nicht. Nicht mehr. Denn als er an der angegebenen Stelle gewartet hatte, war sie plötzlich mit ruhigen Schritten aus dem Wald gekommen. Er hatte sie erst bemerkt, als sie schon fast den Waldrand erreicht hatte. Sie hatte seither kein Wort gesprochen.

Warum bloß war er hierhergekommen? Nun, seine Neugier hatte ihn schon so manches Mal ein paar Nerven gekostet. Der geheimnisvolle Zettel, die Technik mit dem Zitronensaft. Das hatte ihn eben neugierig gemacht. Also, warum an einem so schönen Maimorgen nicht mal hinauf auf die Alb fahren?, hatte er sich gedacht. Er hatte drüben bei den letzten Häusern seinen Wagen abgestellt und war am Aussichtsturm vorbei zu den Felsen gewandert. Konnte doch nichts schaden, seinen Highlights hin und wieder einen Besuch abzustatten. Er hatte nicht erwartet, hier jemanden anzutreffen.

Ein Streich, sicherlich ein blöder Streich von den Kollegen, hatte er gedacht. Er hatte noch überlegt, wer ihm wohl einen solchen Streich spielen würde. Er erinnerte sich an diesen schwäbischen Ausdruck, jemandem einen »Dug doa«, eben einen Streich spielen. Wer könnte auf eine solche Idee kommen, ihn mit derartigen Tricks hierherzulocken? Dann hatte er sich darauf gefasst gemacht, dass vielleicht gleich ein paar seiner Kollegen aus dem Unterholz stürmen würden. Unwahrscheinlich. Aber man konnte sich nie sicher sein. Darum hatte er noch gewartet. Bis dann die Gestalt unter den Bäumen hervorgetreten war.

»Also, wenn Sie jetzt nicht gleich was sagen, gehe ich!«, sagte er mit fester Stimme.

Die Person machte keine Anstalten, auch nur einen Ton von sich zu geben. Er redete weiter, wollte reden, wollte wenigstens seine eigene Stimme hören. »Hier geht es ganz schön weit hinunter, wenn man da runterschaut, wird einem ganz anders. Im Grunde genommen müsste man das alles absichern, schon wegen der Kinder. Haben wir auch diskutiert. Aber die Kosten, die Kosten. Wir können nicht jeden Felsen der Alb sichern. Es bleibt also bei den Schildern, von wegen Vorsicht und Kinder an die Hand nehmen. Mehr geht einfach nicht.«

Er schaute hinunter. Es war wie bei einer Spielzeugeisenbahn. Die Autos fuhren, man sah Menschen als winzige Figuren auf den Gehwegen, nur einen Zug gab es in diesem Bild nicht mehr. Den hatte man längst abgebaut. Leider, dachte er bei sich, leider. Heute wären sie hier oben froh, sie hätten eine Zugstrecke hinauf auf die Alb, schon wegen der Wanderer und Fahrradfahrer und natürlich auch wegen der vielen Pendler, die unten im Tal arbeiteten.

Hatte da ein Zweig geknackt? Er horchte hinter sich. Vielleicht hatte sich die Gestalt jetzt ja doch mal bewegt. Vielleicht würde die Gestalt jetzt auch was sagen.

Er wollte sich gerade umdrehen, da spürte er etwas Hartes im Kreuz. Der Stock oder Ast oder was es auch immer war. Es tat weh und es schob ihn. Er stand nicht sehr sicher und ziemlich weit vorn an der Kante. Er wollte sich irgendwo festhalten, aber hier gab es nichts, an dem man sich hätte festhalten können.

Er schaute hinüber zur Burg Lichtenstein. Eine der markantesten Sehenswürdigkeiten auf diesem Teil der Schwäbischen Alb. Sie sollten das noch mehr hervorheben, ging ihm durch den Kopf. Das war doch etwas Besonderes, eine Burg nach den Vorstellungen eines Schriftstellers erbaut. Er hatte sogar einmal ein australisches Ehepaar dort getroffen, das den Lichtenstein in seine europäische Tour eingeplant hatte. Aber das war sicherlich eine Ausnahme, dachte er, denn so bekannt war die Burg dann doch nicht.

Der Druck des Stockes schob ihn unweigerlich nach vorn. Sie hat viel Kraft, diese Gestalt, dachte er noch. Er kam mit dem linken Fuß an den bröckeligen Rand des Felsens. Hier war nur noch wenig Halt. Der Druck des Stockes ließ nach, endlich. Da durchzuckte ihn ein brennender Schmerz am Kopf. Die Gestalt hatte mit dem Ast zugeschlagen.

Er fühlte sich taumeln, kippen, rutschte noch ein Stück über den Felsrand, dann spürte er nichts mehr unter den Füßen. Er fiel.

Die Gestalt ging ein paar Schritte auf den Rand des Felsens zu und schaute hinunter. Ziemlich steil und hoch, diese Traifelbergfelsen, dachte die Gestalt. Dann ging sie gemütlichen Schrittes den Randweg entlang, schaute hinaus auf den Albtrauf und dessen herrliches Grün im Frühjahr. Dort drüben diese Burg Lichtenstein, auch so ein Schandfleck. Phantasie eines Dichters, eines anderen Dichters. So ein Wahnsinn, eine Spielzeugburg nach einer Geschichte zu bauen. Nach einer schlechten Geschichte, wohlgemerkt. Alles Phantasie. Damit kam man – kommt man – doch nicht weiter. Eine kleine Burg auf einem imposanten Felsen, inzwischen Touristenattraktion. Die hatten die Burg in all ihren Prospekten. Immer und immer wieder. Immer die Burg. Dabei, was war denn das? Wie eine Puppenstube für Albbesucher. Ein paar Rüstungen und ein Schütze, der einen immer ansah, von wo aus man ihn auch betrachtete. Toll! Eine Zugbrücke und viel touristischer Firlefanz. Aber natürlich auch der Blick, immer wieder der Blick. Immer. Denn der Blick, das war die Alb, oft, gerade am Albtrauf.

***

So ein Urlaubsmorgen hatte was. Christian Schoch stand am Vormittag in seiner Reutlinger Wohnung am Herd. Es schien wieder ein schöner Maitag zu werden. Er wendete die Rühreier, holte den Teller mit Bacon, Pilzen und Tomaten aus dem Backofen und ließ die Eier aus der kleinen Pfanne auf den Teller gleiten. In dem Moment sprangen zwei Toastscheiben aus dem Toaster.

Perfekt, dachte der Kriminalhauptkommissar. Das war eines der geliebten Relikte seines Anglistik-Studiums. Er hatte damals ein halbes Jahr in Leeds, einer Stadt in Nordengland, verbracht. Es war eine tolle Zeit gewesen, und er hatte das englische Frühstück schätzen gelernt. Im normalen Alltag war das natürlich nicht zu machen. Eine gute halbe Stunde stand er bereits in der Küche. Die brauchte er für die Zubereitung der verschiedenen Zutaten. Aber es lohnte sich.

Er stellte den Teller auf den Tisch in der Küche. Im Radio liefen die Nachrichten. Erst hörte er nur mit halbem Ohr hin. Er wollte sich ganz auf sein Frühstück konzentrieren. Eher zufällig hatte er den Lokalsender eingestellt.

»… entdeckte heute Morgen eine Wandergruppe des Schwäbischen Albvereins unterhalb der Traifelbergfelsen eine männliche Leiche …«

Christian Schoch drehte lauter.

»Mitarbeiter des Technischen Hilfswerks werden im Laufe des Vormittags versuchen, die Leiche zu bergen. Aufgrund des steilen Hanges und des schwierigen Zugangs müssen die Männer zu Fuß zum Verunglückten gelangen. Er soll dann mit einer Trage geborgen werden. Noch ist die Identität des Opfers nicht bekannt. Es ist auch noch nicht klar, ob es sich um einen Unfall oder ein Verbrechen handelt. Wir von Radio viereinhalb bleiben natürlich an dem Thema dran und unterrichten Sie, liebe Hörer, sobald etwas Neues bekannt wird. Heldstetten: Im ehemaligen Feuerwehrhaus der Gemeinde Heldstetten ist gestern Abend ein Brand ausgebrochen. Die Heldstetter Feuerwehr war mit zwei Fahrzeugen im Einsatz. Es stellte sich heraus, dass ein Feuerwehrmann das Feuer selbst gelegt hatte …«

Christian Schoch schaltete den Apparat aus. Sieh an, sieh an, dachte er, eine zweite Leiche innerhalb von zwei Tagen. Das war für diese Gegend der Alb schon eine Sensation. Er schob sich einen weiteren Bissen in den Mund.

Ein Zufall konnte das zwar sein, aber er hatte so ein kriminalistisches Bauchgefühl, dass diese beiden Toten irgendetwas miteinander zu tun hatten. Sollte er bei den Reutlinger Kollegen seines ehemaligen Kommissariats mal anrufen, ob die schon mehr wussten? Eher nicht, dachte er, da störte er nur. Er war gespannt, was Kriminaldirektor Wächter morgen früh dazu sagen würde.

Mit dem letzten Stückchen Toast wischte er einen Rest Tomate vom Teller. Er leerte seine Teetasse, natürlich Schwarztee mit Milch, so gehörte sich das.

***

Das hätte auch Rüdiger Baisch im Reutlinger Kommissariat gesagt. Allerdings hätte es sich dann um den dampfenden schwarzen Kaffee gehandelt, den er in seiner Tasse vor sich hatte. Sein Chef hatte es mal wieder ihm überlassen, die heutige Dienstbesprechung um neun Uhr vorzubereiten.

Er hatte wohlweislich vorher mit dem Kollegen Reger in

Hayingen telefoniert. Viel schlauer war er jetzt auch nicht. Die beiden Hayinger Polizisten hatten gestern Nachmittag vier Orte angefahren, an denen dieser von Aue am Nachmittag vor der Auffindung seiner Leiche in der Wimsener Höhle gesehen worden war. Alle Befragten hatten ausgesagt, dass der Geschäftsführer des »Arbeitskreises Lebendige Alb« bei ihnen gewesen sei. Niemand hatte etwas Verdächtiges bemerkt.

Auch den letzten Ort, einen kleinen Bauernladen in Mägerkingen, hatte von Aue gut gelaunt verlassen. Einen Hinweis, wo er dann hingefahren war, gab es nicht. »Er müsse noch weiter«, habe von Aue zu der Frau im Laden gesagt, hatte Reger berichtet.

Somit war überhaupt nicht klar, ob oder wie der Geschäftsführer in die Nähe der Höhle gekommen war – und vor allem, wann. Reger hatte sich erkundigt, dass die Höhle zwar um siebzehn Uhr schließe, aber bei dem warmen Maiwetter noch einige Gäste auf der Terrasse des Lokals gesessen hätten. Baisch hatte Reger beauftragt zu versuchen, wenigstens einen dieser Gäste ausfindig zu machen und die Bedienung zu befragen, ob der vielleicht was Ungewöhnliches aufgefallen war.

Mehr kann ich im Augenblick nicht tun, dachte Hauptkommissar Baisch. Zumindest nicht in diesem Fall, denn die zweite Leiche, die heute Morgen unterhalb der Traifelbergfelsen entdeckt worden war, war noch nicht geborgen. Sie hatten noch keine Informationen erhalten, um wen es sich handelte.

Damit hatte er zwar zwei Fälle, aber wenig Informationen, die er später vortragen konnte. Die Trickbetrüger waren gefasst und nach Tübingen überführt worden. Dort saßen die erst mal in U-Haft, bis ihnen der Prozess gemacht werden konnte.

An den Flüchtlingsunterkünften war es in der Nacht ruhig geblieben. Sie hatten die erhöhte Wachsamkeit der Streifenbeamten in den Medien publik gemacht. Das hatte sicherlich dazu beigetragen, dass keiner sich was traute.

Aber die Situation war schwierig. Die Diskussionen um mehr Polizei im Land nahmen zu. Die Politiker versuchten zu beschwichtigen, schwangen Reden und dankten den Einsatzkräften. Aber die eigentliche Arbeit blieb an ihnen hängen.

Rüdiger Baisch hatte von Anfang an kein gutes Gefühl gehabt. So viele Menschen waren in den letzten Jahren zu ihnen gekommen. Da war der Spruch der Kanzlerin: »Wir schaffen das!« Ein bisschen erinnerte ihn das an Helmut Kohl, der nach der Wiedervereinigung auch von blühenden Landschaften gesprochen hatte. Wo sind sie denn, die blühenden Landschaften?, fragte er sich. Über zwanzig Jahre waren vergangen. Nur langsam fand zusammen, was zusammengehörte.

Das ist Politik, sagte sich der Hauptkommissar und hakte weiter seine Liste ab, bis sein Telefon klingelte. Die Zentrale.

»Ein Herr Heber aus Mägerkingen für Sie, Herr Baisch«, sagte Miriam Welsch wie immer in sonorem Ton.

»Wer ist das? Was will er?«

»Er hat was für Sie. So viel habe ich verstanden. Manchmal denke ich, ich lebe im Ausland. Er spricht sehr breit Schwäbisch. Irgendwas von einer Jacke. Ich stell ihn mal durch, gell!«

Hauptkommissar Baisch erkannte den ironischen Unterton genau. Das machte sie gern, die Frau Welsch. Immer mal wieder das Nordlicht raushängen. Und das nur, weil man sie mal ausgelacht hatte, als sie in der Bäckerei ein paar Rundstücke verlangt hatte.

»Also gut«, sagte Baisch. »Hauptkommissar Baisch, Kommissariat eins.«

»Rolf Heber hier, Ordnungsamt Mägerkingen. Griaß Gott, Herr Hauptkommissar.«

»Grüß Gott, Herr Heber. Was kann ich für Sie tun?«

»I han a Jack«, sagte Heber.

»Schön für Sie«, sagte Baisch.

»Noi, a Jack ond a bar Zettel. Auß em Wald. D'r Wecka hots brocht, geschtern. Aber no war bei eich koiner meh do.«

»Wie? Aber die Bereitschaft war doch sicherlich erreichbar.«

»D' Bereitschaft vielleicht, aber i han doch eich Kriminaler wella!«

»Ist ja jetzt auch egal. Was für eine Jacke denn?«

»Se hends gfonda, em Wald, droba bei d'r Hütt!«

»Was gefunden?«

»Dui Jack ond dia Zettel.«

»Eine Jacke und ein paar Zettel?«

»Genau.«

»Und jetzt? Was soll ich da machen?«

»Koi Ahnung. Aber vielleicht ghert en den Kittel ja oiner nei.«

»Wie?«

»Der muaß ja oim ghera!«

»Ach so. Und den soll ich jetzt suchen lassen, oder wie haben Sie sich das vorgestellt?«

Rolf Heber war genervt. Dieser Hauptkommissar war entweder schwer von Begriff, oder er wollte ihn einfach nur abwimmeln. Der musste doch von den beiden Toten gehört haben. Nun war er selbst zwar nur der Leiter des Ordnungsamts in Mägerkingen, hatte aber auch schon den einen oder anderen Krimi gesehen. Da kombinierte man doch. Eine Jacke hängt im Wald, Blätter mit Tunnelplänen darunter, der Rest fehlte. Das machte doch nachdenklich. Den ganzen letzten Abend war er nicht zur Ruhe gekommen. Eine Jacke und Zettel. Sonst keine Spuren, soweit er wusste. Zwei Tote ziemlich in der Nähe. Da musste man doch überlegen, vor allem untersuchen, ob die Toten ihre Jacken noch anhatten. Vielleicht sollte er so weitermachen.

»Hend dia boide ihre Kittel aghet?«

»Wer? Was?«

»Dia boide Tote, dia gfonda wora send. Hend dia ihre Kittel ghet?«

»Wie meinen Sie ›Kittel ghet‹?«

»Hend dia eine Jacke aghet?«

»Guter Mann. Das weiß ich doch nicht!«

»No däde mol gucken lassa. Bei mir liegt jedenfalls dui Jack, ond die Zettel hanne au. Auf Wiederhören«, sagte Heber und legte auf. Man musste sich als Ordnungsamtsleiter schließlich nicht alles gefallen lassen.

Hauptkommissar Baisch hielt noch den Hörer in der Hand. Hatte der einfach aufgelegt. Und jetzt? Sollte er wirklich eine Streife vorbeischicken und die Sachen holen lassen? Machte er sich da nicht lächerlich? Eine schwierige Entscheidung. Sollten diese Indizien wirklich in den Fällen eine Rolle spielen, dann blieb die Sache an ihm hängen.

Er entschloss sich, diesen Reger in Hayingen anzurufen. Die sollten die Sachen ohne viel Aufhebens nach Reutlingen bringen. Es würde sich dann schon finden, wie man das einordnen musste. Noch wusste er zu wenig über die Leichen, deren Zustand und Ausstattung.

Er tippte die Nummer von Hayingen in den Apparat. Vielleicht hatten die auch noch was über diesen von Aue herausgefunden. Für die Besprechung könnte er weitere Informationen gut brauchen.

Er ließ es klingeln. Einmal, zweimal, dreimal. Nichts. Hatten die denn nicht einmal einen Anrufbeantworter? Das ärgerte ihn. Er sah sich seine Liste noch mal an. Diesmal musste er mit wenigen Informationen auskommen. Aber das war er andererseits auch gewohnt. Auch, dass er anschließend vom Chef wieder die Leviten gelesen bekommen würde.

***

Mitten in der Woche war immer am wenigsten los. Heute hatte er sich einen der neuen Albtraufwege bei Mössingen vorgenommen. Er war am Hirschkopf losgegangen. Es folgte ein relativ steiler Aufstieg durch Haarnadelkurven auf einem schmalen Waldweg auf den Dreifürstenstein. Eine schweißtreibende Angelegenheit, denn obwohl es erst neun Uhr war, war es für einen Maitag bereits ziemlich warm. Allerdings hielten die Blätter und Nadeln des Mischwalds die Sonnenstrahlen weitgehend draußen.

Er hatte seinen Plastiksack auf dem Rücken und seinen Spieß in der Hand, wie immer, wenn er auf solche Touren ging. Hier ein Bonbonpapier, dort ein Plastikbeutel, dann wieder ein Kaugummipapier. Alles spießte er auf und packte es in seinen Sack.

Der Weg war nicht nur mühsam zu begehen, sondern auch schlecht befestigt. Noch war der Boden feucht. Er musste verdammt aufpassen, dass er auf den nassen, glatten Steinen und Wurzeln nicht ausrutschte. Das war eine Schnauferei. Aber der

Weg droben, am Albtrauf entlang, würde ihn für die Mühe entlohnen. Das wusste er noch vom letzten Mal. Herrliche Ausblicke hinunter ins Tal, hinüber nach Mössingen und Talheim. Die Albtraufkante war nach starken Regenfällen mit einem gewaltigen Erdrutsch abgebrochen. Inzwischen war das eine Attraktion dieser Tour. Weil der Albrand, also diese Kante, die Kreisgrenze markiert hatte, musste nach dem Rutsch die Grenze neu vermessen werden. Das konnte der interessierte Wanderer auf einer der zahlreichen Informationstafeln droben lesen.

Er erreichte den kleinen Unterstand am Ende des Aufstiegs. Jetzt erst mal hinsitzen, durchschnaufen und was trinken, sagte er sich. Er würde anschließend den Weg nach vorn zur Dreifürstensteinhütte gehen. Dort war nicht so schön sitzen, das wusste er auch noch vom letzten Mal. Im Winterhalbjahr ging das gut, denn um die Hütte verlief eine Holzbank, die eigentlich mit ihrem herrlichen Ausblick zum Rasten einlud und auch in der Wintersonne schön warm war. Aber wenn das Frühjahr kam, die Sonne auf die Bank und die Holzwände der Hütte schien, versammelten sich hier die Marienkäfer. Wie zu einem Kreistreffen, hatte er beim ersten Mal gedacht. Tausende dieser eigentlich harmlosen und recht putzigen roten Käfer schwirrten dann in den Sonnenstrahlen um einen herum. Sie setzten sich auf die Kleidung, verhakten sich in Haaren. Man bekam sie kaum wieder los. Also wollte er an der Hütte schnell vorbeigehen, denn die Sonne schien, und es war schon ziemlich warm. Auf die Belästigung durch die Marienkäfer hatte er heute keine Lust.

Seine Gedanken kreisten um seine Tat, seine Taten. Wie war es mit ihm so weit gekommen, dass er dazu fähig war? Vielleicht, weil er allein war. Schon fünf Jahre war seine Mutter tot. Mit ihr hatte er noch sprechen können. Sie hatten viel geredet über früher, den Vater und die Alb. Sie hatte von einem Bauernhof in Ödenwaldstetten gestammt. Dort, wo heute ein Bauernmuseum und eine Gasthausbrauerei die Touristen anlockten.

Er war nur einmal dort gewesen. Im Bauernmuseum hatte er sich an die Erzählungen seiner Mutter erinnert. Das karge Leben auf der Alb, die Entbehrungen und die Steine in den Feldern.

Die Alb liebt ihre Menschen nicht, hatte seine Mutter einmal gesagt. Eine harte Erkenntnis, wenn man ein ganzes Leben auf der Alb verbracht hatte.

Aber er hatte die Alb immer geliebt. Die Einsamkeit der Hochflächen, die stillen Wanderwege im tiefen Laub der Wälder. Damit verbunden viele Erinnerungen an die Kindheit, die verborgenen Verstecke, das Klettern an den Felsen und die Erkundung kleiner Höhlen. Für ihn als Kind war die Alb eine spannende Kinderstube gewesen, ob sommers oder winters. Im Winter ging es die Hänge hinab mit Karacho, erst mit dem Schlitten, dann mit den ersten Holzskiern. Dann nach Hause kommen, die nassen Klamotten an den Ofen hängen und einen heißen Tee trinken.

Er schmunzelte. Wie sich Erinnerungen doch verklären konnten. Wenn er ehrlich war, spürte er heute noch Schmerzen in den Zehen von den Beinahe-Erfrierungen. Schließlich hatten sie nur ihre Wollsachen und eben auch wollene Handschuhe gehabt. Das alles war unweigerlich feucht geworden. Oft hatten sie ihre Kleider zu Hause in der Stube richtiggehend abstellen können, bis das Eis schmolz.

Er blieb stehen. Wenige Meter vor ihm saß ein Buntspecht an einem morschen Baumstamm und klopfte munter drauflos. Auch diese Vögel waren immer weniger scheu. Sie gewöhnten sich an den Menschen. Aber sie haben es gut, dachte er, sie können einfach davonfliegen, die Welt unter sich zurücklassen und darüber hinwegblicken. Er sehnte sich nach einer solchen Freiheit, wäre manchmal auch am liebsten aufgeflogen.

Er schaute hinauf in den blauen wolkenlosen Himmel. Seinen Kopf lehnte er an das warme Holz der Hütte. Dann über der Schwäbischen Alb Kreise ziehen, all die Schönheiten und Sehenswürdigkeiten noch mal besuchen. Die schroffen Felsen des Albtraufs, die Trockenrasen der Wacholderheiden mit ihren farbenprächtigen Orchideen und den Silberdisteln, die sanften Hochtäler von Waldstreifen umzogen, die tiefen Höhlen des Karstgebirges, die so tief hinunterführten in eine andere, eine alte, uralte Welt vor der Zeit der Menschen. Entlangfliegen an den kilometerlangen Waldrändern der Mischwälder und Strauchreihen. Er würde sie alle abfliegen, denn er hätte ja Zeit, viel Zeit. Bis nach Süden würden ihn seine Schwingen tragen, denn er wäre ein Adler, ein Adler aus der Zeit. Er würde hinunterblicken in die Senke des Donautals, im Westen zum Abschied einmal rund um den Hohenzollern kreisen. Nach Norden würde er sich wenden, gen Neckartal und weiter auf die Ostalb. Noch einmal den Ipf bewundern, die Flusstäler der Steinzeit mit ihren Höhlen und prähistorischen Funden. Dann weiter aufsteigen, über die Wolken, immer weiter. Nach irgendwo, in die Unendlichkeit mit den letzten Bildern von seiner Alb im Gedächtnis.

Er blinzelte. Da war er doch tatsächlich eingedöst, hatte geträumt. Er stand auf, schüttelte sich und nahm seinen Sack auf. Er musste weiter, seine Tour war heute noch lang.

***

»Mehr haben wir leider noch nicht«, schloss Hauptkommissar Baisch seinen morgendlichen Bericht. Ein leises Raunen ging durch den Raum, das auch Amtsleiter Müller bemerkte.

»Recht wenig, wie ich finde«, konstatierte er.

»Ich hoffe, wir erhalten im Laufe des Tages mehr Informationen. Die Bergung der zweiten Leiche müsste bald abgeschlossen sein, dann wissen wir in diesem Fall auch mehr«, erklärte Baisch.

Die Kollegen in der Runde nickten verständnisvoll. Sie kannten die undankbare Rolle des Adlatus ihres Chefs. Deshalb neidete ihm auch keiner die Position als zweiter Mann im Revier. Sollte der doch ruhig die emotionalen Ausbrüche des Chefs über sich ergehen lassen. Da blieben sie wenigstens verschont. Nur Karin Strobel erlaubte sich hin und wieder, das Wort zu ergreifen.

»Herr Müller«, sagte sie, »halten Sie es für ausreichend, wenn in dem Mordfall auf der Alb die beiden Ortspolizisten Reger und Schaich ermitteln? Wenn das dumm läuft, haben wir die gleiche Arbeit noch mal zu machen.«

Amtsleiter Müller schaute Karin Strobel kritisch an. Die

musste immer ihren Senf dazugeben. Aber in diesem Fall hatte sie gar nicht so unrecht. Wenn die beiden auf der Alb das vermasselten, konnten sie wieder ganz von vorn anfangen. Andererseits, vielleicht ging das ja auch mal so. Was konnten die schon groß falsch machen? Die Spurensicherung würde sich im Laufe des Tages um die Höhle kümmern. Fanden sich dabei Spuren, würden die hier im Revier gesichtet und beurteilt werden. Die Befragungen konnten die Ortspolizisten ruhig durchführen. Das traute er ihnen zu. Den Ernst Reger kannte er ein halbes Leben. Schließlich waren sie beide leidenschaftliche Jäger. Er hatte keinen Grund, daran zu zweifeln, dass der Ernst das schon richtig machen würde.

»Freilich, Frau Strobel, Sie haben nicht ganz unrecht. Sollten die Kollegen die Ermittlungen vermasseln, bleibt das an uns hier hängen. Klar. Andererseits kann ich gerade heute niemanden auf die Alb schicken. Die ersten Befragungen traue ich dem Ernst Reger und seinem Kollegen durchaus zu. Wir werden übernehmen, wenn sich erste Anhaltspunkte herausstellen. Das könnten ja vielleicht Sie sein, Frau Strobel, oder?« Amtsleiter Müller ließ die Frage halblaut im Raum stehen.

Karin Strobel schwieg. So hatte sie sich das gedacht. Kaum machte man den Mund auf, schon wurde einem eine solche Aufgabe in Aussicht gestellt. Aber warum nicht?, dachte sie. Ein paar Tage auf der Alb wären mal eine schöne Abwechslung. Hier in der Stadt gab es zurzeit sowieso keine spannenden Ermittlungen. Da konnten ein paar Tage auf der Schwäbischen Alb bei sonnigem Maiwetter schon locken.

»Gern«, antwortete sie süffisant lächelnd.

Müller schaute sie verdutzt an. Sonst fand sich kaum ein Freiwilliger für die Einsätze auf der Schwäbischen Alb. Den meisten war das zu ländlich, zu einfach und zu viel Dialekt. Anscheinend war das bei der Strobel anders.

Er kannte sie noch nicht so gut, denn sie war erst wenige Wochen in seiner Abteilung. Eine sehr intelligente, hübsche junge Frau, die ihre Prüfungen mit Bravour abgelegt und sich ausdrücklich für das Reutlinger Revier beworben hatte.

Anfangs hatte er gedacht, mit ihr einen guten Fang gemacht zu haben. Da war er sich inzwischen nicht mehr so sicher, denn ihr loses Mundwerk und mangelnder Respekt machten die Arbeit mit ihr nicht leicht. Vielleicht ist das auch das Alter, dachte er manchmal. Zu viel Routine, zu viel Alltag machten einen müde und unbeweglich. Früher hätte er sich auf die Wortgefechte mit der jungen Kollegin geradezu gefreut. Heute war ihm das meist lästig. Der Laden hier sollte laufen, möglichst ohne irgendwelche Diskussionen. Da machte er es sich einfach, das wusste er wohl.

»Sie sind vorgemerkt«, sagte er.

Jetzt gab es einige verdutzte Gesichter in der Runde der Kriminalbeamten. So kannten sie ihren Chef gar nicht, oder nicht mehr. Ein paar der älteren Kollegen konnten sich noch erinnern, dass Müller in früheren Jahren gern mal einen Witz gerissen oder den einen oder anderen Kollegen auf den Arm genommen hatte. In den letzten Jahren war dies immer seltener der Fall gewesen. Die allgemeine Stimmung hatte darunter natürlich gelitten. Er hatte nur noch zwei oder drei Jahre, dann würde er in den Ruhestand gehen. Hatte er auf seine alten Tage noch mal Spaß an der Arbeit gefunden?

Amtsleiter Müller beendete das allgemeine Getuschel. »Meine Damen, meine Herren. Das war's. Wenn möglich, möchte ich von den einzelnen Ermittlungsgruppen einen kurzen Bericht noch vor Mittag. Wir sehen uns in der Kantine«, sagte er, stand auf und verließ den Raum.

Baisch schaute ihm ungläubig hinterher. Was war denn in den gefahren? Er stand ebenfalls auf. Für einen Augenblick wusste er nicht, was er tun sollte, denn sonst wurde er am Ende jeder Besprechung von Müller aufgefordert, in dessen Büro zu kommen. Heute nicht. Zum ersten Mal seit Jahren. Was ging hier vor?

Die Kollegen trieb das ungewöhnliche Verhalten ihres Chefs ebenfalls um. Sie standen noch in Zweier- und Dreiergruppen zusammen und diskutierten leise.

Baisch ordnete seine Unterlagen vor sich auf dem Tisch. Er versuchte, ein paar Gesprächsfetzen aufzuschnappen. Aber die

Kollegen vermieden es sorgsam, zu laut zu reden. Man wusste bei Baisch nie, auf welcher Seite er stand.

Das Gemurmel verebbte. Die kleinen Grüppchen lösten sich auf. Baisch sah den Kollegen zu, wie sie den Besprechungsraum verließen. Jeder hatte nun seine Aufgabe für den Tag. Er ging auch aus dem Zimmer und bog nach links zu seinem Büro ab. Als er am Büro des Chefs vorbeikam, hörte er ihn laut telefonieren. Einen Moment hielt er inne. Müller sprach Schwäbisch. Das konnte nur eines bedeuten, nämlich dass er nun selbst mit den Polizisten auf der Alb sprach.

Nun gut, dachte Baisch, mal sehen, was so ein Gespräch unter Jägern bringt.

***

Nachdem er die Schweine gefüttert hatte, blieb Hans Höhn noch etwas Zeit bis zum Mittag. Heute hatte er sich nichts vorgenommen. Zu tun gab es auf dem kleinen Hof natürlich immer genug, aber heute Vormittag hatte er noch etwas anderes vor. Als er Else am Morgen beim Frühstück davon erzählt hatte, war die richtig ausgerastet. Und das nur, weil er jetzt selbst nach dem Rechten sehen wollte.

»A Leich sucha?«, hatte Else entsetzt gefragt.

»Ja. Denn wo ein Kittel isch, do isch auch einer, der do neighert!«, hatte er geantwortet.

Sie hatte ihn zu einem Spinner erklärt, kehrtgemacht, ihn stehen lassen und sich wieder der Hausarbeit gewidmet. Ohne Gruß war er hinausgegangen. Dann hatte er sich auf sein Moped gesetzt und war den hinteren Weg in Richtung ihrer Hütte gefahren. Er wollte eine Begegnung mit den Jungs und Mädels vom CVJM vermeiden. Die würden ihn wahrscheinlich auch für verrückt halten, wenn er ihnen von seinem Vorhaben erzählte.

Er nahm die letzte Kurve, es ging ziemlich steil bergan, das Moped kämpfte. Fast vierzig Jahre hatte das alte Gefährt schon auf dem Buckel, tat aber immer noch seinen Dienst, wenn auch mit immer mehr Mühe.

Hans Höhn stellte die Maschine am Waldrand ab. Wenn er Richtung Hütte ging, müsste er auf den Waldweg treffen, den ihm Wecka beschrieben hatte. Bisher ein netter kleiner Morgenausflug, dachte Hans Höhn und machte sich auf den Weg.

Nach kaum hundert Metern hatte er den Waldweg erreicht. Er erkannte die Spuren des Leiterwagens der jungen Männer. Denen folgte er. Aha, hier hatten sie den Wagen stehen lassen. Im Laub waren ihre Spuren noch gut zu erkennen.

Wecka war nach links gegangen, hatte er gesagt. Hans Höhn ging ebenfalls nach links. Sehr weit war Wecka wohl nicht in den Wald hineingegangen. Er hatte von etwa fünfzig bis hundert Metern gesprochen. Typisch. Diese jungen Leute, kein Gefühl mehr für Entfernungen, dachte Hans. Er stapfte durch das Laub. Die Spuren endeten nach etwa achtzig Metern tatsächlich abrupt. Das müsste der Baum sein.

Hans Höhn beschloss, in jede Richtung erst mal so zwanzig, dreißig Meter zu gehen. Dann würde man sehen. Unwahrscheinlich, dass die Jacke weit entfernt von dem Toten aufgehängt worden war. Wenn es denn überhaupt einen Toten gab.

Er ging nach rechts. Nach dreißig Schritten drehte er wieder um. Nichts. Er ging die gleiche Entfernung nach links. Nichts. Dann schlug er den Weg geradeaus ein und zählte. Nach etwa zehn Schritten sah er etwas Weißes leuchten. Weiß wie ein Hemd, dachte er und sah hinunter auf den etwa dreißig Zentimeter dicken Baumstamm. Darunter war das Weiß. Tatsächlich ein Hemd. Ein Hemd und eine Krawatte. Ein Hemd, eine Krawatte und ein Gesicht. Ein blutiges Gesicht.

Hans Höhn schüttelte sich. Er hatte zwar so etwas vermutet, aber, wenn er ehrlich war, nicht erwartet, dass seine Vermutung zutreffen würde. Doch sie traf zu. Hier lag eine Leiche, ein Mann unter einem Baumstamm. Wie kam der Mann unter den Baumstamm?, fragte er sich.

Am Stamm entlang ging er Richtung Wurzel. Sauber abgesägt, aber nicht ganz durch, wie der erfahrene Bauer gleich erkannte. Er schaute sich den Schnitt genauer an. Das war mit einer Handsäge gemacht worden. Da hat jemand viel Arbeit gehabt, dachte er. Neben dem Baumstamm lag ein langer, dicker Stock von vielleicht drei Metern Länge. Ein Stock, die Äste waren mit einer Axt abgehauen worden. Die Enden sahen gesägt aus, ebenfalls von Hand. Seltsam, dachte Hans Höhn. Was macht dieser Stock neben dem Baumstamm?

Irgendetwas hatte er übersehen. Er ging zurück zum Stamm. Stock und Stamm hatten bestimmt etwas miteinander zu tun, da war er sich sicher.

An der Rinde konnte Hans Höhn zunächst keine Spuren finden. Doch auf einer Höhe von knapp zweieinhalb Metern entdeckte er eine tiefe Kerbe. »Mit der Axt hineingehauen«, sagte er leise vor sich hin. Mit den Fingern strich er über das Holz. Eine Kerbe, so tief, dass man einen Stock verkeilen konnte. Einen Stock von etwa drei Metern Länge.

Er ging noch mal hinüber zu dem Stock, schritt dessen Länge mit ausgreifenden Meterschritten ab. Tatsächlich, er hatte sich verschätzt. Der Stock war fast vier Meter lang. Das würde passen, dachte er. Im Geiste stellte er den Stamm auf, klemmte den Stock zwischen Erdreich und Stamm. So musste es gewesen sein. Der Stock hielt den Stamm. Schlug man den Stock weg, fiel der Baumstamm. Darunter lag jetzt die Leiche.

Hans Höhn ging wieder zurück. Das Gesicht. Er musste sich das Gesicht noch mal ansehen. Auf den ersten Blick hatte er den Toten nicht erkannt. Er schaute ihn sich noch mal an. Nein, er kannte ihn nicht. Hatte ihn noch nie gesehen. Was sollte er jetzt tun?

Er setzte sich auf einen Baumstumpf. Die Stelle am Waldweg sollte er deutlich markieren. Aber er würde sie auch so leicht wiederfinden, da war er sich sicher. Er musste zurück zu seinem Moped.

Wen sollte er verständigen? Hier oben auf der Alb hatten sie doch nur noch ein paar kleine Polizeiposten. Das war bereits der zweite Tote. Da war bestimmt schon die Reutlinger Kriminalpolizei eingeschaltet.

Auf dem Weg zum Waldrand überlegte er. Also in Reutlingen anrufen. Das würde er machen, wenn er zu Hause war. Else würde nicht schlecht staunen. Er hatte seine Leiche gefunden. Kann man da von Erfolg sprechen?, fragte er sich. Ein trauriger Erfolg.

Gut, er hatte seinen Verdacht bestätigt, dass ein Kittel nicht einfach so im Wald hing. Das hatte gestimmt. Aber dann der Baumstamm und das blutige Gesicht. Wie alt mochte der Mann sein, gewesen sein? Vielleicht um die vierzig, würde er schätzen. War aber schwer zu sagen, bei dem Gesicht.

Er fragte sich, woher das viele Blut kam. Ein umfallender Baum würde einen Mann erschlagen, klar. Aber würde ein Baumstamm auch solche Wunden verursachen? Da war er sich nicht sicher. Das kam ihm komisch vor. Das mussten die Spurensicherung und die Gerichtsmedizin herausfinden. Das war wie im Krimi im Fernsehen. Eine Leiche, dann die Spurensicherung und anschließend die Gerichtsmedizin.

Hans Höhn war gespannt, was die ermitteln würden. Das kann man sicherlich in der Zeitung lesen, dachte er. Vielleicht sogar im Fernsehen sehen. Womöglich würden die auch bei ihnen auftauchen. Schließlich hatte er die Leiche gefunden. Will ich das überhaupt?, fragte er sich. Das musste er sich noch durch den Kopf gehen lassen und Else fragen.

Beim Moped angekommen, setzte er sich drauf, trat aufs Anlasspedal und fuhr den Berg hinunter. Er musste kaum Gas geben, das Moped rollte auch so schnell genug den steilen Weg hinunter. Im Fahren schaute er auf den kleinen Ort, der seine Heimat war. Nun war etwas passiert in Mägerkingen.

Als er in den Hof seines Anwesens einfuhr, stand Else schon am Küchenfenster.

Neugierig war sie immer schon, dachte Hans Höhn, als er das Moped abstellte. Er mochte wetten, dass Else es nicht aushielt, bis er seine Schuhe ausgezogen hatte und ins Haus kam.

Als ob sie seinen Gedanken umgehend bestätigen wollte, öffnete Else Höhn das Küchenfenster. »Ond?«, fragte sie.

»I hann en gfonda«, antwortete Hans.

»Wen?«

»Ha, den, der en den Kittel neighert!«

Else wurde blass. Ihre Hände suchten das Fensterbrett, um Halt zu finden. Hans ging zum Fenster, hielt seiner Frau die Hand. Er hätte nicht gedacht, dass sie so reagieren würde. Er tätschelte ihre Hand.

»I han mer glei denkt, dass do oiner liega muss«, erklärte er in ruhigen Worten.

»Bei ons em Wald?«

»En ausrem Wald, ja.«

»Ond, wer isches?«

»Koi Ahnung. Ich kenn den et.«

Else machte ein betroffenes Gesicht.

»Jetzt kommsch erscht mol rei«, sagte sie, schob seine Hand weg und machte sich daran, das Fenster zu schließen.

Hans Höhn ging zum Hauseingang. Brav zog er die Schuhe aus. Im Eingang standen seine Schlappen. In die schlupfte er mit den Füßen hinein, dann ging er weiter in die Küche. Else hatte ihm schon eine Tasse Kaffee eingeschenkt. Er setzte sich an den Küchentisch. Else setzte sich dazu. Sie sah ihn mit besorgtem Blick an.

»Ond, was machet mer jetzt?«, fragte sie.

»Mer, wieso mer? I ruaf en Reitlenga a. Des mache«, sagte Hans Höhn entrüstet. Schließlich hatte er die Leiche entdeckt. Seine Frau hatte seinen Gedanken doch von Anfang an für hirnrissig erklärt. Aber jetzt wieder auf den Zug aufspringen wollen, das hatte sie sich so gedacht. Das war seine Suche, seine Leiche, Schluss, aus.

Else schwieg. Der Ton ihres Mannes signalisierte deutlich, dass er keine weiteren Fragen oder etwa Vorschläge ihrerseits mehr hören wollte. Sie stand auf, ging hinüber zum Herd und setzte Nudelwasser auf. Ein untrügliches Zeichen dafür, dass sie nun schmollte.

»'tschuldigung«, sagte Hans Höhn leise, »was moinsch du? En Reitlenga aruafa isch doch richtig, oder?«

Else dreht sich zu ihm um. Ihr Mann konnte manchmal eigensinnig sein, aber meistens kriegte er doch wieder die Kurve. Sie lächelte.

»Ich glaub, des isch des Richtige, Hans«, sagte sie.

Hans lächelte nun auch. So viele Jahre waren sie schon zusammen, aber die Spielchen waren immer die gleichen geblieben. Er wusste um seinen eigensinnigen Kopf, seine Art, manchmal über das Ziel hinauszuschießen. Aber er wusste auch, dass er immer wieder einlenkte, warum auch immer.

»Also, dann mach ich des gleich.« Er schaute nach oben auf die Küchenuhr. »Jetzt ischs halber elfe. Do wird au jemand zom Erreicha sei.« Er nahm einen Schluck von seinem Kaffee. Blieb dann aber nachdenklich sitzen.

»Was hosch?«, fragte Else, die erwartet hatte, dass er gleich zum Telefon in den Flur hinausgehen würde.

»Ich überleg halt. Vielleicht sollte doch zerscht da Heber aruafa?« Er sah seine Frau fragend an. »Woisch, eigentlich isch der ja zuschtändig. Polizei hemmer ja koine meh, aber halt da Rolf Heber em Ordnungsamt. Der hot doch wahrscheinlich au no den Kittel.«

»Ach so. Schtemmt«, sagte seine Frau mit einem kurzen Nicken.

»I glaub, des mach ich. No soll der en Reitlenga aruafa«, sagte Hans Höhn und stand auf. Er ging hinaus zum Telefon. Die Nummer des Rathauses wusste er auswendig. Schließlich war er fast zwei Jahrzehnte lang Feuerwehrkommandant in Mägerkingen gewesen. Er tippte die kurze Nummer ein.

»Grüß Gott, Frau Scheuerle, Höhn hier«, sagte er in die Sprechmuschel. »Ja, guat goht's. Ond Ihne. – No isch recht. Frau Scheuerle, isch d'r Herr Heber do? – Könnte den bitte mol schprecha? – Ja, ich wart.«

Else kam aus der Küche und schaute auf den Gang hinaus zu ihrem Mann.

»Ond?«

»Se holt ihn«, sagte Hans Höhn. Er hielt dabei die Sprechmuschel mit der Hand zu.

»Jetzet, hallo, griaß de, Rolf. Ja, ja. Mir Rentner halt, gell. Du, pass auf. Dia Kerle hend dir doch den Kittel brocht, den se bei ons em Wald gfonda hend, gell. – Eba. – Also, i ben heit

Morga do nauf en den Wald, weil mer des koi Rua glassa hot. Ond schtell d'r vor, do liegt oiner, wahrscheinlich der, der en den Kittel neighert. – Des moin i au. Des muaß mer doch melda, oder? – Aha, no dädsch du dann en Reitlenga aruafa? – Guat. No her ich von dir, wenn du mehr woisch. – Guat. Also, no mach's guat, Rolf, ade.«

Hans legte den Hörer auf. Er ging zurück in die Küche. Else drehte sich vom Herd um, war neugierig, klar. Hans setzte sich, trank einen Schluck Kaffee.

»Alles klar. Er ruaft en Reitlenga a. Dia werdet sich dann melda, denkt er.«

»Guat«, sagte Else. Sie schüttete die Nudeln ins sprudelnde Wasser.

»Was gibt's heit?«

»Schenkanudla mit Salat.«

»Guat«, sagte Hans Höhn.

***

»Aua. Heilandzack!«

»Jetzt pass halt auf, Günter. I han doch gsagt, Kopf ronder!«, rief Hubert Stolz vom hinteren Teil des Kahns.

»I han doch da Kopf onda«, sagte Günter Schaich und rieb sich die schmerzende Stelle an seinem Schädel. Wenn er jetzt noch eine Beule davontrug, konnte ihm diese ganze Mordermittlung aber dermaßen den Buckel runterrutschen.

»D'r Hubert hot's doch gsagt. Kopf ronder«, kommentierte sein Kollege Reger.

»Jetzt komm mir du au no gscheit«, schimpfte Schaich.

Die beiden Polizisten hatten an diesem Vormittag eine Befahrung der Wimsener Höhle angesetzt. Sie wollten mit einem Kahn einfahren und nach eventuellen Spuren suchen. Dazu hatten sie sich mit starken Taschenlampen ausgerüstet.

Nachdem sie einen der Kahnschubser, so hatte Reger die Männer anfangs bezeichnet, telefonisch erreicht hatten, waren sie zusammen mit Hubert Stolz in die Höhle eingefahren. Stolz hatte sie gleich belehrt, dass man sie ja nicht als Kahnschubser, sondern als Kahn- oder Höhlenführer bezeichne. Das hatten die beiden Polizisten zur Kenntnis genommen.

»Danke für den Hinweis, Herr Höhlenführer«, hatte Reger mit einem süffisanten Lächeln gesagt. Stolz hatte das Lächeln nicht gesehen und war zufrieden. Jetzt nur gut Wetter machen, hatte Reger gedacht, schließlich war man auf den Mann ja angewiesen. Allein konnten sie nicht in die Höhle einfahren. Vielleicht wäre es irgendwie gegangen, aber schließlich gab es Kahnführer. So konnten sie sich darauf konzentrieren, die Wände und den Grund nach möglichen Spuren abzusuchen. Vielleicht hatte das Opfer ja etwas verloren oder womöglich sogar der Täter.

Allerdings gestaltete sich die Suche nicht so einfach, denn immer wieder vergaßen die beiden Polizisten, auf ihre Köpfe achtzugeben.

»Ernscht, pass auf. Ronder!«, rief Hubert Stolz, der sie genau im Blick hatte. Ein Kontakt mit der Höhlendecke konnte nicht nur verdammt wehtun, so mancher Höhlenbesucher hatte auch eine deutliche Beule am Kopf mit nach Hause genommen.

Nach der schmerzhaften Erfahrung seines Kollegen war Reger auf der Hut. Schnell zog er den Kopf ein und wich der Felsendecke aus. Es war tückisch. Manchmal konnte man ohne Probleme aufrecht sitzen, dann senkte sich die Decke plötzlich wieder, sodass sie ihre Köpfe ganz tief ins Boot ducken mussten.

»Mir send halt au bloß drei«, sagte Stolz.

»Wieso?«, fragte Schaich.

»Ha, no liegt d'r Kahn au höher«, erklärte der Kahnführer.

»Ach so«, sagte Schaich. Das leuchtete ihm ein. Normalerweise waren die Kähne mit acht Personen und dem Kahnführer besetzt. Das war natürlich ein ganz anderes Gewicht, als sie jetzt in den Kahn brachten.

»Hubert, dua mol langsam. I glaub, dohanna liegt was!«, rief Ernst Reger plötzlich.

»Hosch ebbes?«, fragte Schaich.

Hubert Stolz hielt den Kahn an. Er kannte die Höhle, ihre

Wände und ihre Decke in- und auswendig. Er wusste genau, wo er sich mit welcher Kraft abstoßen musste, um den Kahn mit der richtigen Geschwindigkeit in die gewünschte Richtung zu lenken. Genauso wusste er um die Stellen, an denen er den Kahn mit wenig Kraft zum Stehen bringen konnte. So auch hier. Da sie wenig Tiefgang hatten, konnte er ihn mit einem Griff an die Decke anhalten.

Reger krempelte sich die Jackenärmel hoch. Mit einer Hand leuchtete er ins Wasser, mit der anderen griff er ins kalte Nass.

»Des sieht aus wia a Schlüssel«, sagte er, »Mensch, isch des kalt. Des isch ja wia beim Kneipa!«

»Acht Grad send's. 's ganze Johr über«, erklärte Stolz.

»Des merke«, sagte Reger. Er zog seine Hand schnell wieder aus dem kalten Wasser und hielt einen Schlüsselbund hoch.

»Günter. Eine Tüte«, kommandierte er.

Günter Schaich zog einen Plastikbeutel aus seiner Jackentasche. Er gab ihn Reger, der auf der anderen Bootseite saß. Der setzte sich vorsichtig, mit einem prüfenden Blick an die Decke, auf.

»Koi Angscht. Dohanna ischs hoch«, sagte Stolz beruhigend.

Reger ließ den Schlüsselbund in den Beutel gleiten. »So.«

»Moinsch em Opfer seiner?«, fragte Schaich.

»Wahrscheinlich. Owahrscheinlich, dass der em Täter ghert«, meinte Reger. »Jetzt kennet mer weiter, Hubert.«

Stolz stieß sich mit der rechten Hand kräftig von der Höhlenwand ab. An dieser Stelle konnte man den Kahn ein paar Meter in eine Richtung gleiten lassen. Er wunderte sich immer wieder, mit welcher Routine er inzwischen durch die Höhle steuerte. Zwar machte er das nun schon über fünfzehn Jahre, aber es war immer wieder interessant, wie einem die verschiedenen Handgriffe, das Abstoßen und Steuern, in Fleisch und Blut übergegangen waren. Jeder seiner Griffe saß, da gab es kein zu stark oder zu schwach, kein Korrigieren. Nur am Schluss, wenn das Ende des befahrbaren Höhlenteils erreicht war, ließen sie den Kahn sozusagen auflaufen und gegen den Felsen fahren. Das schüttelte die Passagiere nach der bis dahin ruhigen Fahrt ein wenig durch. Die Höhle war dort hinten hoch genug, sodass sie keine Verletzungen befürchten mussten.

Sie waren in der Mitte der Höhle angekommen. Nur noch wenige Meter waren es bis zum Fundort der Leiche, den Ernst Reger beschrieben hatte. An der Seite ragte eine kantige Felsnase übers Wasser. Das war die engste Stelle.

Hubert Stolz fuhr langsamer als normal. Er wollte den Polizisten Gelegenheit geben, sich nach allen Seiten genau umzusehen. Ein Toter in der Wimsener Höhle – wenn er das am Abend seinen Stammtischkollegen erzählen würde. Und er mit dem Kahn auf Spurensicherung, das hätte er sich auch nicht träumen lassen, dass so was mal vorkommen würde.

Der Schlüsselbund lag in der Plastiktüte auf dem Boden des Kahns. Hubert Stolz konnte es nicht genau erkennen, aber es sah aus wie ein normaler Schlüsselbund mit verschieden großen Schlüsseln. Der Schlüsselanhänger war allerdings ziemlich ungewöhnlich, eine kleine rote Kugel mit der Zahl Drei im eingesetzten weißen Streifen. Sieht aus wie eine Miniaturbillardkugel, dachte Hubert Stolz, als er den Schlüsselbund genauer betrachtete.

»Langsam, Hubert!«, rief Schaich.

»Hosch ebbes?«, fragte Reger gleich nach.

»Dohanna hengt was«, sagte Schaich.

Hubert Stolz hielt den Kahn an. Nachdem sie sowieso sehr langsam fuhren, genügte ein fester Griff an eine Ausbeulung des Deckenfelsens. Der Kahn stand fast augenblicklich still.

Schaich nahm sein Taschenmesser heraus, klappte es auf und machte sich an der linken Höhlenwand zu schaffen.

»Ich hab's«, sagte er nach kaum einer Minute.

»Was hosch?«, fragte Reger neugierig.

»Ein Stück Stoff, hot sich do eiklemmt«, sagte Schaich und zeigte auf eine Ritze im Fels.

Hubert Stolz betrachtete die Stelle, die Schaich noch immer mit seiner Taschenlampe anleuchtete. Wie kann sich in einer solchen Ritze ein Stück Stoff verklemmen?, fragte er sich. Es konnte nur eine Erklärung geben.

»Ernscht, hosch du an dieser Stelle den Tota gfonda?«, fragte er.

»Ja, genau hier. Dohanna isch die Felsnas«, sagte Reger und zeigte dabei auf die Höhlenwand.

»Ond genau an der Stelle fendet d'r Günter des Stück Stoff. Seltsam, oder?«, sagte Stolz.

Reger und Schaich schauten sich an. In den Lichtkegeln der Taschenlampen wurden ihre Gesichter nur teilweise beleuchtet. Gespenstisch, dachte Günter Schaich, als er Regers Gesicht im schummrigen Licht mal sah, dann nur teilweise, dann wieder gar nicht. Er hielt den Stofffetzen in der Hand vor seine Lampe, damit ihn die anderen sehen konnten.

»War der Stoff vorher scho do, Hubert?«, fragte Reger.

»Nicht dass ich wüsst«, sagte Hubert Stolz, »aber woisch, mir hend gnuag mit em Kahn zom doa. Do guckt mer net emmer an dia Höhlawend.«

Reger nickte. Das leuchtete ihm ein. Es war ja auch ziemlich unwahrscheinlich, dass der Täter das Stück Stoff vor der Tat in die Höhle gebracht hatte. Warum auch? Um später zu wissen, wo er den Toten ablegen wollte? Kaum.

Er hatte eine Idee. Der Täter war sicherlich mit seinem Opfer auch in einem Boot in die Höhle hineingefahren. Mit den Gummistiefeln ging es ja nicht, wie Reger aus eigener Erfahrung wusste. Schwimmen war in dem kalten Wasser fast unmöglich, es sei denn, man trug einen Neoprenanzug wie die Höhlentaucher.

»Hubert, schließet ihr eire Boot eigentlich über Nacht ab?«, fragte er.

»Klar, bloß des kleine Ruderboot et. Des liegt en d'r Nacht henderm Höhlaeigang«, antwortete Hubert Stolz.

»Aha«, sagte Reger, »also entweder isch der Täter mit dem kleina Boot ond d'r Leiche reigfahra, oder er hot tatsächlich ein Tauchazug ghet. Aber zu was braucht er den Stoff, ond worom hengt der do?«

»Stemmt. Des isch richtig. Guat, Ernscht! Also, sag's, worom?«

»Koi Ahnung, vielleicht hot er ebbes putza miaßa, vielleicht hot er aber au dui Schtell markiera wella, do kas viele Erklärunga drfir geba«, sagte Reger.

Hubert Stolz und Günter Schaich sahen ihn erstaunt an. Zwar hatte der Polizeihauptmeister noch keine stimmige Erklärung für den Stofffetzen gefunden, aber seine Ansätze klangen schon mal nicht schlecht.

»Aber worom soll er dui Schtell markiera?«, fragte Hubert Stolz. »Er kann sich doch an dene Felswänd guat orientiera, des sieht doch ibrall anders aus.«

»Des scho, aber vielleicht wollt er auf Nummer sicher ganga. Emmerhin hot er a Leiche durch die Höhle schieba müssa«, sagte Reger.

»No müsste der ja vorher en d'r Hehle gwesa sei, om des Stick Stoff do neizuklemma«, sagte Stolz mehr zu sich selbst.

»Genau. Ond ihr hend des wahrscheinlich überseha. Des kennt doch sei«, sagte Ernst Reger.

Günter Schaich hörte den beiden zu. Es klang ihm ein wenig zu unwahrscheinlich, dass sich ein Täter eine solche Mühe machen sollte. Immerhin lief er ja dabei auch Gefahr, entdeckt zu werden. Oder das Stück Stoff wurde vor der Tat entdeckt, und weg war es. Das klingt nach einem, der etwas ganz genau plant, überplant vielleicht sogar, dachte Günter Schaich.

Er zog einen Beutel aus der Jackentasche und verstaute das Stück Stoff darin. Bestimmt konnten die Kollegen von der Spurensicherung mehr damit anfangen.

»Sollet mer voll ganz neifahra?«, fragte Hubert Stolz.

»Auf jeden Fall«, antwortete Reger.

»Auf geht's«, meinte auch Günter Schaich und winkte mit der freien Hand vorwärts.

Sie fuhren langsam mit dem Kahn ans Ende der Höhle. Normalerweise stieg der Kahnführer an dieser Stelle um und setzte sich ans hintere Ende, um den Kahn dann in die andere Richtung zu lenken. Hubert Stolz sparte sich das heute. Er hielt am Ende des befahrbaren Höhlenteils kurz an, ließ die Polizisten mit ihren Lampen suchen, dann schob er den Kahn langsam wieder zurück in Richtung Höhleneingang.

Obwohl sie konzentriert in die Lichtkegel ihrer Lampen schauten, konnten die Männer keine Spuren mehr entdecken. Den Grund der Höhle bedeckte eine dünne Schicht aus feinem Splitt und Schlamm. Darin waren natürlich keine etwaigen Fußspuren mehr erkennbar. Am Höhleneingang stiegen sie aus dem Kahn aus, den Stolz mit zwei Leinen hinten und vorn festmachte.

»Moinet ihr, mir kennet heit no eifahra?«, fragte er.

Reger und Schaich sahen sich an. Eigentlich war die Suche nach Spuren und damit auch die Spurensicherung erledigt. Sie konnten mit gutem Gewissen sagen, dass sie die Höhlenflächen sorgfältig abgesucht hatten. Mehr würde auch eine professionelle Spurensicherung nicht in der Höhle finden. Sie nickten sich zu.

»Mir send fertig, Hubert. Von uns aus kennet ihr wieder loslega«, sagte er.

Hubert Stolz war sichtlich froh, den Fahrbetrieb wieder aufnehmen zu können, bevor sich die Sperrung der Höhle vollends herumgesprochen hatte. Natürlich konnten sie in den nächsten Wochen mit mehr Besuchern rechnen, denn der Tote in der Wimsener Höhle würde sicherlich bald in allen Medien Beachtung finden.

»No isch recht«, sagte Hubert Stolz.

»Mir danket«, sagte Ernst Reger und schüttelte dem Kahnführer die Hand. Schaich ebenfalls.

Die beiden Polizisten gingen hinüber zum Gasthof Friedrichshöhle. Sie wollten noch eine Befragung des Personals vornehmen. Schaich hatte am Morgen angerufen und sich versichert, dass die betreffenden Personen auch anwesend waren. Letztendlich waren es nur zwei, eine junge Frau und ein noch jüngerer Mann, der Auszubildende, wie sich später herausstellte.

Reger und Schaich setzten sich auf die Terrasse. Sie bestellten Kaffee. Die junge Frau, Silke Faiss, kam zu ihnen an den Tisch. Sie trug ein farbenfrohes Dirndl, das sie mit ihren üppigen Formen optimal füllte.

Das fiel auch Günter Schaich auf, der beim Anblick des Dekolletés große Augen machte. Reger stieß ihn mit dem Ellenbogen in die Seite. Schaich schrak zusammen und richtete seinen Blick wieder auf seine Kaffeetasse.

Sie waren im Moment noch die einzigen Gäste auf der Terrasse. Nachdem sie sich vorgestellt hatten, begann Reger mit der Befragung.

»Frau Faiss, ischt Ihne diese Woche was Besonderes aufgfalla?«

»Wie moinet Sie ›Besonderes‹?«, fragte die junge Frau zurück.

»Na ja, irgendebbes, was andersch war wie sonscht«, erklärte Schaich.

»Andersch. Also andersch war eigentlich nichts. 's Wetter war guat, ond mir hend viel zom doa ghet«, erzählte Silke Faiss.

»Isch Ihne irgendwas oder irgendwer aufgfalla, vielleicht gega Obend, driba an d'r Hehl?«, setzte Reger nach.

»Ach so, an d'r Hehle. Also, noi, eigentlich net. Weil wisset Se, wenn mir hier schaffet, no gucket mir net zur Hehle nom. Do hend mir gar koi Zeit drzua. Aber, jetzt wartet Se, am letzschta Mittwochobend, do war was. Des war a warmer Obend, ond mir hend recht spät hier draußa zsammagreimt. Drnoch hanne mit em Markus, em Lehrling, hier draußa no oine graucht. Wisset Se, i will's ja aufhera, mei Mutter sagts au, aber grad so obends noch em Schaffa mit ma Gläsle Bier, do kanne halt net widerschtanda, no hanne halt –«

»Frau Faiss, Sie wolltet ons was verzehla«, unterbrach Reger den Redefluss der Bedienung.

»Ach so, ja, genau. Also, mir send hier draußa gsessa, genau an dem Tisch dohanna«, Silke Faiss klopfte auf die Tischplatte des Tisches, an dem sie gerade saßen, »no isch ein Motorradfahrer mit zemlichem Karacho reigfahra, über die Brück ond niber zur Hehle. Am Kiosk hot er sei Motorrad abgschtellt ond isch no onder d'r Abschperrung durch zur Hehle ganga.«

Reger und Schaich horchten auf.

»Ond, was hot er no gmacht?«, fragte Reger aufgeregt.

»Gmacht hot er nichts. Er isch vor d'r Hehle schtandablieba, vielleicht a Minut oder zwoi. Dann hot er sich omdreht, isch zo seim Motorrad, naufgsessa ond wieder weggrauscht. Des war elles.«

»Hend Sie was erkenna kenna?«, fragte Schaich.

»Noi, der hot sein Helm net abgnomma.«

»Ond des Kennzeicha vom Motorrad vielleicht?«, fragte Reger.

»I moin, es war Sigmaringa. Ben mir aber net sicher. Vielleicht woiß es d'r Markus no«, sagte Silke Faiss, »kann ich no ganga?«

»Ja, danke, Frau Faiss. Schicket Sie bitte no den Herrn Lang zo ons raus«, bat Reger sie.

»Gern.« Silke Faiss stand auf und ging in den Gastraum hinein.

Kurz darauf kam der Auszubildende an ihren Tisch. Er konnte tatsächlich nicht mehr erzählen als das, was ihnen schon Silke Faiss berichtet hatte. Beim Kennzeichen des Motorrades war er sich zwar auch nicht mehr ganz sicher, bestätigte aber, dass es sich wahrscheinlich um ein Sigmaringer Kennzeichen gehandelt habe.

Reger und Schaich bedankten sich. Sie gingen über die kleine Brücke zum Parkplatz, wo sie ihren Streifenwagen abgestellt hatten.

»Ein Motorradfahrer, am Obend, mit Sigmaringer Kennzeichen, des isch doch was, oder?«, sagte Ernst Reger.

Schaich hatte nicht zugehört. »Was sagsch?«

»Och, nex. Han bloß so vor me nagschwätzt.«

***

»Baisch, wir müssen endlich vorwärtskommen. So geht das nicht weiter. Was haben wir inzwischen über diesen von Aue, den Toten aus der Wimsener Höhle?« Amtsleiter Müller redete sich so langsam in Rage. Diese Todesfälle hatten ihm gerade noch gefehlt. Wenn er bloß an den ganzen Medienrummel und vor allem an Stuttgart dachte. Die würden sicher täglich anrufen und sich nach dem Stand der Ermittlungen erkundigen. Schon morgen stand das doch in den Stuttgarter Zeitungen.

Baisch blätterte in seinen Unterlagen. Er musste sich was einfallen lassen und mal wieder aus wenig einigermaßen etwas machen.

»Also. Der Tote ist höchstwahrscheinlich nicht in der Höhle ermordet worden. Er war schon tot, als er ins Wasser kam. Das schreibt Dr. Hungerbühler in seinem Obduktionsbericht. Kein Wasser in der Lunge, also nicht ertrunken. Das bedeutet, dass die Verletzung am Hinterkopf tödlich gewesen sein muss. Es handelt sich um ein großes Hämatom, so schreibt Dr. Hungerbühler, das wahrscheinlich durch einen Schlag mit einem stumpfen Gegenstand, etwa einem Stock oder einem Baseballschläger, hervor–«

»Einem was?«, unterbrach ihn Müller.

»Einem Baseballschläger«, sagte Baisch kleinlaut.

»Wo sollet die do droba so was herhan, frage ich Sie?«

»Keine Ahnung. Des schreibt halt der Dr. Hungerbühler. Also. Wo war ich? Ach so, ja, also stumpfer Gegenstand, Stock, Stecka, was weiß ich. Der Dr. Hungerbühler wird noch den Schädel öffnen, um herauszufinden, wie der Schlag zum Tode führen konnte. Es müsste ein größeres Blutgefäß im Gehirn verletzt worden sein, was dann unmittelbar zu einer Hirnblutung führte, damit auch zum Exitus, so Dr. Hungerbühler.«

»Aha«, sagte Amtsleiter Müller, der hinter seinem Schreibtisch nervös auf und ab ging, während er Baisch zuhörte.

»Und der zweite Tote?«

»Der zweite Tote wurde inzwischen geborgen und identifiziert. Es handelt sich um den Leiter des Amts für Tourismus in Hayingen, auch Vorsitzender des ›Vereins zur wirtschaftlichen Förderung der Alb‹, einen Herrn Robert Wickenhauser, der erst seit ein paar Monaten dort im Amt ist oder war. Ich habe ein Ermittlerteam nach Hayingen geschickt, Strobel und Kienzle, die das genauer recherchieren sollen. Der Tote ist erst vor einer halben Stunde in die Gerichtsmedizin nach Tübingen gebracht worden. Allerdings ist davon auszugehen, dass er an den Verletzungen durch den Sturz gestorben ist, das scheint offensichtlich. Immerhin sind die Felsen an der Stelle um die dreißig Meter hoch.«

»Die Strobel und den Kienzle. Nicht schlecht, Baisch. Dann hat die junge Frau ja jetzt ihren Ausflug auf die Schwäbische Alb bekommen, nicht wahr?«, sagte Müller zufrieden.

»Die schien recht froh über den Auftrag zu sein«, sagte Baisch.

»Ach was? Das hätte ich nicht gedacht. Ich hab geglaubt, die will mich ein bisschen auf den Arm nehmen«, sagte Müller.

Kriminalhauptkommissar Baisch schwieg. Es war in diesem Fall angebracht, besser nichts dazu zu sagen. Er glaubte, die Strobel wollte den Chef zwar nicht auf den Arm nehmen, aber sie hatte ihn ganz einfach hinters Licht geführt. Es war ihre Absicht gewesen, bald mal auf die Alb zu kommen. Das hatte sie gut hingekriegt.

Das Telefon klingelte. Müller nahm ab.

»Frau Welsch für Sie, ein Herr Heber. – Stellen Sie durch. Hier, Baisch«, sagte Müller und gab Baisch den Hörer.

»Kriminalhauptkommissar Baisch«, meldete sich dieser. »Ah, Herr Heber, was gibt's, haben Sie noch einen Kittel gefunden?«

Amtsleiter Müller, der sich in seinen Schreibtischstuhl niedergelassen hatte, schaute erstaunt auf. Was redete Baisch hier von einem Kittel? Er wusste nichts von einem Kittel auf der Alb. Heber war doch im Ordnungsamt in Mägerkingen. Sie hatten mal miteinander zu tun gehabt. Es war damals um eine blödsinnige Anzeige wegen Wilderei gegangen. Die Sache hatte sich schnell erledigt. Ein Kittel auf der Alb? Er wusste wohl, dass es da droben einen Kittel kälter war, wie man so im Volksmund sagte. Aber was sollte dieses Gerede von einem Kittel?

»Was?«, rief Baisch laut in den Hörer. »Sagen Sie das noch mal.« Baisch drückte auf die Lautsprechertaste, sollte sein Chef ruhig mal mithören, mit was er sich zu beschäftigen hatte.

»Mir hend jetzt den, der en den Kittel neighert!«, hörte man die Stimme von Rolf Heber.

»Wie, neighert?«, fragte Müller dazwischen.

»Sie meinen, Sie haben den Mann gefunden?«, fragte Baisch.

»Der liegt droba em Wald ond isch dot. D'r Höhn Hans hot en gfonda, heit Vormittag. Grad isch er zur Tür naus.« Ein gewisser stolzer Unterton in Rolf Hebers Stimme war nicht zu überhören.

»Wer?«, fragte Müller.

»Wer?«, fragte auch Baisch.

»D'r Hans Höhn. Er hot mir genau beschrieba, wo der Dote liegt. Er isch drhoim, wenn was wär, hot er gsagt.«

»Sie bleiben, wo Sie sind«, sagte Baisch schnell.

»Was solle au macha?«, fragte Hebers Stimme zurück.

»Ich schicke ein Ermittlerteam zu Ihnen. Sie rufen diesen Höhn an, der soll wieder aufs Rathaus kommen. Dann fahren Sie zusammen zum Toten, verstanden?«

»Jo, verschtanda, klar. Ich ruf da Hans a ond wart auf eire Leit, guat.«

»Ich sorge dafür, dass die Spurensicherung und die Gerichtsmedizin informiert werden. Die werden allerdings frühestens in einer Stunde bei Ihnen sein können.«

»Wie wisset dia no, wo mir send?«

»Kein Problem, guter Mann, die werden von unseren Kollegen vor Ort zum Tatort gelenkt. Das lassen Sie mal unsere Sorge sein.«

»Guat, also, no machet mir des so. Ade.«

Wieder blieb Baisch verdutzt zurück. Dieser Heber hatte eine Art, zu telefonieren, die ihm immer mehr aufstieß. Baisch schaute seinen Chef an. Es war klar, was nun kommen würde.

»Baisch, was für ein Kittel?«, fragte Müller, kaum dass Baisch aufgelegt hatte.

»Also, dieser Heber, der hat angerufen, sie hätten eine Jacke und ein paar Blätter im Wald gefunden. Nicht er, sondern ein paar junge Männer vom CVJM, die da droben in Mägerkingen ein Winnetou-Spiel einstudieren. Die waren zum Holzholen im Wald und haben Jacke und Blätter gefunden. Anschließend haben sie die Sachen beim Ordnungsamt in Mägerkingen abgegeben. Eben bei diesem Heber.«

»Und?«

»Na ja, ich habe die Hayinger Kollegen noch nicht erreicht, und heute Morgen, da habe ich es wohl in der Hektik vergessen«, sagte Baisch und machte sich auf einen Ausbruch seines Chefs gefasst.

»Na also, dann haben wir doch jetzt die Leiche, die zu der Jacke gehört, oder?«

»Ja, schon. Aber das mit dem Kittel –«

»Baisch, machen Sie sich keinen Kopf. Das kommt schon mal vor. Ich hätte die Sache wahrscheinlich auch nicht so ernst genommen«, sagte Müller väterlich.

Baisch war überrascht. Üblicherweise ließ sein Chef keine Gelegenheit aus, seinen Untergebenen ihre Fehler unter die Nase zu reiben. Warum heute nicht?, fragte sich Baisch.

»Zu unseren Albtoten. Wir sollten heute Nachmittag eine große Besprechung abhalten. Es wird Zeit, dass wir die Sache in den Griff bekommen. Die Strobel und der Kienzle machen auf der Alb weiter. Wir bilden noch zwei Teams, eines für den Toten an den Traifelbergfelsen und eines für den Toten in der Wimsener Höhle. Was meinen Sie, Baisch?«

Der Hauptkommissar war erneut überrascht. Was waren denn das für Töne? Wann hatte ihn Amtsleiter Müller je gefragt, ob er mit einem bestimmten Vorgehen einverstanden war oder nicht? Baisch konnte sich wirklich an keine Situation erinnern. Meistens hatte Müller seine Entscheidungen allein getroffen, und er durfte das dann ausbaden.

»Äh, finde ich gut«, sagte Baisch, »die Besprechung dann für vierzehn Uhr dreißig, oder?«

»Vierzehn Uhr dreißig ist gut. Danke, Baisch«, sagte Amtsleiter Müller und entließ den Hauptkommissar.

***

Christian Schoch hatte sich lange überlegt, was er mit seinem letzten Urlaubstag anfangen sollte. Hinauf auf die Alb und ein bisschen wandern, irgendwo einkehren und gut essen. Das war eine der Möglichkeiten gewesen. Die zweite war, mal richtig einkaufen in einem der Supermärkte zwischen Reutlingen und Pfullingen. Anschließend in die Stadt, ein kleines Mittagessen, einen guten Espresso bei Marcel im Café Winkler. Er war hin- und hergerissen gewesen.

Schließlich hatte er sich für die Alb entschieden. In die Stadt konnte er am frühen Abend noch gehen. Er hatte sich mit Pit im

Nürtinger Hof zum Abendessen und ein paar Bieren verabredet. Da konnte er früher gehen und vorher noch ein paar Besorgungen erledigen.

Er schloss die Wohnungstür hinter sich. Als er die Treppen hinunterging, kam er im ersten Stock an der Wohnung von Frau Schwegler vorbei. Sie hörte wieder klassische Musik, und das ziemlich laut. Sie putzte, das wusste er genau.

Draußen an der Straße angekommen, suchte er sein Auto. Er konnte sich nicht erinnern, wo er am Vorabend geparkt hatte. Sosehr er es genoss, mitten in der Stadt zu wohnen, sosehr nervte ihn die Parkplatzsuche oder die Autosuche am nächsten Tag. So wie heute.

Er war wohl mal wieder in Gedanken gewesen. Aber in welchen Gedanken? Hatte er an Sabine gedacht und den Abschied, oder war er mit dem Toten in der Wimsener Höhle beschäftigt gewesen? Er wusste es nicht mehr.

Nachdem er die Bismarckstraße bis zum Stadtgarten hinuntergegangen war, stand er schließlich vor seinem Wagen. Es wäre kein Fehler, dachte Schoch, wenn ich bei meiner neuen Stelle, die mir Kriminaldirektor Wächter morgen Vormittag mitteilen wird, auch einen Dienstwagen bekomme. Sein alter Golf tat zwar noch seinen Dienst, aber wie lange noch? Andererseits war ihm das alte Cabrio auch ans Herz gewachsen. Es waren immerhin schon an die zehn Jahre, die sie miteinander durch die Welt kutschierten.

Die Temperaturen waren angenehm. Christian Schoch setzte sein Lederkäppi auf und zog das Dach nach hinten. Das würde eine schöne Fahrt werden. Sein Ziel war die Albquellbrauereiwirtschaft in Trochtelfingen.

Er ließ den Motor an. Als er aus Reutlingen herausfuhr, nahm er die Spur zum Ursulabergtunnel. Der führte seit einigen Jahren durch die Hänge des gleichnamigen Berges an Pfullingen vorbei. Der erhoffte Effekt war aber bisher ziemlich ausgeblieben, wie Christian Schoch bei einem Besuch in Pfullingen vor ein paar Wochen feststellen musste. Noch hatten die Pfullinger einige Mühe, ihren recht pittoresken Marktplatz mit Leben zu füllen.

Zu nahe war die Einkaufsstadt Reutlingen mit ihren zahlreichen Supermärkten und Schuhladenketten. Es würde sicherlich noch einige Jahre dauern, bis sich die Umlenkung des Verkehrs wirklich auswirkte.

Hinter dem Tunnel ging es weiter nach Unterhausen, einer Teilgemeinde des Sammelortes Lichtenstein, benannt nach der weithin sichtbaren Burg über dem Tal am Albtrauf. Diesmal achtete er bei der Durchfahrt auf die Dreißigerzone. Es war aber auch vertrackt, denn etwa nach der Hälfte der Strecke durch den Ort wurde die Dreißigerzone tagsüber aufgehoben. Nur: Das checkten die wenigsten. So auch der Mercedesfahrer vor ihm. Der tuckerte weiter mit seinen knapp dreißig Stundenkilometern vor ihm her.

Nach der Honauer Steige hatte Christian Schoch die Albhochfläche erreicht. Es war immer wieder ein schöner Moment, wenn man die letzte Kurve der Steige nahm und sich der Blick über die sanft hügelige Landschaft öffnete.

Über einen Kreisverkehr fuhr er weiter nach Engstingen, eigentlich nach Großengstingen. Warum es auch noch ein Kleinengstingen gab, wusste er nicht. Klar, er fuhr hier immer nur durch. Aber warum sich ein so kleiner Ort auch noch unterteilte, erschloss sich ihm nicht.

Hinter Engstingen passierte er den Haidpark, ein ehemaliges Kasernengelände, das nun als Gewerbepark genutzt wurde. Nach wenigen Minuten hatte er die Abzweigung hinein nach Trochtelfingen erreicht.

Er stellte den Wagen auf dem Parkplatz beim Gasthaus ab. Die kleine Brauerei daneben braute Bier nach alter Tradition. Ganz nach dem Motto »rund um den Kirchturm« schenkte man das Albquellbier nur in den umliegenden Ortschaften aus. Allerdings wusste Christian Schoch von einem Getränkehändler in Eningen, der auch im Tal dieses Bier vertrieb. Dort holte er sich hin und wieder eine Kiste.

Jetzt um die Mittagszeit war die Gaststätte gut besucht. Am Stammtisch saßen die Einheimischen und ein paar Arbeiter aus der Brauerei. Christian Schoch kam schon viele Jahre hierher. Er kannte den Besitzer und Braumeister Lambert Schmid persönlich und hatte bei einem Rundgang auch die Brauerei besichtigt.

An einem großen Ecktisch saß nur ein älteres Ehepaar. Schoch fragte, ob er sich dazusetzen dürfe. Als dies bejaht wurde, setzte er sich ans andere Ende des Tisches und bestellte eine Apfelsaftschorle sowie das übliche panierte Schnitzel mit Spätzle und Salat.

Die Bedienung nickte wissend.

Lambert Schmid kam zur Tür herein, steuerte erst auf den Stammtisch zu, dann sah er den Hauptkommissar in der Ecke sitzen. Er schwenkte um, kam zu Schoch an den Tisch und setzte sich.

»Griaß Gott, Herr Schoch. I derf doch?«, fragte er.

»Freilich, klar, grüß Gott, Herr Schmid«, antwortete Christian Schoch.

»Hend Se 's scho ghert?«

»Was?«

»Mr hot en Dota gfonda, droba, em Wald.«

»Noch einen Toten?«, fragte Schoch.

»No mol oin, ja. D'r Hans Höhn hot en gfonda, nochdem die Kerle vom CVJM en Kittel ond a bar Blätter gfonda hend.«

»En Kittel ond Blätter?«, fragte Schoch erstaunt.

»Ja, wisset ihr do non ex drvo?«, fragte Schmid zurück.

»Ich han Urlaub, ond dann bene eigentlich nemme en Reitlenga«, erklärte Schoch.

»Ach so. Ha doch, d'r Heber hot en Reitlenga bei einem Herrn Baisch agruafa, des hot d'er Hans Höhn verzählt.«

»Ah, beim Baisch, ja no.«

»Genau. Dem hot er des vom Kittel ond dene Blätter erzählt. Aber bisher hot dia koiner gholt.«

Christian Schoch schaute den Braumeister ungläubig an. Das klang nun so gar nicht nach seinem ehemaligen Vorgesetzten Baisch. Er konnte sich nicht vorstellen, dass der nicht alle Hebel in Bewegung gesetzt hatte, um diese Jacke und die Blätter möglichst schnell in Reutlingen auf dem Kommissariat zu haben.

»Des kann ich kaum glauba, Herr Schmid«, sagte er.

»Doch, doch. Aber jetzt hot d'r Hans Höhn den Dota gfonda, des wird dene en Reitlenga no scho Dampf macha.«

»Davon kann man ausgehen«, sagte Christian Schoch lächelnd. Dampf machen war wahrscheinlich noch milde ausgedrückt. Er kannte seinen ehemaligen Amtsleiter Müller. In solchen Dingen verstand der keinen Spaß. Der arme Baisch würde wohl wieder einiges auf die Mütze kriegen, auch wenn er vielleicht gar nicht die Schuld an der Sache trug.

Als die Bedienung mit dem Schnitzel des Hauptkommissars an den Tisch kam, verabschiedete sich Lambert Schmid mit einem freundlichen »En guata Appetit ond ade dann«.

Christian Schoch nickte dem Braumeister zu. Vor ihm lagen zwei goldgelb gebratene Schnitzel auf einem Teller, daneben standen eine Schüssel mit Spätzle, ein gemischter Salat und natürlich ein Kännchen mit Bratensoße. Das duftete herrlich. Alles echt schwäbisch gekocht und zubereitet. Er schöpfte sich Spätzle auf den Teller und goss reichlich von der Bratensoße darüber. So musste das aussehen, und so würde ihm das schmecken.

Hier im Bräuhaus kochten Frauen vom Ort nach guten alten schwäbischen Rezepten. Das schätzten nicht nur die Einheimischen, nein, das hatte dem Bräuhaus auch einen sehr guten Ruf bei den Albausflüglern und Touristen eingebracht. Zum Leidwesen der Besucher hatte die Gastwirtschaft am Sonntag geschlossen. Schoch hatte Lambert Schmid einmal gefragt, warum er sich denn dieses Geschäft entgehen ließ.

»Meine Fraua en d'r Kich wellet am Sonntig freihan, do kochet se drhoim«, hatte der geantwortet.

Aber so, wie die Wirtschaft auch unter der Woche besucht war, konnte man sich den freien Sonntag wohl leisten.

Ein dritter Toter, dachte Christian Schoch und schob sich ein Stück Schnitzel mit Soße in den Mund. Bei gutem Essen konnte er hervorragend denken. Wenn die Geschmacksnerven und die Handmotorik mit Essen beschäftigt waren, funktionierten seine Synapsen anscheinend am besten.

Drei Tote auf der Alb innerhalb von wenigen Tagen. Noch wusste er nichts über den Todeszeitpunkt des ersten und des dritten Toten. Das zweite Opfer war wahrscheinlich heute oder zumindest gestern an den Traifelbergfelsen zu Tode gekommen. Das wird in Reutlingen eine Aufregung geben, dachte Schoch. Wenn er an den hochroten Kopf des Amtsleiters Müller dachte, musste er in sich hineinschmunzeln. Da würde Baisch als Ventil nicht mehr genügen.

Christian Schoch hatte mit seinem ehemaligen Chef solche Situationen erlebt. Der konnte in diesen Momenten richtiggehend ausflippen. Aber drei Tote innerhalb weniger Tage. Das war für diese Gegend mehr als ungewöhnlich. Das hatten sie nicht mal in Berlin oder Frankfurt. In New York vielleicht. Das sind Vergleiche, dachte Schoch. Die Schwäbische Alb und New York. Wer hätte gedacht, dass man so einen Vergleich mal ziehen könnte?

Nach dem Essen machte er einen Verdauungsspaziergang zum Mägerkinger See. Offiziell hieß der ja Lauchertsee, aber die Mägerkinger bestanden seit Urzeiten auf der Benennung nach ihrem Ort. Dort hatten immer die legendären Festivals stattgefunden. Vor allem in den achtziger Jahren. Man sollte es nicht glauben, welche namhaften Bands da schon abgerockt hatten. Das hatte Mägerkingen über die Grenzen des Ländles hinaus bekannt gemacht.

So wie der Kretschmann, dachte Christian Schoch. Der hatte auch dafür gesorgt, dass die Bundespolitik nach Baden-Württemberg schaute. Leider war Grün-Rot nun schon wieder vorbei. Er hätte allerdings nicht gedacht, dass sich die Grünen mit den Schwarzen einlassen würden. Glaubten die wirklich mit dieser CDU eine vernünftige Politik machen zu können?

Nach dem Spaziergang war dann noch gut Zeit, bei Pfarrer Leonhard in Kraußen einen Besuch zu machen. Den Pfarrer kannte er aus seiner Zeit als Assistent bei der Reutlinger Kriminalpolizei. Das war auch eine turbulente Zeit mit reichlich Toten gewesen. Zuerst die Ermordung der Bürgermeistersgattin, dann das Attentat auf die Sekretärin des Bürgermeisters, nach der zuvor bundesweit gefahndet worden war. Christian Schoch war bei der Verhaftung der Sekretärin damals dabei gewesen. Dabei hatte er Wiebke kennengelernt. Hatte auch nicht lange gehalten.

Den Pfarrer hatte er mehrere Male im Krankenhaus besucht. Das war schon verrückt gewesen, erst wurde er von einem Polizisten mit dem Auto angefahren, dann auf dem Friedhof zusammengeschlagen, und schließlich stürzte er in ein offenes Grab. Er hatte den Pfarrer damals bewundert, wie der trotz aller Tiefschläge immer noch fest im Glauben stand. Die Landeskirche hatte ihn nach einer längeren Erholungsphase auf die Alb in eine kleine Gemeinde versetzt, nach Kraußen, einem Nachbarort von Mägerkingen. Das war nun auch schon wieder mindestens drei Jahre her. Immer wenn er in der Nähe war und es einrichten konnte, schaute er beim Pfarrer Leonhard vorbei.

***

Er hatte sich was aufgewärmt. Das machte er immer so. Er kochte sich was und machte gleich so viel, dass es für ein paar Tage reichte. Nach drei Tagen war das Gulasch jetzt aufgegessen. Morgen würde er wieder was kochen müssen. Möglich, dass er eines der Hühner schlachtete. Er könnte ein Frikassee machen, das mit Nudeln, mit Reis und wieder mit Nudeln. Schon waren drei Tage abgedeckt. Er legte keinen großen Wert aufs Essen. Das Frühstück ließ er in der Regel ausfallen. Er aß lieber früher zu Mittag. Am Abend gab es eine Scheibe Brot und ein Stück Hartwurst, dazu eine Tasse Tee.

Er räumte den Teller in die Spüle. Das Becken war voll. Es war mal wieder Spülen angesagt. Eine Arbeit, die er ungern machte. Dabei erinnerte er sich an die Tage, als er noch mit seinem Vater vom Feld heimgekommen war. Das war lange her. Sie hatten im Hof den Trecker abgestellt, waren durch die Küche in die Wohnstube gegangen. Schon in der Küche waren ihnen die Düfte der Speisen entgegengekommen. Dabei hatten sie immer ein Spiel gespielt, wer als Erster erriet, was es zu Mittag gab. Er hatte meistens gewonnen. Vielleicht hatte ihn sein Vater auch gewinnen lassen. Der Sieg hatte seinen Appetit noch größer gemacht.

Die Mutter konnte gut kochen. Sie stammte aus einer Gastwirtsfamilie. Schon als Mädchen stand sie mit ihrer Mutter in der Küche des Gasthauses. Dort hatte sie kochen gelernt. Das war ihnen hier, zu Hause, zugutegekommen. Der Höhepunkt war der sonntägliche Braten gewesen, dazu Spätzle oder Hefeknöpfle oder Kartoffelbrei. Außerdem einen Salat oder irgendein Gemüse, das es gerade im Garten gab.

Wenn er in diesen Erinnerungen schwelgte, lief ihm das Wasser im Mund zusammen. Seine Kochkünste konnten da nicht mithalten. Als er noch zu Hause gewesen war, hatte ihn das nicht interessiert. Er war mit seinem Vater am Tisch gesessen. Die Mutter hatte aufgetragen. Dann aßen sie. Die Mutter immer sehr wenig. Der Vater und er ließen es sich schmecken. Das gefiel wiederum der Mutter. Nach dem Essen legte sich der Vater eine halbe Stunde hin. Das war jeden Tag so, außer am Sonntag, da machte er eine Stunde Mittagsschlaf. Während dieser Pause ging er meistens in die kleine Werkstatt und machte sich nützlich. Er reparierte gern, vor allem die Geräte aus Holz. Es machte ihn stolz, dem Vater etwas präsentieren zu können, das er wieder ganz gemacht hatte. Nach der Mittagspause gingen sie hinaus aufs Feld. Die Mutter kümmerte sich um die Hühner und Schweine, das war ihr Bereich, damit hatten die Männer wenig zu tun.

Er würde später spülen, einen Teller hatte er noch. Er ging hinüber in die Stube. Den Schreibtisch hatte er aus seinem Zimmer heruntergeholt und an die Wand gestellt. Die Wand, an der er alles festgemacht hatte, was für seine Sache wichtig war. Inzwischen bedeckten die vielen Zeitungsausschnitte schon fast die ganze Wand. Er hatte auch Bilder und Texte aus Broschüren ausgeschnitten, auf Blätter aufgeklebt und an die Wand geheftet. Die Zeitung durfte er sich immer vom Nachbarn holen. Der legte sie mittags raus auf eine Bank, damit er sie sich am Nachmittag holen konnte. Eine Zeitung hätte er sich nicht leisten können.

Er setzte sich an seinen Schreibtisch. Der Stuhl quietschte. Das sollte er mal richten. Aber es störte ihn nicht wirklich.

Er betrachtete die Bilder an der Wand. Die Abschnitte hatte er geordnet, so gut es ging. Manchmal war eben nicht nur von einer dieser Organisationen in den Artikeln die Rede. Die hatte er dazwischengeklebt. Unten waren die allgemeinen Texte und Bilder. Die Gesichter hatte er sich eingeprägt. Es war gar nicht so einfach gewesen, mehr über sie herauszufinden. Er war mit dem Bus bis nach Reutlingen in die Bücherei gefahren. Dort konnte man kostenlos ins Internet. Das hatte er genutzt. Er hatte zu den Gesichtern einiges herausgefunden. Man konnte sich das sogar ausdrucken. Einfach so. Die Blätter hatte er zu Hause an die Wand gepinnt. So hatte er seine vielen Informationen zusammengetragen.

Er konnte sich schon gar nicht mehr erinnern, wann er damit angefangen hatte. Vielleicht damals, als es um den Albaufstieg ging, dachte er. Das hatte ausführlich in der Zeitung gestanden. Eine neue Trasse war gesucht worden. Eine Karte mit drei oder vier verschiedenen Möglichkeiten war in der Zeitung abgedruckt gewesen. Die hing ganz oben an der Wand. Vielleicht hatte es damit angefangen. Er wusste es nicht mehr.

Zuerst hatte er sich nicht viel dabei gedacht. Er hatte Zeit, er konnte sich informieren, sich Gedanken machen. Die Artikel beschrieben, was die Herren so vorhatten mit seiner Alb. Von den idiotischsten Ideen hatte er lesen müssen. Einen Tunnel durch die Alb! Eine Trasse, die ein gutes Stück des Albtraufs für einen neuen Albaufstieg zerstören würde, und schließlich, das Beste, ein Freizeitpark gigantischen Ausmaßes, der die Massen auf die Alb bringen würde. Ihm wurde schlecht, wenn er sich diese Pläne auch nur halbwegs konkret ausmalte.

Nächtelang hatte er vor seiner Wand gesessen und überlegt. Er hatte sich das Hirn zermartert, was er machen sollte, wie er dem Einhalt gebieten konnte. Anfangs hatte er gedacht, dass er vielleicht eine Bürgerinitiative gründen sollte. Es würden sich sicherlich Leute, Menschen finden, die sich wie er für den Schutz der Alb einsetzen wollten. Aber das hatte er wieder verworfen. Das würde Zeit brauchen, viel Zeit. Und vor allem endlose Diskussionen. Die Pläne waren da, gezeichnet und zum größten Teil veröffentlicht. Die würden umgesetzt werden, nicht morgen, aber übermorgen. Da blieb keine Zeit, sich in Diskussionsrunden damit zu befassen.

Eines Nachts war er ganz verzweifelt gewesen. Um sich zu beruhigen, hatte er sich ein Bier aufgemacht. Das tat er selten. Aber in dieser Nacht hatte sein Herz so schnell gepocht, dass ihm nur ein Bier helfen konnte. Nach den ersten Schlucken war er ruhiger geworden. Hatte auf die Bilder gestarrt und überlegt. Er war in sich gegangen. In jener Nacht hatte er zum ersten Mal diese Stimme gehört. Eine Stimme, die sich anhörte wie die seines Vaters. Eine tiefe, alte Stimme, voller Weisheit und Ruhe. Eine beruhigende Stimme, die ihm sagte, was zu tun war.

***

Nachdem Karin Strobel und Walter Kienzle am Rathaus den Leiter des Ordnungsamts, Rolf Heber, begrüßt und in ihren Dienstwagen eingeladen hatten, waren sie zum Höhn'schen Hof weitergefahren. Hans Höhn hatte sich den Weg ins Rathaus gespart. Er hatte Heber erklärt, dass sie sowieso an seinem Hof vorbeifahren würden. Er wollte dann draußen vor dem Haus warten.

Dort saß er auf der Bank, als die Polizisten mit dem Ordnungsamtsleiter vorfuhren. Heber winkte ihm, hinten einzusteigen. Sie begrüßten sich im Wagen.

»Mein Name ist Karin Strobel, das hier«, Karin Strobel zeigte auf den Mann am Steuer, »ist mein Kollege Walter Kienzle. Sie sind also der Herr Höhn und haben den Toten gefunden?«

»Höhn, Hans. Grüß Gott, ja, i han den Dota gfonda.«

»Gut. Wo fahren wir hin?«, fragte die Kommissarin.

»Dohanna naus ond no rechts. Ond no goht's glei wieder rechts nei ond da Berg nauf«, erklärte Höhn.

Walter Kienzle legte den Gang ein. Er fuhr zweimal nach rechts. Sie kamen auf eine schmale Teerstraße, die bergan führte.

»Do goht's jetzt a Weile nauf ond no wieder rechts, am Wald.«

Kienzle folgte den Angaben Höhns. Karin Strobel ließ sich inzwischen von Rolf Heber erzählen, wie das mit der Jacke und den Blättern abgelaufen war. Hans Höhn hörte den beiden mit einem Ohr zu. So hatte er sich das gedacht. Die Jacke und die

Blätter waren also nicht nach Reutlingen gebracht worden. Er hatte gleich kein gutes Gefühl dabei gehabt, die Jungs zum Heber zu schicken. Das war doch keine Polizei. Der wusste doch gar nicht, wie er mit so einem Fund umgehen sollte. So ist es dann ja auch wohl gewesen, dachte Höhn.

»… aber gholt hots no niemand. Des Sach liegt no bei mir em Büro«, schloss Heber seine Erzählung.

»Wir holen die Sachen nachher ab und bringen sie nach Reutlingen«, sagte Karin Strobel bestimmt.

Sie waren am Waldrand angekommen. Hans Höhn ging voraus, dahinter Karin Strobel und Walter Kienzle. Heber folgte ihnen. Der wollte sich das hier natürlich nicht entgehen lassen. Man hatte schließlich einen Stammtisch informationsmäßig zufriedenzustellen. Da würde er am Abend im Bräuhaus was zu erzählen haben. Er musste grinsen, als er an die vielen neugierigen Gesichter und die zahlreichen Fragen dachte. Er folgte den Beamten in einen Waldwirtschaftsweg.

Höhn zeigte ihnen die Spuren des Leiterwagens, dann ging er nach links in den Wald hinein.

Karin Strobel drehte sich zu Heber um.

»Herr Heber, mir wäre es lieber, Sie würden hier warten. Je weniger Menschen am Tatort herumlaufen, umso besser. Wir werden Ihnen berichten, was war.« Sie wandte sich wieder Hans Höhn zu. Der hatte kurz gewartet, nun ging er weiter.

Heber blieb auf dem Waldweg stehen. Scheiße, dachte er, nun kriegst du womöglich gar nichts zu sehen. Dann gab es auch nichts zu erzählen. Irgendwie musste er sich was einfallen lassen. Er wartete einen Augenblick, bevor er dem Waldweg folgte, um ebenfalls nach links ins Dickicht abzubiegen. Das wollen wir doch mal sehen, dachte er.

Er stapfte durch das tiefe Laub. Hier bestand der Wald hauptsächlich aus Buchen. Durch die noch blattlosen Zweige konnte er die drei Personen, die parallel zu ihm liefen, gut erkennen. Sie achteten nicht auf ihn. Warum auch? Er wartete ja auf dem Waldweg.

Nach etwa dreißig Metern hielten sie an. Heber versteckte

sich hinter einer dicken Buche. Er musste näher rankommen, von hier aus konnte er nichts sehen. Er ging noch ein paar Meter weiter, dann schlug er einen Bogen nach links. So müsste er den Tatort oder Fundort von der anderen Seite her erreichen können.

Er schlich von Baum zu Baum, kam Meter für Meter der Fundstelle näher. Bald würde er einen Blick riskieren können.

»Sie können rauskommen, Herr Heber!«, rief plötzlich eine Frauenstimme.

Das kann nur diese Strobel sein, dachte Heber. »Äh, ich wollte nur, ich dachte …«

»Lassen Sie gut sein«, sagte Karin Strobel, »kommen Sie ruhig her. Sie haben schließlich auch mehr oder weniger direkt mit den Ermittlungen zu tun. Hier können Sie keine Spuren mehr verwischen. Da sind keine Spuren mehr. Entweder hat sie der Täter beseitigt, oder das Laub hat sich über Nacht wieder gelegt. Man kann nichts mehr erkennen.«

Heber ging ein paar Schritte auf sie zu. Er sah den Baumstamm am Boden. Darunter leuchtete es weiß hervor. Da lag also die Leiche. Er versuchte, einen Blick auf das Gesicht des Toten zu werfen.

Karin Strobel beobachtete ihn. »Kennen Sie den Mann?«, fragte sie.

Heber ging noch einen Schritt näher an die Leiche heran. Trotz des vielen Bluts konnte man das Gesicht gut erkennen. Er spürte förmlich seine Aufregung. Ob er den Mann kannte? Das war die Frage der Kommissarin gewesen. Natürlich kannte er den Mann. Er hatte mit diesem Mann schon oft zu tun gehabt.

»Ja, den kenn ich. Des isch d'r Fred Neuendörfer«, sagte Heber leise.

»Fred Neuendörfer. Wer ist das?«, fragte Karin Strobel.

»Des isch d'r Leiter vom Freizeitpark an d'r Bärenhöhle. Was macht denn der hier droba?«

»Keine Ahnung. Er ist jedenfalls tot«, sagte Karin Strobel lapidar.

»Der isch zemlich tot, des ka mer saga«, meinte auch Heber.

Kienzle untersuchte derweilen zusammen mit Hans Höhn den

Baumstamm und den Stock. Höhn zeigte ihm die tiefe Kerbe am Stamm. Kienzle schaute sich die Sache ganz genau an.

Karin Strobels Handy klingelte. Sie ging ran. »Ah, ihr seid's. – Nein, das ist zu kompliziert zu beschreiben. Wartet unten an der Hauptstraße, Kienzle holt euch ab. – Gut.«

Walter Kienzle warf ihr einen genervten Blick zu, der zu fragen schien: Wieso immer ich? Aber sie war nun mal die Ranghöhere in ihrem Team. Er hatte ihre Anweisungen zu befolgen. Also machte er sich auf den Weg zum Waldrand.

Karin Strobel und die beiden Männer gingen derweilen den Weg zum Waldweg noch mal ab. Sie wollte sichergehen, dass sie keine Spuren übersehen hatten, bevor die Spurensicherung und die Gerichtsmedizin am Fundort einfielen.

Hans Höhn und Rolf Heber hatten sich jeweils einen Stock im Unterholz gesucht. Damit stocherten sie entlang des schmalen Trampelpfades im Laub herum. So hatten sie sich Polizeiarbeit nicht vorgestellt.

Karin Strobel beobachtete die Männer. Die sollten ruhig mal mitkriegen, wie eintönig Polizeiroutine manchmal sein konnte. Aber was sie taten, ergab aus ihrer Sicht Sinn. Vielleicht hatten Opfer oder Täter tatsächlich auf dem Weg durch den Laubwald etwas verloren. Nachher, wenn zig Füße durch den Wald gestapft waren, wäre es sinnlos, zu suchen.

Als sie den Waldwirtschaftsweg erreicht hatten, blieb Karin Strobel stehen.

»Hier warten wir auf die Spurensicherung und die Gerichtsmedizin«, sagte sie.

Hans Höhn und Rolf Heber nahmen auf einem alten Baumstamm am Wegesrand Platz. Es dauerte nur wenige Minuten, dann bog Kienzle mit zwei Teams in den Waldwirtschaftsweg ein. Die beiden Älbler blieben auf ihrem Baumstamm sitzen. Sie wollten sich das Vorgehen der Kriminalisten erst mal von Weitem ansehen.

»Mir send do eh bloß em Weg«, sagte Hans Höhn.

Rolf Heber nickte zustimmend.

Sie beobachteten zwei Männer von der Spurensicherung, die

jeweils einen Alukoffer zum Fundort trugen. Hinter ihnen kamen weitere drei Männer, einer von ihnen hatte eine Trage unter dem Arm, ein anderer, wahrscheinlich der Arzt, trug ebenfalls einen Alukoffer.

»Wia em Fernseha«, sagte Rolf Heber.

»Schtemmt«, bestätigte Höhn.

Die Teams machten sich auf den Weg in den Wald. Heber und Höhn warteten noch eine Weile. Dann stand Heber auf.

»Komm, mir ganget von henda na, so wie i vorher«, sagte er zu Höhn.

Hans Höhn stand auf. Auch er war neugierig, wie das dort am Fundort jetzt ablaufen würde.

Sie folgten dem Pfad, den Heber vorher genommen hatte, machten die Schleife und näherten sich von der anderen Seite dem Fundort. Hier waren sie niemandem im Weg. Schon von Weitem sahen sie die beiden Teams bei der Arbeit. Die Spurensicherer machten sich am Baumstamm zu schaffen, die Gerichtsmediziner waren bei der Leiche. Auf ein lautes Kommando hin hoben alle fünf Männer gemeinsam mit Kommissar Kienzle den Baumstamm an und trugen ihn ein Stück zur Seite, bis die Leiche frei lag. Kein leichtes Unterfangen, wie Höhn und Heber beobachten konnten.

Anschließend widmeten sich die Mediziner der Leiche. Die Spurensicherer untersuchten den Stock.

Karin Strobel stand ein paar Meter vom Fundort entfernt und schaute zu. Sie telefonierte.

»Gut, ich lasse die Leiche gleich nach Tübingen bringen«, sagte sie in ihr Handy und wartete die Antwort ab.

»Dann fahren wir gleich rüber zur Bärenhöhle und ermitteln im Fall Neuendörfer. Alles klar, Herr Baisch.«

»Des isch der Baisch, mit dem i gschwätzt han«, sagte Heber leise zu Hans Höhn.

Der nickte. Langsam wurde ihm das alles zu viel. Man sah solche Sachen ja hin und wieder gern im Fernsehen. Aber hier, vor der eigenen Haustür, das war schon eine andere Sache. Heber hingegen war voll des Hochgefühls. Was würde er heute Abend am Stammtisch zu erzählen haben, mein lieber Herr Gesangsverein, wenn das mal keine Runde Freibier wert war.

»I glaub, i gang jetzt hoim«, meinte Höhn. Er wartete die Antwort von Rolf Heber nicht ab, sondern stapfte los durch das tiefe Laub. Heber merkte zuerst gar nicht, dass er sich auf den Weg gemacht hatte.

»Kommsch au!«, rief ihm Hans Höhn zu.

Aus allen Stammtischträumen gerissen, sah Heber Höhn an. Gehen? Warum nicht?, dachte er. Schließlich hatten sie das meiste gesehen. Also machte auch er sich auf den Weg. Sie winkten der Kommissarin zu, die ihren Abgang bemerkt hatte, und gingen wieder zurück zum Waldwirtschaftsweg bis zum Waldrand. Bergab war das ein netter Spaziergang hinunter ins Dorf.

»So ebbes bei ons hier droba auf d'r Alb«, meinte Hans Höhn.

»Oglaublich, oder?«, sagte Heber.

»Wer macht so ebbes?«, fragte Hans Höhn.

»I woiß au et. Aber ibr den Neuendörfer, do hot mer ja so einiges ghert.«

»Ach was?«, sagte Hans Höhn.

»Doch, scho.«

Als sie das Dorf erreicht hatten, bog Höhn mit einem kurzen »Ade« in den Weg zu seinem Hof ab.

»Ade. Sieht mer sich heit Obend em Bräuhaus?«, fragte Heber.

»Mol seha«, antwortete Hans Höhn.

Als Rolf Heber am Rathaus ankam, fuhr ein Polizeiauto vor. Jetzt verreck, dachte er, eben hatten sie noch von den nicht abgeholten Sachen gesprochen, schon stand die Polizei vor der Rathaustür. Er ging auf den Wagen zu. Reger und Schaich stiegen aus.

»Jetzt griaß Gott«, grüßte sie Heber.

»Griaß de, Rolf«, sagte Ernst Reger. Die beiden Polizisten tippten sich an ihre Mützen.

»Mir sollet dohanna was abhola, en Kittel ond Blätter.«

»Scho klar. Des ging aber jetzt schnell«, meinte Heber.

»Em Baisch war's ganz dringend. Mir miaßet au glei noch Reitlenga na.«

»Wenn et sofort«, sagte Schaich lächelnd. Er hatte noch die laute Stimme des Hauptkommissars im Ohr, der ihm mit deutlichen Worten klargemacht hätte, wie schnell die Sachen in Reutlingen zu sein hatten.

»No kommet no rei«, sagte Heber mit einer einladenden Handbewegung. Er ging voraus, Reger und Schaich folgten.

In seinem Büro bot Heber ihnen einen Kaffee an, den sie aufgrund der Eile der Mission dankend ablehnten. Er ging zu einem Schrank und holte besagte Jacke und Papierblätter heraus. Beides war sorgfältig in Plastiktüten gepackt worden.

»Ganz vorschriftsmäßig«, betonte Heber und übergab die Sachen den Beamten.

Mit einem Gruß verabschiedeten sie sich.

Heber schaute ihnen hinterher. Jetzt musste plötzlich alles sehr schnell gehen. Hätte der Hauptkommissar ihm richtig zugehört, wäre man in den Ermittlungen schon weiter, da war er sich sicher. Er war gespannt, was über die Fälle morgen in der Zeitung stehen würde.

***

»… dann habe ich ihn das nachschlagen lassen. Und siehe da, ›amen‹ heißt ja auch tatsächlich so viel wie: ›Ich habe gesprochen, habe gesagt.‹«

Pfarrer Leonhard saß Christian Schoch gegenüber. Sie hatten es sich in seiner Studierstube gemütlich gemacht. Vor ihnen dampften zwei Tassen Kaffee. Der Pfarrer hatte dem Hauptkommissar von seinen Konfirmanden erzählt, vor allem von einem, der immer ein bisschen vorlaut war. Der hatte einmal, als der Pfarrer etwas erklärt hatte, laut »amen« gerufen. Zuerst hatte der Pfarrer überlegt, ob er den Jungen bestrafen sollte. Doch stattdessen hatte er ihn in einem Lexikon nachschlagen lassen, was »amen« eigentlich bedeutete. Daraufhin hatte der Junge den Pfarrer ganz erstaunt angeschaut und gemeint, dann habe er ja gar nichts Schlimmes gesagt. Das hatte ihm der Pfarrer bestätigt. Seither war der Junge nicht mehr so vorlaut.

Christian Schoch schmunzelte. Pfarrer Leonhard hatte sich gut erholt. Er passte mit seiner gutherzigen Art in die kleine Gemeinde auf der Schwäbischen Alb.

Schoch erinnerte sich an die Zeit des Pfarrers in Pfullingen. Da hatte eine Katastrophe die nächste nach sich gezogen. Allein der Sturz des Pfarrers ins offene Grab war natürlich für Monate Gesprächsthema gewesen.

Inzwischen war Pfullingen zur Ruhe gekommen, wie Schoch von einem Onkel gehört hatte, der dort wohnte. Ein junger Pfarrer hatte die Amtsgeschäfte von Pfarrer Leonhard übernommen. Die Morde waren aufgeklärt, der Killer saß im Kittchen, die Bürgermeistergattin war in Zwiefalten eingeliefert worden. Nur der ehemalige Bürgermeister war weiterhin auf der Flucht. Wenn es damals einen wirklich Schuldigen gegeben hatte, dann war das Bürgermeister Bremer. Der hatte eine Geliebte gehabt, die seine Frau erschoss. Der hatte auch den Killer auf seine Frau angesetzt, der dann versehentlich die Sekretärin des Bürgermeisters umgelegt hatte.

Für Schoch als Assistenten war das damals eine ganz spannende Sache gewesen. So kann die Polizeiarbeit weitergehen, hatte er damals gedacht. Aber die Polizeiarbeit war natürlich nicht so weitergegangen. Viel Schreibtischarbeit und Routine, so waren seine Jahre im Reutlinger Revier abgelaufen.

»Dann goht's Ihne gut?«, fragte Christian Schoch.

»Ich glaube schon. Ich mag die Leute hier, und die Menschen mögen mich, so habe ich den Eindruck. Die turbulente Zeit in Pfullingen liegt weit hinter mir, ist bald vergessen. Hier ist alles überschaubarer, kleiner. Die Menschen sind einfacher, aber umso liebenswerter. Ich denke, ich werde hier noch ein paar schöne Jahre verbringen«, erzählte der Pfarrer.

Christian Schoch nickte zustimmend. Diesen Eindruck hatte er auch. Der kleine Ort Kraußen passte zum Pfarrer Leonhard. Hier wurden keine Leichen verwechselt, hier saß kein vermeintlich Toter in der Kirche, alles Vorfälle, die den Pfarrer nervlich an den Rand gebracht hatten.

»Das glaub ich Ihnen«, sagte er.

»Und, was macht die Polizeikarriere?«, fragte Pfarrer Leonhard.

»Bisher noch nicht so viel. Ich war ja ein paar Jahre in Reutlingen. Dort wurde ich nun abberufen. Morgen Vormittag bin ich zum Chef nach Stuttgart bestellt, zum Kriminaldirektor Wächter. Da wird sich entscheiden, wo es für mich weitergeht. Ich hoffe, dass ich in der Gegend bleiben kann.«

»Sie meinen die Schwäbische Alb?«

»Genau. Hoffentlich nicht Bodensee oder ins Hohenlohische. Das wäre nichts für mich. Aber es kommt, wie es kommt. Ein bisschen Glück gehört halt auch dazu.«

»Das denke ich auch, Herr Schoch.«

Pfarrer Leonhard schaute auf die Uhr an der Wand. Christian Schoch vermutete, dass seine Zeit abgelaufen war. Schon am Telefon, als er sich angekündigt hatte, war von einer guten halben Stunde die Rede gewesen. Irgendwas von wegen Konfirmandenunterricht.

Heute ist ja Mittwoch, erinnerte sich Christian Schoch. Soweit er wusste, war es immer noch so, dass mittwochs der Konfirmandenunterricht stattfand.

»Konfirmandenunterricht?«, fragte er.

»Konfirmandenunterricht. Genau.«

»Dann will ich Sie nicht länger aufhalten. Ich danke für den Kaffee.«

»Nichts zu danken. Ich danke für den Besuch. Kommen Sie gern einmal wieder, wenn Sie in der Gegend sind.« Pfarrer Leonhard begleitete Christian Schoch zur Tür.

»Das werde ich machen. Auf Wiedersehen.«

»Geh mit Gott, mein Sohn«, sagte der Pfarrer. Er lächelte.

»Machen Sie's gut, Herr Pfarrer. Bis bald mal wieder«, sagte Christian Schoch und ging zu seinem Wagen. Er schaute zum Himmel. Noch konnte er das Dach offen lassen. Aber am Horizont waren bereits ein paar Wolken zu sehen. Nun war es wohl bald vorbei mit dem herrlichen Maiwetter.

***

In Trochtelfingen, beim »Arbeitskreis Lebendige Alb«, ging alles drunter und drüber. Seit Herr Merger die Leitung übernommen hatte, wurden Elfriede Schirmer und Susanne Sacher im Büro beinahe wahnsinnig. Der Architekt meinte wohl, durch diesen übertriebenen Aktionismus die Situation einigermaßen retten zu können. Sie hatten ein Problem, das wussten die beiden Frauen sehr gut.

Sie hatten sich gleich am Morgen zusammengesetzt, um zu überlegen, wie es hier im Büro ohne den Herrn von Aue weitergehen sollte. Außerdem war zu besprechen, was für die Beerdigung ihres Chefs vonseiten des Vereins alles zu tun war. Bis zur Vorstandssitzung am Wochenende mussten sie wohl zu zweit weitermachen. Hatten sie gedacht. Bis Herr Merger in der Tür gestanden und verkündet hatte, dass er provisorisch, also bis zur Vorstandssitzung, als Leiter des Vereinsbüros eingesetzt war.

Wer ihn eingesetzt hatte, darüber verlor er kein Wort. Die beiden Frauen trauten sich nicht, diese Frage zu stellen. Merger an sich war schon schwierig genug, aber ihn nun für mindestens zwei Tage als Chef zu haben, das war eine furchtbare Vorstellung. Es interessierte diesen Herrn wenig, was sein Vorgänger selig wie oder wann gemacht hatte oder wie etwas organisiert war. Er blaffte Befehle in den Raum und erwartete, dass diese mindestens sofort ausgeführt wurden. Diesen Ton waren sie nicht gewohnt.

Elfriede Schirmer setzte sich in ihren Bürostuhl. Susanne Sacher brachte ihr einen Becher Kaffee. Sie setzte sich ebenfalls.

Merger starrte sie fassungslos an. »Was isch denn jetzt los?«, fragte er.

»Mir hend jetzt Pause«, sagte Elfriede Schirmer. Sie schaute zum Fenster hinaus auf den Marktplatz. Sie wollte mal was anderes sehen als das Gesicht dieses Sklaventreibers. Das sind die Selbstständigen, dachte sie, die meinen, keiner schafft richtig außer ihnen.

Auch Susanne Sacher hatte sich einen Kaffee eingeschenkt. Demonstrativ zog sie eine Illustrierte aus einer Schublade und blätterte das Heft langsam durch.

Merger war kurz vor der Explosion.

»Guck mol, die Pumps, solche mecht ich mir kaufa«, sagte Susanne Sacher zu ihrer Kollegin und hielt ihr die Illustrierte vor die Nase. Da die Zeitschrift nun beide Gesichter vor Mergers Blick verbarg, grinsten sich die Frauen zu. Dem würden sie schon zeigen, wo der Bartel den Most holte. Aber deutlich.

Merger hatte verstanden. Sie stellten auf stur. Nun gut, er würde das in der Vorstandssitzung zur Sprache bringen, wahrscheinlich. So sicher war er sich da noch nicht. Denn vielleicht fiel das auf ihn zurück. Dann stand er schlecht da. Die beiden brauchten doch bloß an ein paar wichtigen Stellen im Ort ein paar Tränen zu zerdrücken, schon war er weg vom Fenster. Das konnte ruck, zuck gehen. Hier konnte er sowieso nichts mehr retten. Er hatte zu wenig Einblick in das, was von Aue eigentlich gemacht hatte.

Vielleicht hatte er sich ein bisschen weit hinausgelehnt, als er mit ein paar Leuten aus dem Vorstand telefoniert hatte. So leicht konnte man hier nicht übernehmen, das war ihm inzwischen klar geworden. Nun war Rückzug angesagt.

»Also, meine Damen, ich denke, Sie kommen auch ohne mich zurecht. Es sind ja nur noch zwei Tage diese Woche, am Samstag tagt der Vorstand. Wir werden schon eine Lösung finden«, sagte Merger.

Elfriede Schirmer und Susanne Sacher nickten. So hatten sie sich das vorgestellt. Der Herr rauschte hier herein, machte einen Tanz, und anschließend zog er sich zurück. Das hatte es wirklich nicht gebraucht.

»Wisset Sie scho was von der Beerdigung, Herr Merger?«, fragte Elfriede Schirmer.

»Keine Ahnung. Des wird drvon abhänga, wann die Gerichtsmedizin die Leiche freigibt. So sagt mer glaub. Ich werd mol bei d'r Polizei nachfraga. Ich geb Ihne dann Bescheid.«

Dies gesagt, wandte sich Merger zur Tür. Ohne ein weiteres Wort ging er hinaus.

Elfriede Schirmer und Susanne Sacher lehnten sich in ihren Stühlen zurück. Dem hatten sie wirklich gezeigt, wo der Bartel den Most holte.

»Des war des«, sagte Elfriede Schirmer lächelnd.
»Der war des«, kicherte Susanne Sacher.

***

Der Besprechungsraum des Polizeireviers in Reutlingen war heute Nachmittag spärlich besetzt. Hauptkommissar Baisch warf einen Blick in die Runde. Kein Wunder, dachte er, schließlich sind sechs Kolleginnen und Kollegen mit den Todesfällen auf der Alb beschäftigt.

Noch hatte er keine neuen Informationen zu den Toten erhalten. Einen Zusammenhang konnte man anhand der vorliegenden Fakten auch noch nicht mit Sicherheit feststellen. Vom dritten Toten, dem in Mägerkingen, hatte er lediglich den Namen.

Die Kollegen Strobel und Kienzle waren auf dem Weg zur Bärenhöhle, um mehr herauszufinden. In allen drei Fällen hatte es weder eine Vermisstenmeldung noch einen Anruf bei der Polizei gegeben. Das war nicht verwunderlich, denn so, wie es aussah, waren die Männer nicht lange verschwunden gewesen. Das alles musste sich innerhalb der letzten zwei oder drei Tage abgespielt haben.

Wenn die Taten alle von demselben Täter begangen worden waren, war der sehr effektiv und geplant vorgegangen. Den Popo-Exhibitionisten, so dessen Spitzname im Revier, hatten sie inzwischen im Stadtpark verhaftet. Auch dort hatte er jedem, ob er es sehen wollte oder nicht, sein blankes Hinterteil gezeigt.

Hauptkommissar Baisch schmunzelte. Was es nicht alles gab. Da war er nun schon seit mehr als zwanzig Jahren bei der Kriminalpolizei, aber ein solcher Exhibitionist, das war etwas Neues. Man lernt halt nie aus, wie man so sagt, dachte er.

Er schaute auf die Uhr. Noch fünf Minuten. Er würde die drei Fälle noch einmal darstellen, dazu das sagen, was er inzwischen wusste. Mehr konnte Müller nicht von ihm verlangen. Hexen konnte er eben auch nicht. Sie würden wohl bis morgen früh warten müssen, bis brauchbare Informationen bei ihnen eingingen.

Das allgemeine Gemurmel wurde leiser.

Baisch schaute auf. Amtsleiter Müller war gerade hereingekommen. Deshalb. Er begrüßte Baisch mit Handschlag. Was war denn mit dem auf einmal los? Baisch wusste nicht, wie ihm geschah. War das noch der Erste Hauptkommissar Müller, den er kannte, oder hatte der sich schon in den vorgezogenen Ruhestand verabschiedet?

Amtsleiter Müller setzte sich. »Was haben wir, Baisch?«

»Noch nicht so viel, Herr Müller. Die Teams sind unterwegs, Berichte heute Abend oder morgen früh. Der dritte Tote ist in der Gerichtsmedizin in Tübingen. Genaueres vielleicht heute noch, eher morgen«, erklärte Baisch.

»Die Kollegen werden das schon machen. Da bin ich sicher. Morgen wissen wir mehr. Sehen Sie einen Zusammenhang, Baisch?«

»Nun, die Opfer haben alle was mit Tourismus zu tun, so viel ist sicher. Aber ob man das einen Zusammenhang nennen kann, ich weiß nicht«, antwortete Baisch.

»Wir brauchen mehr über die Toten, ihre Arbeit, familiärer Hintergrund, Freunde, vor allem Feinde, wenn es denn welche gab. Die Informationen müssen die Kollegen recherchieren.«

»Tun sie, Herr Müller, tun sie. Soll ich anfangen?«, fragte er.

Müller nickte zustimmend.

Baisch klopfte mit seinem Kugelschreiber an das Wasserglas vor sich. Gleich kehrte Ruhe ein.

»Kolleginnen und Kollegen, heute Nachmittag soll es hauptsächlich um die drei Toten auf der Alb gehen. Drei Ermittlungsteams sind unterwegs. Je nachdem, was sie für Ergebnisse bringen, kann es notwendig sein, dass auch einige von Ihnen zu den Ermittlungen hinzugezogen werden. Im Augenblick ist unser Informationsstand folgender: Der erste Tote – das ist jetzt nicht chronologisch, denn die Gerichtsmedizin ist noch nicht so weit –, also, der erste Tote, Rainer von Aue, aufgefunden vorgestern Vormittag in der Wimsener Höhle. Der Todeszeitpunkt steht noch nicht fest. Rainer von Aue wurde nicht in der Wimsener Höhle ermordet, sondern dorthin verbracht. Er war Geschäftsführer des ›Arbeitskreises Lebendige Alb‹, einem

Zusammenschluss verschiedener Gemeinden, Organisationen und des Landkreises zur Tourismusförderung. Der zweite Tote, Robert Wickenhauser, heute Morgen aufgefunden unterhalb der Traifelbergfelsen. Todeszeitpunkt steht noch nicht fest, die Gerichtsmedizin ist dran. Herr Wickenhauser war Leiter des Amts für Tourismus in Hayingen. Er ist offensichtlich vom Felsen gefallen oder wurde gestoßen. Das steht auch noch nicht fest. Der dritte Tote, Fred Neuendörfer. Heute Morgen in einem Waldstück oberhalb Mägerkingens aufgefunden. Die Leiche ist in der Gerichtsmedizin in Tübingen. Auch hier müssen wir die Ergebnisse abwarten. Fred Neuendörfer war Geschäftsführer des Freizeitparks an der Bärenhöhle. Sie sehen, Kollegen, wir sind noch nicht sehr weit. Indizien oder Spuren, die zum Täter führen könnten, sind bisher sehr spärlich. Lediglich im Fall Wimsener Höhle, also Rainer von Aue, wurde ein kleines Stück Stoff in der Höhle gefunden, das vielleicht vom Täter dort zurückgelassen wurde. Das Stoffstück wird zurzeit untersucht. So weit die Fakten. Auf der Alb ermitteln weiterhin drei Teams. Für uns hier im Tal bleibt die Arbeit, die Ergebnisse der Untersuchungen abzuwarten und daraus unsere Schlüsse zu ziehen. Ich schlage vor, Kommissar Brenzler und Kommissarin Flohr bilden hier im Haus die Zentrale. Bei ihnen laufen die Informationen zusammen. Sie wenden sich an mich, sollten Sie weitere Unterstützung bei den Ermittlungen brauchen.«

Am Ende seiner Ausführungen angekommen, setzte sich Hauptkommissar Baisch.

Amtsleiter Müller erhob sich.

»Kolleginnen und Kollegen. Danke, Kollege Baisch, jetzt sind wir alle auf dem neuesten Stand. Was die Ermittlungen und deren Ablauf angeht, denke ich, ist alles gesagt. Ich möchte zum Schluss betonen, wie wichtig ein schneller Ermittlungserfolg für uns alle ist. Die Medien werden sich auf unsere Opfer stürzen, versteht sich. Spätestens morgen früh werden die drei Todesfälle publik sein. Noch konnten wir Fernsehen und Rundfunk von einer direkten Berichterstattung abhalten. Lange wird dies allerdings nicht mehr möglich sein. Ich möchte Sie alle bitten, vorläufig mit viel Vorsicht gegenüber den Medien aufzutreten. Ehrlicherweise muss man sagen, gibt es im Augenblick noch nicht sehr viel, was wir den Medien berichten könnten. Aber wir haben womöglich einen Zusammenhang, den wir allerdings erst einmal nachweisen müssen. Deshalb verweisen Sie eventuelle Anfragen an den Kollegen Baisch oder mich, später auch an die Kollegin Flohr und den Kollegen Brenzler. Sie beide möchte ich nachher noch in meinem Büro sprechen, bitte. Das war's. Ich danke für Ihre Aufmerksamkeit.« Müller setzte sich wieder.

Hauptkommissar Baisch zwickte sich in den Oberschenkel. Hatte er da eben seinen Chef, den Ersten Hauptkommissar Müller, sprechen hören? War das am Ende ein »Bitte« gewesen? Das konnte nicht wahr sein. So etwas hatte es noch nie gegeben.

Müller stand auf, grüßte kurz in die Runde, nickte Baisch zu und verließ den Raum.

Baisch blieb sitzen. Die Kollegen auch. Sie schauten ihn fragend an. Er zuckte mit den Achseln, stand auf und ging in sein Büro. Er konnte ihnen nichts erklären. Er verstand es ja selbst nicht.

Als er an seinem Schreibtisch saß, schaute er hinaus auf die Stadt. War denn alles noch beim Alten, oder hatte es irgendeine Veränderung gegeben? War ein Komet auf Reutlingen gestürzt? Ein Raumschiff vielleicht, mit Außerirdischen, die alle Menschen veränderten? So fühlte er sich gerade. Er erkannte den Amtsleiter nicht wieder. Der hatte in den letzten Tagen eine Veränderung durchlaufen, die Baisch sich nie hätte vorstellen können. Mit welchem Kasernenton hatte er bisher die Abteilung geleitet? Legendär seine gebrüllten Befehle vom einen Ende des Korridors zum anderen. Alle Mitarbeiter waren ihm bisher mit viel Respekt begegnet.

Respekt?, fragte sich Baisch. Wenn man ehrlich war, konnte man eher von einer Art Angst sprechen. Und nun? Wie umgedreht, der Mann.

Irgendwo in seinem Schreibtisch musste noch eine kleine Cognacflasche sein. Für Notfälle. Um einen solchen handelt es sich jetzt, sagte sich Baisch. Er fand das Fläschchen in der untersten Schublade, schraubte den Deckel ab und genehmigte sich einen

Schluck. Alkohol war keine Lösung, aber er erleichterte den Umgang mit Veränderungen. Mit einem Wohlgefühl spürte er den Schnaps die Kehle hinunterlaufen. Vielleicht würde sich hier jetzt so manches ändern. Womöglich würde die Arbeit auf dem Revier wieder Spaß machen. Baisch merkte, dass er sich darauf freuen könnte.

Sein Telefon klingelte. Er hob ab. »Hauptkommissar Baisch.«

»Merger, Trochtelfingen, ›Arbeitskreis Lebendige Alb‹.«

»Mein Beileid, Herr Merger.«

»Jo, danke, Herr Hauptkommissar. Ich wollt froga, wann denn die Leiche von unserem verblichenen Geschäftsführer freigegeben wird. So sagt man doch?«

»So sagt man. Aber verblichen, so würde ich jetzt nicht sagen. Es steht außer Frage, dass Herr von Aue eines gewaltsamen Todes starb.«

»Ja, ja, scho. Also, wann könnet mir die Beerdigung plana?«

»Oh, da kann ich Ihnen noch gar nichts sagen, Herr Merger. Mir liegt noch nicht einmal der Bericht des Gerichtsmedizinischen Instituts in Tübingen vor. Das kann auf jeden Fall noch ein paar Tage dauern. Vor Anfang nächster Woche würde ich da nichts planen.«

»Ach so. Ja, dann. No hot des Zeit bis noch d'r Vorschtandssitzung.«

»Wie?«

»Ach, nix. Ich danke für die Auskunft. En scheena Tag no, ade.«

»Auf Wiederhören, Herr Merger.«

Baisch legte auf. Ein verblichener Geschäftsführer, so ein Quatsch, dachte er und schaute auf seinen Schreibtisch. An diesem Nachmittag hatte er noch einiges zu erledigen. Auf seiner Liste standen die Anrufe bei den Ermittlungsteams. Anschließend wollte er bei den Hayinger Kollegen nachfragen, wie es mit der Jacke und den Blättern stand. Das sollte eigentlich längst erledigt sein. Er wählte eine der Handynummern des ersten Teams.

***

Mittwoch war schlecht. Mittwochs waren seltsamerweise oft genauso viele Leute auf der Alb unterwegs wie an den Wochenenden. Deshalb hatte er sich den Mittwoch für andere Aufgaben reserviert. Er fegte das Haus durch, erledigte den Abwasch oder kümmerte sich um den Garten. Heute wollte er seine Beete wieder auf Vordermann bringen.

Er versuchte, sich mit Gemüse, Obst und Salat weitgehend selbst zu versorgen. Das machte viel Arbeit, sparte aber Geld. Das war wichtig. Er verdiente sich zwar durch verschiedene Arbeiten immer mal was dazu, aber den Rest musste er von seinen Rücklagen nehmen. Die Verkäufe der Wiesen und des Ackerlandes hatten schon was eingebracht, aber er wusste selbst, dass das Geld nicht reichen würde, wenn er nicht arbeitete.

Hin und wieder konnte er in der Brauerei in Trochtelfingen aushelfen, wenn die Abfülltag hatten. Aber das waren nur zwei oder auch mal drei Tage im Monat. Die Bauern in der Nachbarschaft holten ihn auch das eine oder andere Mal zum Helfen, aber darauf konnte er sich kaum verlassen. Die brauchten ihn mal, dann wieder eine ganze Zeit nicht.

Er stand vom Küchentisch auf. Heute brauchte ihn niemand. Er ging durch die Gartentür hinaus zum Gemüsebeet. Wenn er etwas ganz ungern machte, dann Unkraut jäten. Es gab wenige Arbeiten, die er so hasste wie dieses Auf-den-Knien-die-Furche-Entlangrutschen.

Er betrachtete die Reihen des Beets. Es war mehr als notwendig, dass er die vielen kleinen Pflänzchen, die sich da neben Salat und Gemüse ausgebreitet hatten, entfernte. Es half nichts. Er holte sein Kissen aus dem Schuppen und kniete sich an den Anfang der ersten Furche. Die kleinen Triebe warf er in einen alten Blecheimer.

Wenigstens stimmten die Temperaturen. Zwar wurde die Sonne schon seit dem Mittag von einer Wolkenschicht verdeckt, aber es war immer noch angenehm warm. Auch nicht zu warm, dann musste er nicht so schwitzen. Das war so etwa das Blödeste beim Unkrautjäten, wenn einem noch der Schweiß von der Stirn tropfte.

Hoffentlich hielt das Wetter. Regen konnte die Natur nach diesen trockenen Tagen sicherlich brauchen, aber er heute Nachmittag noch nicht. Er wollte das Beet fertig kriegen. Ob sie den Dritten schon gefunden hatten? Wahrscheinlich schon. Die Polizei hatte doch bestimmt nach dem gesucht, der in den Kittel hineingehörte.

Er nahm sich vor, am Abend die Nachrichten im Radio einzuschalten. Vielleicht brachte er sogar den kleinen Schwarz-Weiß-Fernseher zum Laufen und hatte mit seiner kleinen Zimmerantenne auch Empfang. Wenn die den dritten Toten tatsächlich gefunden hatten, würde das im Radio oder im Fernsehen kommen, da war er sich sicher. Drei Tote. Und keine Spuren. Nichts.

Er glaubte nicht, dass sie ihn finden würden. Wie auch? Er war sehr vorsichtig gewesen. Die Orte hatte er sorgfältig ausgesucht. Er hatte auch dafür gesorgt, dass seine Opfer keine Spuren hinterließen. Nichts deutete auf ihn hin.

Warum ist das so gelaufen?, fragte er sich. Hatte die Stimme ihn das zu tun geheißen? Hatte er die Stimme gehört in den Momenten? Warum hatte er nicht mehr nur reden wollen, sondern handeln? Erinnerte er sich an die Momente? Warum sah er nur noch die Gesichter? Alles andere war hinter einem Schleier verschwunden. Er erinnerte sich jetzt, die Stimme noch gehört zu haben, bis zum jeweiligen Schluss, dann nicht mehr. Warum ist die Stimme nun verschwunden?, fragte er sich. Weshalb hatte er sich mit diesen Männern verabredet?

Er kannte seine akribischen Vorbereitungen, wusste um die vielen Informationen, die er über die Männer und ihre Organisationen gesammelt hatte. Er hatte sich geärgert, dann hatte es ihn wütend gemacht, dann kam die Stimme. Er sollte etwas tun, nicht nur denken und reden.

Reden, mit wem hätte er denn reden sollen? Mit den Nachbarsbauern und ihren Söhnen? Mit den Arbeitern in der Brauerei? Das war es doch. Er hatte niemanden zum Reden. Nur die Stimme, aber die antwortete nicht auf seine Fragen.

Er fühlte keinen Hass in sich, vielleicht nicht mehr, nachdem seine Opfer tot waren. Es würden andere kommen, mit den gleichen oder noch schlimmeren Ideen. Das war seine traurige Erkenntnis. Dazu sagte die Stimme nichts. Die schwieg seit der letzten Tat. Wurde er verrückt? War er zu viel allein?

Er schob den Eimer ein Stück weiter die Furche entlang. Der war schon fast voll. Bald würde er ihn drüben auf der Miste ausleeren müssen. Dann könnte er eine Pause machen, vielleicht eine Tasse Tee trinken, dazu ein Stück Brot. Sollte er sich mal wieder einen Hefezopf vom Bäcker gönnen? Mit Gsälz? Er wusste gar nicht, ob er noch ein Glas im Haus hatte.

Manche der Unkrautpflänzchen ließen sich sehr leicht aus dem Boden ziehen, andere waren tiefer verwurzelt, und er musste das Erdreich wieder glatt streichen, wenn er sie herausgezogen hatte.

Er warf ein Bündel nach dem anderen von dem Grünzeug in seinen Eimer.

Ein Hefezopf. Das wäre was. Er könnte es sich leisten. Schließlich reichte ihm ein halber Zopf für ein paar Tage. Das würde er machen, wenn noch ein Glas Gsälz da war. Wenn nicht, dann nicht.

Er stand auf, nahm den vollen Eimer und trug ihn hinüber zur Miste. Dort leerte er ihn aus und ging zurück ins Haus. Die Spannung steigt, dachte er, als er vor dem Vorratsschrank stand. Vorratsschrank war in diesem Fall der falsche Ausdruck, denn Vorräte sahen anders aus. Er öffnete die Schranktür, machte sich auf eine Enttäuschung gefasst. Es stand ziemlich wenig auf den Etagenbrettern. Zwei Dosen Ravioli, eine Tube Tomatenmark, eine kleine Packung Nudeln. Das war alles.

Er bückte sich und schaute auf das unterste Brett. Dort stand doch tatsächlich ein Glas Erdbeergsälz. Jetzt erinnerte er sich. Das hatte er als eiserne Reserve nach ganz unten gestellt. Es war an der Zeit, diese Reserve heute anzugreifen.

Er nahm das Glas aus dem Schrank, stellte es auf den Küchentisch. Er würde also doch zum Bäcker gehen.

***

»Halt, Moment, stopp!«, rief Regisseur Ron laut.

Die Laienschauspieler hielten inne. Die meisten blieben stehen, wo sie waren. Andere setzten sich lustlos auf den nächsten Stuhl oder Baumstamm.

»Was isch denn jetzt scho wieder los?«, fragte einer.

»Der Santer hat doch viel zu früh gschossa«, sagte Ron. Er strengte sich an. Seine Aufgabe hatte er mit viel Ehrgeiz übernommen. Nun sollte das Winnetou-Festspiel auch was ganz Besonderes werden.

»Denkt doch an den Film. Der Santer knallt doch nicht gleich los. Er will an das Gold, die Indianer sind ihm scheißegal. Also wartet er, wie sich die Sache entwickelt. Erst dann schießt er auf Intschu tschuna und Nscho-tschi. Also abwarten, Frieder. Du kannst noch früh genug schießen!«

»Okay«, sagte Frieder, der den Santer spielen musste. Die Rolle des Bösewichts gefiel ihm so gar nicht. Er hatte sich erst dann von Ron überreden lassen, als dieser ihm erklärte, welche Weltkarriere Mario Adorf mit der Rolle des Santers begonnen hatte. Das hatte Frieder nun immer im Kopf, wenn er Santer war.

»Also, bitte das Ganze noch einmal. Zuerst die Indianer, dann Santer und seine Leute«, kommandierte Ron.

Die Schauspieler begaben sich auf ihre Positionen. Santers Leute, das waren Frog und Tschick, die in dieser einen Szene mitspielen durften. Wecka stand beim Regisseur. Er schaute sich die Szene aus der Sicht der Kamera an. Sein Handy meldete sich. Ganz zum Winnetou-Spiel passend, hatte er sich die Filmmelodie als Klingelton aufs Handy geladen. Das klang an sich ganz gut, störte nun aber den Regisseur.

»Handys aus. Das hatten wir besprochen«, sagte Ron barsch zu Wecka.

»'tschuldigung.«

Wecka ging ein paar Schritte hinüber zur Hütte. Dort nahm er das Gespräch an.

»Ach was! Echt, heilandzack!«, rief er kurz darauf laut aus und steckte das Handy wieder ein.

»Was ist denn los?«, fragte Annerose, die gerade aus der Hütte kam.

»Hallo!«, rief Wecka den anderen zu.

Die Schauspieler schauten zu ihm rüber, auch Ron.

»Passet amol auf, se hend en Dota gfonda. Dort wo mir den Kittel ond die Blätter gfonda hend. Des war grad d'r Michel, der hot's em Dorf ghert. D'r Hans Höhn hot en gfonda, a Schtick weiter em Wald dren!«, berichtete Wecka stolz, als ob er selbst dabei gewesen wäre.

»Woiß mer denn scho, wer? I moin, wer es isch?«, fragte einer.

»D'r Michel sagt, es sei wahrscheinlich der Neuendörfer von d'r Bärahöhle«, antwortete Wecka.

Fred Neuendörfer hatten schon einige der CVJMler kennengelernt. Der Freizeitpark an der Bärenhöhle brauchte im Sommer, während der Ferienzeit, immer mal wieder Aushilfen. Dort hatten sich ein paar der jungen Leute was dazuverdient. Dabei hatten sie auch Neuendörfer kennenlernen dürfen.

»Do hot's da Richtiga erwischt, tät ich saga«, meinte einer.

»Nett war der net«, sagte eines der Mädchen.

»Des war ein richtiger Arsch, wenn du mich frogsch«, meinte Annerose. Sie hatte zweimal in den Ferien droben an der Bärenhöhle gearbeitet. Nicht nur, dass gerade dieser Neuendörfer sie immer beaufsichtigt und geschaut hatte, dass ja keiner nur so herumstand, nein, er hatte die Ferienarbeiter auch bei der Abrechnung über den Tisch gezogen. Die mündlich vereinbarte Überstundenbezahlung hatte am Schluss dann nicht stattgefunden. Der Herr wollte sich an seine eigenen Worte nicht mehr erinnern. Annerose hatte sich im nächsten Sommer einen anderen Job gesucht.

»So, so, der Herr Neuendörfer. Bei dem war ich auch, wegen Spenden und so, für die Winnetou-Festspiele. Wisst ihr, was der zu mir gesagt hat? ›Was geht mich das an?‹«, erzählte Ron.

Einige unter den Schauspielern nickten. Dem Neuendörfer war das zuzutrauen. Obwohl sich die Trauer unter den jungen Leuten in Grenzen hielt, hatte die Nachricht von der Auffindung einer dritten Leiche auf der Alb doch die Stimmung nach unten gezogen. Drei Tote innerhalb weniger Tage, das hatte es in ihrer Lebenszeit auf der Alb noch nie gegeben.

»Auf geht's, Leute, machen wir weiter. Der Samstag naht. Santer, fertig machen. Indianer, wo seid ihr?« Die Rufe des Regisseurs brachten wieder Leben in die Truppe. Der Santer-Darsteller lud sein Gewehr mit Platzpatronen nach, die Indianer gingen in ihre Ausgangsstellung. Man merkte, dass sie langsam fertig werden wollten. Ein langer Probentag steckte ihnen schon in den Knochen. Die meisten sehnten sich nach einem gemütlichen Platz am Lagerfeuer und einer roten Wurst.

»Ond Action!«, rief Ron.

Die Indianer ritten heran. Frieder wartete diesmal die geforderte Zeit ab, bevor er loslegte. Die Schüsse des Gewehrs hallten durch das Hochtal. Die Indianer stürzten getroffen übereinander. Santer hatte gesiegt, aber nur dieses eine Mal.

***

Else Höhn stand in der Küche und spülte das Geschirr ab. Hans Höhn saß am Küchentisch, die Nase in der Zeitung. Sie hatten noch nicht sehr viel miteinander gesprochen. Der eher wortkarge Hans genoss es, wenn er mal mehr wusste als seine Frau. Er hatte lediglich erzählt, dass die Kriminalpolizei den Toten geborgen hatte. Nun wartete er ab, bis es Else vor Neugier fast zerriss.

Sie hält diesmal lange durch, dachte er, als er ihr über den Rand der Zeitung hinweg beim Spülen zusah. Als sie den letzten Topf auf die Ablauffläche gestellt hatte, kam sie wie immer mit dem Lappen an den Tisch.

Hans rückte ein Stück vom Tisch weg, um Platz zu machen.

Else wischte über den Küchentisch. Hans schien es heute ewig zu dauern, bis sie damit fertig war. Sie spülte den Lappen anschließend aus und legte ihn an seinen Platz. Bei Else hatte alles seinen Platz, das wusste Hans wohl.

Ungern erinnerte er sich an die paar Tage, als Else wegen einer Frauensache, wie sie anderen erzählte, im Krankenhaus gewesen war. Nach ihrer Rückkehr war sie einen ganzen Tag damit beschäftigt gewesen, alle Dinge wieder so zu ordnen, wie sie vor ihrem Weggang gewesen waren. Und erst die Predigt, die er zu hören bekommen hatte, das war was gewesen.

Wie immer schloss Else ihre Arbeit mit einem Blick über die Spüle, die Arbeitsfläche und die Hängeschränke ab. Sie drehte sich ihm zu. Hans schaute auf, lächelte. Sie zog einen Stuhl zurück und setzte sich.

»Jetzt verzehl halt«, sagte sie und grinste ihn dabei an.

»Was denn?«

»Jetzt her doch auf, ›was denn‹, du woisch genau, was i wissa will. Wie war's do droba? Komm.« Sie strich ihm sanft über seine Hand, die er auf den Tisch gelegt hatte.

Er hätte nicht gedacht, dass seine Else so weit gehen würde. So viel Zärtlichkeit erhielt er sonst nur zu ganz besonderen Anlässen.

»Also guat. Mir send mitnander naufgfahra, die boide Kriminaler, d'r Heber ond i. I han se zo dem Waldweg gführt, dann semmer en Wald neiglaufa bis zu dem Baumstamm ond dem Dota.«

»Wie hot er ausgseah?«

»Tot halt, blutig. Mer hot net sehr viel von seim Gsicht gseah, weil der isch ja onder dem Baumstamm glega. Dann send dia Leit von d'r Spurasicherung ond Gerichtsmedizin komma.«

»Wia em Fernseha«, sagte Else beeindruckt.

»Genau wia em Fernseha.«

Hans erzählte Else genau, wie alles abgelaufen war. Sein Bericht endete mit dem Abgang hinunter ins Dorf zusammen mit Rolf Heber.

»Des war's. Meh woiß i au net«, sagte er zum Schluss.

»Des isch doch allerhand. Drei Dote en denne bar Tag«, sagte Else nachdenklich.

»Oiner en d'r Hehl, oiner onderm Felsa ond oiner onderm Baum. Des isch irgendwie komisch. Des goht mir nicht mehr aus dem Kopf. Do isch ebbes, des erinnert mi an was. Aber was? Ich komm oifach nicht drauf«, sagte Hans Höhn mit ernstem Gesicht.

»Was moinsch du?«

»Do isch irgendwas, dia Felsa, dui Hehl, der Baum. Des erinnert mi an was. Aber mir fellt's et ei, heilandzack.«

»'s wird d'r scho no eifalla. Wirsch seha«, beruhigte ihn Else.

»Hoffentlich«, meinte Hans Höhn.

***

Der Nürtinger Hof war wie immer rappelvoll. Obwohl seit ein paar Jahren ein Grieche die Szenekneipe übernommen hatte, trafen sich hier immer noch die gleichen Leute.

Christian Schoch schaute sich um. Das eine oder andere Gesicht kam ihm bekannt vor. Kein Wunder, dachte er, schließlich komme ich schon seit vielen Jahren immer wieder in diese Kneipe. Früher hatten auch noch vertraute Gesichter hinter der Theke gestanden oder bedient. Nobbe hatte die Wirtschaft lange Jahre geführt, bis der Hausbesitzer, eben dieser Grieche, sie selbst übernommen hatte. Aber es war vieles beim Alten geblieben. Gute, schmackhafte Küche, eine tolle Speisekarte, die griechische wie auch deutsche Spezialitäten bot. Dazu gab es als etwas Besonderes in Reutlingen ein saugutes Bier vom Blank, einer kleinen Brauerei in Zwiefalten-Dorf.

Auch Christian Schoch hatte sich ein »Blank im Krügle« bestellt und wartete wie üblich auf Pit. Er konnte sich an kein Treffen mit ihm erinnern, bei dem er pünktlich erschienen war. Als das Krügle, ein Halbliterhumpen, serviert worden war, nahm er einen ordentlichen Schluck vom kühlen Bier. So musste das schmecken!

Allerlei Gedanken gingen ihm durch den Kopf. Sabine hatte am frühen Abend noch angerufen. Sie wolle ihre Sachen holen. Christian Schoch hatte zunächst gestutzt, denn er war davon ausgegangen, dass nichts mehr von Sabine in seiner Wohnung war. Der Anruf machte deutlich, dass es zwischen ihnen nun ans Eingemachte ging. Sabine wollte verschiedene Dinge, die sie gekauft hatte, wieder zurückhaben.

Es stimmte schon, da war das eine oder andere Gerät in der Küche, vom Kochlöffel bis hin zum Toaster. Im Wohnzimmer hing ein Druck von ihr, auch eine kleine Vase wollte sie wiederhaben. Christian hatte ihr zugehört. Es ein bisschen schäbig gefunden, das war der richtige Ausdruck für ihr Verhalten. Er hatte versucht, sich zu erinnern, welche seiner Dinge sich noch in Sabines Wohnung in Tübingen befanden. Ihm war nichts eingefallen. Da ging er anders mit um als sie. Aber er hatte eingelenkt und einen Termin am Wochenende vereinbart.

Er spielte mit den Bierdeckeln auf dem Tisch. Die Pyramide wollte mit den runden Deckeln einfach nicht stehen bleiben. Er legte drei Deckel vor sich.

Vorher war es im Radio gekommen. Ein dritter Toter droben auf der Alb, bei Mägerkingen. Nun waren es drei Tote. Er konnte sich lebhaft vorstellen, was inzwischen in Reutlingen in seinem ehemaligen Revier los war.

»Der Müller schprengt em Reng rom«, sagte er leise vor sich hin. Der schwäbische Ausdruck beschrieb den Gemütszustand seines ehemaligen Chefs wahrscheinlich ziemlich genau. Es war ja auch kein Wunder. In den drei Jahren, die er in Reutlingen auf dem Revier war, hatten sie einen Todesfall gehabt – einen alten Mann, der in seiner Wohnung verstorben und nicht entdeckt worden war. Eine unangenehme Sache. Wenn Christian Schoch an den Geruch dachte, der ihnen entgegengeströmt war, als sie die Wohnung betreten hatten, wurde ihm heute noch beinahe schlecht. Das war alles an Todesfällen gewesen, in der ganzen Zeit. Und nun hatten sie drei Fälle innerhalb weniger Tage.

Da darf man als Leiter der Kriminalpolizei schon mal ein wenig nervös werden, dachte Christian Schoch. Er schob die Bierdeckel vor sich auf dem Tisch hin und her. Ein Toter in der Wimsener Höhle, ein Toter an den Traifelbergfelsen und schließlich der dritte Tote in Mägerkingen. Was verband diese drei Todesfälle? In den Nachrichten war noch nichts zur Identität der Opfer gesagt worden. Das hielten die Kollegen höchstwahrscheinlich noch zurück, aus ermittlungstechnischen Gründen, wie man immer behauptete. Im Grunde genommen war es eine taktische Maßnahme, um Zeit zu gewinnen und um panische Reaktionen zu vermeiden.

Christian Schoch schreckte aus seinen Gedanken hoch. Jemand war an seinen Tisch getreten und hatte mit den Knöcheln auf die Tischplatte geklopft. Er schaute auf. Dietmar, ein alter Freund aus Schulzeiten.

»Na, altes Haus, heute Abend keine Verbrecherjagd?«

»Auch ein Kriminalkommissar hat eine Freizeit, mein lieber Dietmar. Setz dich doch.«

»Augenblick«, sagte Dietmar, ging hinüber zur Theke, schnappte sich sein Bier und setzte sich zu ihm an den Tisch.

»Wie geht es dir? Mensch, wir haben uns bestimmt zwei Jahre nicht mehr gesehen, oder?«, fragte Christian.

»Stimmt. Das waren die Autodiebstähle damals, da habe ich drüber geschrieben«, bestätigte Dietmar.

»Genau. Bist du immer noch beim ›Reutlinger Generalanzeiger‹?«

»Immer noch. Und immer noch gern, muss ich sagen. Als Journalist musst du heutzutage froh sein, wenn du eine feste Anstellung hast. Die habe ich und bin damit zufrieden.«

»Das ist gut. Immerhin noch eine eigenständige Zeitung, der ›GEA‹.«

»Ja, schon. Wir nehmen halt auch viel von den Agenturen. Die Lokalberichterstattung ist zwar ein Schwerpunkt, aber da laufen uns die Abonnenten weg. Und die Online-Geschichte läuft eher zäh an«, erzählte Dietmar.

»Stimmt schon. Wenn ich bei uns im Haus morgens die Briefkästen sehe, sind in sechs Briefkästen nur zwei Zeitungen drin.«

»Eben. Da siehst du es. Aber lass mal. Ich denke, die Zeitung ist nicht totzukriegen. Was machst denn du so?«

»In Reutlingen habe ich aufgehört. Du triffst mich am Vorabend eines entscheidenden Gesprächs mit meinem großen Chef in Stuttgart. Morgen Vormittag werde ich erfahren, wo es für mich hingeht. Ich hoffe, in der Gegend zu bleiben. Aber sicher ist da nichts.«

»Verstehe.«

Pit kam zur Tür herein. Er schaute sich in der Wirtschaft um. Als er Christian entdeckte, kam er an seinen Tisch. Dietmar stand auf, grüßte Pit und verabschiedete sich.

Christian und Pit begrüßten sich wie immer mit einer Umarmung. Das hatten sie seit ihren Jugendtagen beibehalten. Manchmal schauten die Leute etwas komisch, aber das scherte die beiden wenig. Sollten die Leute doch denken, was sie wollten.

Pit setzte sich und winkte der Bedienung. »Dir auch noch eins?«

Christian lugte in seinen Krug. Er war fast leer. »Ja. Du hast dir diesmal reichlich Zeit gelassen.«

»Du weißt ja, mir kommt immer mal was dazwischen.«

»Was war es diesmal?«

»Eine Schülerin. Stand plötzlich vor meiner Tür und hatte eine Frage. Das ist inzwischen eine echt haarige Sache. Nach all den Vorfällen mit Missbrauch und so wird man vorsichtig. Bis ich die wieder losgeworden bin, hat's 'ne Weile gedauert. Ich wollte gerade gehen.«

»Wer's glaubt, wird selig, mein Lieber. Das sagst du jedes Mal.«

»Stimmt. Also, ich wollte nicht gerade gehen, aber beinahe.«

Die Bedienung stellte zwei Krüge auf den Tisch. Christian Schoch schob ihr seinen leeren Krug über den Tisch.

Die Männer prosteten sich zu. Sie kannten sich fast schon eine Ewigkeit. Auch Pit war in Sickenhausen aufgewachsen. Allerdings war er katholisch, Christian hingegen evangelisch. Das bedeutete damals unterschiedliche Kindergärten. In der Volksschule, die heute Grundschule hieß, hatten sie sich zum ersten Mal getroffen. Die Freundschaft hielt seit dieser Zeit. Auch Pit hatte in Tübingen studiert, Lehramt Englisch und Deutsch. Er hatte sein Studium abgeschlossen und war inzwischen Lehrer an einem der Reutlinger Gymnasien. Christian überlegte, welches Gymnasium es war. Das Isolde-Kurz-Gymnasium, fiel ihm schließlich ein. Da Pit auch in Reutlingen wohnte, traf man sich hin und wieder auf ein Bier oder wie heute zum Abendessen und Bier.

»Wie geht's Sabine?«

»Wahrscheinlich gut, vielleicht sogar besser.«

»Was soll das heißen?«

»Sie hat mich verlassen. Ein anderer war schöner als ich.«

»Kaum zu glauben«, sagte Pit lachend.

»Doch. Es stimmt. Wir haben uns am Montag an der Wimsener Höhle getroffen, da hat sie es mir eröffnet.«

»Wieso an der Wimsener Höhle?«

»Dorthin haben wir damals unseren ersten gemeinsamen Ausflug gemacht. Du weißt schon. Zwiefalten, die Wanderung durchs Tal der Zwiefalter Aach, dann Höhlenbesuch, schließlich Mittagessen im Gasthof. Das Übliche eben. Das wollte sie zum Abschluss noch mal machen.«

»Und du hast das natürlich mitgemacht, oder was?«

»Wieso nicht? Allerdings hat sie danach ihr neuer Lover an der Höhle abgeholt. Ich durfte allein nach Zwiefalten zurücklatschen. Das war nicht sehr schön.«

»Kann ich mir vorstellen. Aber das ist wieder mal typisch unser Christian. Kein anderer käme auf die Idee, der scheidenden Freundin einen solchen Wunsch zu erfüllen. Aber du.«

»So schlimm war es auch wieder nicht. Wie geht's bei dir?«

»Der Laden läuft. Wir schlagen uns mit diesem Oberscheiß G8 herum. Hast du heute schon die Zeitung gelesen? Immer mehr Sitzenbleiber in der Kursstufe. Wundert das jemanden? Was haben Lehrer, Eltern und auch Schüler gegen die Verkürzung der Schulzeit gekämpft. Aber was unsere Bürokraten in Stuttgart sich mal in den Kopf gesetzt haben, das wird durchgezogen! Und dann? Man könnte wahnsinnig werden.«

»Na, das sprudelt ja nur so aus dir heraus. Gibt es auch ein gutes Haar am G8?«

»Eigentlich nicht. Nur mehr Stress und der fadenscheinige Erfolg, sich international angepasst zu haben, mehr nicht.«

Christian Schoch schaute ihn zweifelnd an.

Bestimmt behauptet er gleich, dass das alles nicht so schlimm ist, wie ich es dargestellt habe, dachte Pit. Das war immer so. Auch wenn der Herr Hauptkommissar tagtäglich mit einer schroffen Realität, mit Mord und Totschlag zu tun hatte, wischte er eine konsequente Analyse einer Situation oft einfach mit solchen Sätzen weg. Pit machte das schier wahnsinnig. Wem oder was wollte

Christian da ausweichen? Wieso konnte er ihm nicht einfach mal glauben, dass seine Darstellung der Situation stimmte? Er andererseits musste sich oft lange Monologe anhören, die nun wahrlich auch nicht immer so schlüssig waren, dass keine Fragen offenblieben.

»Und?«, fragte Pit erwartungsvoll. Jetzt wollte er doch mal wissen, ob dem Freund zum Thema noch was einfiel.

»Was, und?«

»Was sagst du dazu?«

»Wieso? Muss ich dazu etwas sagen?«

»Warum nicht? Nur weil du noch keine Kinder hast und längst aus der Schule bist, kann dich das doch interessieren, oder nicht?«

»Schon. Aber irgendwie ist das so weit weg. Schule, Ausbildung, Universität. Ich bin ehrlich gesagt froh, dass ich das hinter mir habe. Ich glaube dir ja. Was du sagst, leuchtet mir ein.«

»Aha. Sehr schön. Dann sind wir ja schon ein gutes Stück weiter.«

»Eben. Tut mir leid. Ich habe heute einfach keinen Kopf für so was. Entschuldige.«

»Sabine?«

»Auch, ein bisschen. Aber dann sind da noch die drei Toten auf der Alb.«

»Ach so. Habe ich gehört. Das ist natürlich der Super-GAU für den Herrn Kriminalhauptkommissar. Kaum ist er von Reutlingen weg, hat auch noch Urlaub, werden drei Männer ermordet. Das ist wirklich fatal.«

»Spar dir deinen Zynismus. Es ist doch tatsächlich beschissen, oder? Ausgerechnet jetzt, da ich beruflich was weiß ich wo lande, passiert hier auf der Schwäbischen Alb so etwas.«

***

Er genoss die frühen Morgenstunden im Büro. In der Regel war er einer der Ersten, wenn er gegen halb acht das Polizeigebäude betrat. Die meisten seiner Mitarbeiter kamen zwischen acht und halb neun, je nachdem, wo sie gerade eingeteilt waren.

Die Albteams waren bestimmt schon auf dem Weg auf die Schwäbische Alb. Amtsleiter Müller glaubte nicht, dass sie gestern ihre Ermittlungen abschließen konnten. Deshalb war die Besprechung auf zwölf Uhr angesetzt. Er hoffte, dann die Ermittler von der Alb mit am Tisch zu haben. Es musste schließlich mal vorwärtsgehen.

Die ersten Anfragen der Medien waren bereits gestern am späten Nachmittag in der Zentrale eingegangen. Wie immer hatte es Versuche gegeben, einzelne Polizeibeamte, die vielleicht mit den Fällen zu tun haben könnten, daraufhin anzusprechen. Aber nachdem er in der letzten Besprechung deutliche Worte gefunden hatte, war wohl bisher nichts nach außen gedrungen.

Das war das eigentlich Leidige an solchen Ermittlungen. Man musste immer mit einem Ohr oder einem Auge die Medien verfolgen. Wie viel wusste die Öffentlichkeit schon? Hatte jemand den Medien irgendetwas erzählt? Im schlimmsten Fall die Frage nach der undichten Stelle. Bisher lief alles noch gut. Müller hoffte auf die Besprechung um zwölf.

Für den Nachmittag hatte er eine Pressekonferenz angesetzt. Wohlweislich erst um fünf. Das ließ ihnen noch ein kleines Zeitfenster, in dem neue Informationen hereinkommen konnten. Konnten. Falls nicht und falls die Albermittler nichts Neues brachten, sahen sie alt aus. Alt. Ein Wort, das er inzwischen sogar ungern dachte.

Was war nur mit ihm passiert? War es wirklich dieser eine Moment, dieser Gedanke daran gewesen, einmal nicht mehr vor seine Bürotür treten und auf den Korridor hinausrufen zu können? War ihm wirklich erst da klar geworden, dass dies alles hier, sein Büro, seine Arbeit, seine Mitarbeiter, für ihn einmal vorbei sein würde? Und zwar in einer absehbaren Zeit? Wenn er wollte, dann konnte er noch ein Jährchen dranhängen. Aber dann wären es auch nur noch vier Jahre. Nur vier Jahre, bis er zu Hause sitzen würde.

Ich liebe meine Frau, sagte sich Amtsleiter Müller. Er brauchte sie. Aber er ging morgens auch gern ins Büro und kam abends nach Hause. Die Vorstellung, immer zu Hause zu sein, machte ihm Angst. Was machte man da den lieben langen Tag? Stand man spät auf, frühstückte ausgiebig, erledigte den Einkauf und widmete sich dann dem Garten? Was machte man im Winter? Lesen? Er war noch nie ein großer Leser gewesen. Er hatte auch nicht vor, ein großer Leser zu werden. Vielleicht mal das eine oder andere Buch, das seit Jahren liegen geblieben war.

Die Familie, natürlich. Die Enkelkinder. Drei hatte er hier in Reutlingen, der Sohn war hiergeblieben. Er arbeitete bei Bosch in der Entwicklungsabteilung. Auf den Jungen konnte er stolz sein. Seine Tochter lebte in Stuttgart. Alleinerziehend, inzwischen. Hatte sie verlassen, der Arsch. Er hatte diesen Schnösel von Anfang an nicht leiden können. Wenn einer schon den ganzen Tag eine Fliege unter dem Kinn trug, dann kam ihm das spanisch vor. Hatte er halt mal wieder recht gehabt. Zurückgeblieben war seine Tochter mit zwei Kindern, acht und elf Jahre alt. Aber die wollte partout nicht nach Reutlingen kommen, obwohl sie es mit ihrem halben Job in Stuttgart nun wirklich nicht leicht hatte.

Klar, er könnte nach Stuttgart fahren, die Enkelkinder betreuen. Das könnte er machen, ein- oder vielleicht auch zweimal in der Woche. Dann hier in Reutlingen noch ein- oder zweimal die Woche. Dazu womöglich noch was in der Volkshochschule und fertig war der Stundenplan des Rentners.

Aber würde ihm das alles wirklich Spaß machen? War das in seinen Augen eine echte Aufgabe? Eben nicht. Das war doch der Punkt, den er sich selbst nicht eingestehen wollte. Seine Aufgabe war hier, in diesem Büro, mit den Menschen dort draußen, seinen Mitarbeitern. Plötzlich war ihm das da draußen ganz wichtig, seine Kollegen, sein Alltag, sein Revier. Damit war in ein paar Jahren Schluss, das hatte er bisher wohl immer verdrängt.

Kam deshalb das andere Gefühl in ihm hoch, weil er dieses Leben im Grunde genommen so liebte?

Er hatte das alles immer für normal gehalten. Er war der Vorgesetzte, die anderen sprangen, wenn er was sagte. Auf diese Weise hatte er sich ausgelebt, einen Sinn gesehen, eine Aufgabe gehabt. Er hatte es genossen, das musste er sich eingestehen, Menschen Befehle zu erteilen, zu kommandieren, ohne dass jemand gegen ihn hätte aufbegehren können. War das das verführerische Gefühl der Macht? Konnte er das in seinem Alter, nach den vielen Jahren noch ändern? Anscheinend schon. Denn er hatte sich verändert, keine Frage.

***

Christian Schoch war auf dem Rückweg von Stuttgart. Er hatte sich ja auf einiges gefasst gemacht, aber das hatte er nun wirklich nicht erwartet. Sonderermittler Schwäbische Alb. Sollte er sich jetzt freuen? Er überlegte. Die Vorteile überwogen seinen Gedanken nach. Er konnte frei ermitteln, war nur dem Kriminaldirektor unterstellt. Das war schon eine besondere Rolle in der sonst so streng und hierarchisch organisierten Polizei.

Andererseits waren da die Kollegen, etwa Müller in Reutlingen. Wie würden die auf seine Sonderrolle reagieren? Immerhin, die jeweiligen Amtsleiter konnten ihm nicht reinreden, waren ihm aber auch nicht unterstellt. Ob das eine vernünftige Lösung ist?, fragte er sich. Die Praxis würde das schon zeigen.

Über die B 312 fuhr er auf der vierspurigen Schnellstraße Richtung Reutlingen. Er wollte auf jeden Fall in seinem ehemaligen Revier vorbeischauen und mit Amtsleiter Müller sprechen. Was der wohl von der Sache hielt? Klar, dass nun die drei Albtoten sein erster Fall als Sonderermittler waren. Kriminaldirektor Wächter war richtiggehend erfreut gewesen, einen solchen Fall für ihn parat zu haben.

Er fuhr in die Stadt hinein, bog von der Hauptstraße in die Kaiserstraße ab. Bei den Kollegen würde er sich über den Ermittlungsstand informieren und anschließend auf die Alb hinauffahren. Für sein Hauptquartier hatte er sich das Bräuhaus ausgesucht. Das lag praktisch in der Nähe aller drei Fälle. Er hatte sich das genau überlegt. Warum jeden Tag auf die Alb fahren? Wenn er oben blieb, hatte er zum einen mehr Ruhe, zum anderen war er näher an den Leuten dran.

Sein Bauchgefühl sagte ihm, dass der Täter von der Alb stammte und dort auch lebte. Er konnte sich nicht vorstellen, dass jemand aus dem Tal auf die Alb hinauffuhr, um Menschen umzubringen. Auf die Tourismusverbindung konnte er sich noch keinen Reim machen. Aber das war das Einzige, was die Opfer nach bisherigen Ermittlungen gemeinsam hatten.

Er parkte vor dem Polizeigebäude. Seine Uhr zeigte Viertel vor zwölf. Das passte, er hatte noch eine Viertelstunde, um mit Amtsleiter Müller zu sprechen. Die Dienstbesprechung war auf zwölf Uhr angesetzt, wie er erfahren hatte.

Auf den Gängen grüßten ihn viele seiner ehemaligen Kollegen. Von manchen wusste er allerdings nicht einmal den Namen. Andere kannte er besser, weil sie in der einen oder anderen Ermittlung zusammengearbeitet hatten.

Vor dem Büro seines ehemaligen Chefs hielt er kurz inne. Er klopfte und trat ohne abzuwarten ein. Schließlich hatte er einen Termin.

Amtsleiter Müller saß hinter seinem Schreibtisch. Vor ihm lagen drei Schnellhefter in verschiedenen Farben. Drei Tote, drei Farben, dachte Christian Schoch, damit alles seine Ordnung hat.

»Ah, der Herr Sonderermittler«, begrüßte ihn Müller, »ich hatte heute Morgen schon einen Anruf vom Herrn Kriminaldirektor. Interessante Sache das. Nun wollen Sie also loslegen. Bitte schön, hier!«

Er schob die Schnellhefter Christian zu, der vor dem Schreibtisch Platz genommen hatte.

»Äh, danke.«

»Das ist alles, was es bisher zu den Fällen gibt. Gleich ist Dienstbesprechung. Ich hoffe, die Ermittlungsteams kommen rechtzeitig von der Alb runter.«

Christian Schoch hatte die Schnellhefter an sich genommen. Er blätterte einen nach dem anderen durch. Viel war das nicht.

»Spärlich, spärlich, Herr Müller«, bemerkte er.

»Da haben Sie recht. Wie gesagt, später hoffentlich mehr. Und, wie haben Sie sich Ihre neue Rolle im Revier vorgestellt? Um ehrlich zu sein, ich bin nicht überzeugt, dass eine solche Sonderrolle als Ermittler einen Sinn macht. Gut, wir haben hin und wieder Probleme gehabt, bis geklärt war, wer nun eigentlich zuständig ist. Aber das hat sich stets regeln lassen. Mal machen's die einen, dann machen's die andern. So war das bisher. Ich gebe allerdings zu, ein Sonderermittler mit entsprechenden Befugnissen über allem, das könnte was werden. Mit dem richtigen Mann. Den hat Herr Wächter mit Ihnen gefunden, da bin ich mir sicher. Wissen Sie, warum?«

»Nein.«

»Weil Sie mit den Menschen auf der Alb können. Sie sind ja fast einer von ihnen, sprechen den Dialekt, verstehen die dort droben auf d'r raua Alb.«

»Na ja, so richtig Älblerisch kann ich auch nicht. Aber eines stimmt schon, ich kann mit den Leuten, weil ich sie mag.«

»Sehen Sie, das meine ich.« Amtsleiter Müller schaute auf die Uhr an der Wand. »Wir müssen. Erste Regel des Ermittlungsleiters oder Amtsleiters: Komme nie zu spät. Merken Sie sich das, ganz wichtig!«

Sie gingen zusammen über den Korridor zum Besprechungszimmer. Hauptkommissar Baisch wartete bereits an der Tür.

Allzu lange wird die Besprechung wohl nicht dauern, dachte Christian Schoch. Schließlich waren es nur die aktuellen Berichte der Teams, die etwas Neues bringen konnten. Wenn sie einigermaßen zeitig fertig würden, konnte er noch in seiner Wohnung vorbei, sich kurz was einpacken und dann auf die Alb fahren. Im Bräuhaus hatte er ein Zimmer bestellt. Er konnte dort ein kleines Nebenzimmer als Büro nutzen.

Sie setzten sich ans obere Ende des großen Tisches. Nachdem Müller kurz begrüßt hatte, fasste Baisch den Stand der Ermittlungen zusammen. Das war schnell erledigt. Nacheinander berichteten die Teams ihre Ergebnisse. Wie erwartet, hatten die Befragungen auf der Alb kaum neue Erkenntnisse gebracht. Jedes der Opfer war zu Terminen unterwegs gewesen. Weil die Ergebnisse der Gerichtsmedizin aus Tübingen noch nicht vorlagen, hatten sie hierzu allerdings noch keine Einzelheiten.

Schließlich berichtete Karin Strobel, die das Team Neuendörfer leitete. Sie bearbeiteten den Fall des Toten, der zuletzt im Mägerkinger Wald gefunden worden war. »Nachdem der genaue

Todeszeitpunkt noch nicht feststeht, haben wir die letzten drei Tage des Opfers rekonstruiert. Mit seinem Kalender, den uns seine Sekretärin zur Verfügung gestellt hat, konnten wir zumindest einige Termine überprüfen. Wir haben zwar noch nicht alle Leute befragt, bei denen Herr Neuendörfer gewesen ist, sind aber dabei. Er hat meistens den halben Tag, in der Regel den Vormittag, auf dem Amt, also im Rathaus von Hayingen, verbracht. Das ist von zahlreichen Zeugen bestätigt worden. An den Nachmittagen war er ziemlich viel unterwegs. Besprechungen, Ortstermine, was halt vor Beginn der Tourismussaison ansteht. So richtig vermisst wurde Herr Neuendörfer erst am Dienstagvormittag. Nachdem er keine Frau oder Familie hat, versuchten seine Kollegen vom Amt, ihn auf dem Handy zu erreichen. Er ging jedoch nicht ran. Wahrscheinlich kam er zwischen Montagnachmittag und Dienstagfrüh ums Leben. Die Jungs vom CVJM haben die Jacke und die Blätter am späten Vormittag des Dienstags gefunden. Wir gehen davon aus, dass Herr Neuendörfer zu diesem Zeitpunkt schon tot war. Allerdings haben die Jungs die Leiche übersehen, leider. Die wurde erst am Mittwochvormittag vom Bauern Hans Höhn entdeckt. Neuendörfers Kalender vermerkt am Montagnachmittag nur einen Termin. Da war er in Sigmaringen bei seinem Kollegen vom Tourismusamt. Das war um vierzehn Uhr. Der Sigmaringer Beamte hat am Telefon ausgesagt, dass Neuendörfer sich um fünfzehn Uhr verabschiedet habe. So viel dazu.«

Karin Strobel ordnete die Papiere vor sich auf dem Tisch. Ein Blick in die Runde zeigte konzentrierte Gesichter.

»Kommen wir zum Heimweg des Opfers. Von Sigmaringen bis Mägerkingen sind es je nach Verkehr etwa fünfunddreißig bis vierzig Minuten. Neuendörfer kann also ab sechzehn Uhr am Montagnachmittag auf seinen Mörder getroffen sein. Das ist das Zeitfenster, mit dem wir arbeiten: Montagnachmittag sechzehn Uhr, Dienstagvormittag etwa neun bis zehn Uhr.«

»Wann haben die Jungs vom CVJM die Jacke gefunden?«, fragte ein Beamter.

»Ganz genau konnten die das nicht mehr sagen. Als sie zu

der Hütte zurückkamen, war bald Mittag. Die Mittagspause bei diesem Winnetou-Spiel«, Karin Strobel musste unweigerlich schmunzeln, »ja, also, die Mittagspause ist in der Regel zwischen halb eins und vierzehn Uhr. Wir können das Auffinden der Jacke deshalb zwischen elf und halb zwölf terminieren. Auf jeden Fall nicht vor elf Uhr, eher später.«

»Das würde bedeuten, die Tat könnte durchaus auch am Morgen stattgefunden haben«, bemerkte derselbe Beamte.

»Ja. Sobald wir die Ergebnisse aus Tübingen haben, wissen wir mehr über den Todeszeitpunkt. So viel von uns«, schloss Karin Strobel ihren Vortrag.

Hauptkommissar Baisch bedankte sich bei den Kollegen. Nach kurzer Rücksprache mit dem Amtsleiter ergriff er noch mal das Wort.

»Liebe Kolleginnen und Kollegen. Wie Sie sicherlich bemerkt haben, sitzt Christian Schoch heute wieder mit uns am Tisch. Hauptkommissar Schoch hat unsere Dienststelle ja verlassen. Nun hat der Herr Kriminaldirektor Wächter ihn als Sonderermittler Schwäbische Alb in eine ganz neu geschaffene Position sozusagen befördert. Er wird ab sofort die Ermittlungen in Sachen Morde auf der Schwäbischen Alb leiten. Herr Schoch ist nur Stuttgart, also dem Kriminaldirektor, unterstellt und hat ansonsten freie Hand, vor allem Ihnen gegenüber Weisungsbefugnis. Ich möchte daher die Ermittlungsteams bitten, noch zu einer kurzen Besprechung dazubleiben. Der Rest kann gehen.«

Unsicher sah Baisch zur Seite. Amtsleiter Müller ließ das laufen. Baisch wunderte nichts mehr. So salopp hätte er vor ein paar Tagen keine Besprechung beenden dürfen.

Müller und Baisch verabschiedeten sich. Christian Schoch blieb mit den drei Zweierteams im Besprechungszimmer zurück. Er wartete ab, bis die Tür geschlossen war.

»Liebe Kolleginnen und Kollegen. Das hat jetzt ziemlich großartig geklungen, von wegen Sonderermittler und so. Glauben Sie mir, ich weiß selbst noch nicht, was das werden soll. Aber eines scheint mir tatsächlich Sinn zu machen, nämlich dass wir damit aus den ewigen Querelen der Zuständigkeit raus sind.

Sie – wir – ermitteln. Zukünftig wird es mehr um die Ergebnisse gehen als darum, wer nun welchen Fall bearbeitet. Die meisten von Ihnen kennen mich. Glauben Sie mir bitte, dass ich keine Absicht habe, meine Position in irgendeiner Weise auszunutzen. Unser gemeinsames Ziel ist es, den Täter zu finden. Dazu haben wir unter meiner Leitung mehr Freiheiten als nach dem üblichen Gang der Dinge. So sollten wir das sehen. Übrigens, glauben Sie nicht, dass der Herr Sonderermittler nun auch gehaltsmäßig hochgelupft wurde. Von wegen. Vielleicht darf ich ein paar Spesen mehr abrechnen, vielleicht. Aber, versprochen, ich werde Sie daran teilhaben lassen.«

Christian Schoch blickte in die Gesichter seiner Ermittler. Sie hatten ihm aufmerksam zugehört.

»Wie gehen wir weiter vor?«, fuhr er fort. »Ich werde heute Nachmittag nach Trochtelfingen fahren. Im dortigen Bräuhaus befindet sich unsere Ermittlungszentrale. Ich habe das mit dem technischen Dienst schon telefonisch organisiert. Viel brauchen wir ja nicht. Ich werde für die nächsten Tage dort übernachten. Wer von Ihnen das ebenfalls vorzieht, ist gern eingeladen. Heute Abend gegen siebzehn Uhr treffen wir uns dort. Zu meinem Einstand würde ich Sie anschließend gern zu einem Abendessen einladen. Also, bis dahin«, schloss er seine Ausführungen. Dann fiel ihm noch etwas ein. »Ach so, hab ich vergessen: Gibt es Fragen?«

Anscheinend hatte Christian Schoch rübergebracht, was er rüberbringen wollte. Seine Ermittler grinsten ihn schweigend an.

»Damit entlassen. Bis heute Abend dann«, sagte er und stand auf.

Die Kollegen verließen den Raum. Christian Schoch schaute ihnen hinterher. Das waren seine Teams. Er konnte es noch gar nicht glauben. Die Unsicherheit war immer noch da. Auf was hatte er sich da eingelassen? Hätte er Nein sagen können? Vielleicht. Aber er hatte das bestimmte Gefühl gehabt, dass in dem Fall Hohenlohe oder etwas in der Preislage gedroht hätte.

Die Sache reizte ihn, das war ihm auf der Fahrt nach Reutlingen klar geworden. Es reizte ihn, eine solche Rolle anzunehmen. Was Neues, ein bisschen undefiniert, unklar und andererseits ausbaufähig. Vielleicht war das tatsächlich ein Ansatz. Werde ich die Erwartungen erfüllen können?, fragte er sich. Welche Anforderungen kamen auf einen solchen Sonderermittler zu? War er zu jung? Fragen über Fragen.

Es war gut, dass er sein Quartier im Bräuhaus hatte. Dort hatte er Ruhe, um über diese Fragen nachzudenken.

***

»Des treibt di jetzt om.«

Sie waren in der Scheuer, kehrten mal wieder durch, räumten auf.

Hans Höhn sah seine Frau an. Freilich beschäftigte ihn das. Wie konnte ein Leichenfund einen auch nicht beschäftigen? Das war doch bloß normal. Fand er jeden Tag eine Leiche? Nein. Aber er hatte eine gefunden, in seinem Wald. Der gehörte natürlich auch Else, aber er war derjenige, der sich darum zu kümmern hatte. Das war seine Zuständigkeit. Da brauchte es keine Spurensicherung, er wusste, wie das abgelaufen war.

Bloß das viele Blut konnte er sich noch nicht erklären. War der Tote schon tot gewesen, als der Baum fiel? Hatte ihn jemand erschlagen, dann erst den Baum fallen lassen? Denn eines war für ihn klar: Das war alles genau vorbereitet gewesen. Der Baum, der Stock, ein Schlag, dann fiel der Baum. Aber das Blut, das verstand er nicht. Es könnte vielleicht sein, wenn der Baum das Opfer unglücklich traf, vielleicht. Er würde versuchen, das rauszukriegen. Den Heber mal anrufen, der soll sich in Reutlingen erkundigen. War doch eine amtliche Stelle, der Rolf. Der bekam schon Auskunft, da war er sich sicher. Er würde mit ihm sprechen. Dann heute Abend mal ins Bräuhaus auf ein Bier oder zwei. Der Heber war dort, der war immer dort. Das war seine zweite Wohnstube, sagte man im Dorf.

Das war das eine. Das andere war ihm noch nicht gekommen. Was trieb ihn da um? Wieso geisterte das in seinem Kopf herum, die Höhle, das Wasser, die Felsen, die Höhe, der Baum, der Tote? Warum ließ ihn das nicht los? Bestimmt dachte er in die vollkommen falsche Richtung. Das war oft so, wenn man etwas lösen wollte. Man überlegte und überlegte, suchte und suchte, doch das Gefühl im Bauch sagte einem, das ist die falsche Richtung.

Er kurbelte gedanklich noch mal zurück. Was war ihm als Erstes in den Sinn gekommen? Wasser, beim Toten in der Wimsener Höhle. Höhle auch, klar. Dann Felsen, bei dem am Traifelberg. Schließlich Baum, bei seinem, droben im Wald. Hatte er was im Fernsehen gesehen mit Wasser, Höhle, Felsen, Baum? Er konnte sich nicht erinnern. Zwar schauten sie sich abends gern die Sendungen im dritten Programm an, aber er wüsste nicht, dass da in letzter Zeit irgendwas gelaufen wäre, wo diese Begriffe vorgekommen waren.

»Des treibt me wohl om«, brummelte er vor sich hin.

»Worom?«

»Weil halt. Des glaubsch du nicht. Do isch ebbes. Des macht mi fascht wahnsinnig!«

»No ibrleg's halt«, sagte sie.

»Du kasch no rausschwätza. Freilich überlege's. Aber i komm net weiter, verdammt.«

»No kehr.«

Er nahm den Besen wieder auf, hielt einen Moment inne. Womöglich hatte seine Else wieder mal recht. Einfach mehr kehren. Sich ablenken, das war immer ein Mittel, um aus solchen Gedanken herauszukommen. Er kehrte, und wie er kehrte. Er kehrte, dass es eine Freude war.

»Des muaß aber ein Gedanke sei, mein Lieber, so wie du kehrsch«, sagte Else, die ihm mit Bewunderung im Blick zuschaute. Sie musste sich ein Lächeln verkneifen.

»Des woisch aber gwiss«, sagte er.

***

Dieses Scheiß-Maiwetter. Heute Morgen gleich der Regen, jetzt nieselte es nur noch. Kein Gedanke, heute eine Tour zu machen.

Laut Zeitung morgen auch nicht. Das waren ihm die schlimmsten Tage, wenn er zu Hause bleiben musste, nicht hinaus in die Natur gehen konnte, um zu sammeln.

Er sollte die Säcke mal wieder zur Sammelstelle bringen. Wenn er zu viele brachte, dann schimpften sie immer. Dazu brauchte er aber den Wagen vom Nachbarn. Um mit dem zu reden, müsste er hinaus. Das wollte er jetzt nicht. Er würde den Nachmittag in seinem Zimmer verbringen. Die Bilder anschauen, die Texte noch mal lesen. Sich überlegen, ob das alles richtig gewesen war.

Nach dem Tun kommen die Gedanken, sagte man. Auch ihm kamen immer wieder Gedanken. In was für einen Strudel war er da hineingeraten? War er das gewesen? Er? Wirklich? Drei Menschen waren tot, so stand es in der Zeitung, die er sich trotz Regen geholt hatte. Drei Menschen lebten nicht mehr. Schluss, aus, Ende. Er konnte es sich nicht vorstellen.

Wie alt war er? Einunddreißig. Da machte man sich noch keine Gedanken über ein Ende, das vorgesehen war. Da lebte man vielleicht auch nicht mehr so leichten Herzens in den Tag hinein. Da überlegte man sich, was das Leben noch für einen parat haben sollte.

Hatte er sich das überlegt? War er nicht einfach an einem Punkt stehen geblieben, lebensmäßig? Hatte er seither keinen Schritt nach vorn gemacht, wegen der Ausweglosigkeit?

Wie hatte er sich auf die Stimme einlassen können? Wenn es so etwas wie Bereuen gab, dann tat er das inzwischen, bereuen. Er war froh, dass er das konnte. Wäre schlimm gewesen, wenn er sich den Mörder hätte eingestehen müssen. Aber die Stimme war nicht schuld, die Stimme nicht. Oder? Hatte er nachgedacht, überlegt, abgewogen? War er zu leicht auf diese Stimme eingegangen, war ihr gefolgt, hatte geglaubt?

Es waren viele Gedanken in seinem Kopf, zu viele. Das ging hin und her. Da war er, dann waren da seine Alb, seine Wälder, seine Orchideen, seine Wacholderheiden, seine Felsen, seine Höhlen. Deshalb hatte er sie dort umgebracht. Nicht wegen der Stimme. Die Stimme hatte nur gesagt: »Tu's.«

Er hatte sich überlegt, wo er es tun sollte. Da hatte er das Buch in seinem Regal gesehen. Ein schmales Buch, ein unscheinbares Buch, aber ein Buch über die Schwäbische Alb und ihre Menschen. Das hatte er mal auf einem Flohmarkt im Dorf für ein paar Cent erstanden. Da war ihm doch was hängen geblieben, dieses eine kleine Gedicht. Er hatte das Buch vom Regal genommen, und, wie es oft ist, gleich die richtige Seite, ganz hinten, aufgeschlagen.

Dieses Gedicht war es gewesen, das ihm gesagt hatte, wie und wo er es tun musste. Da stand alles drin, was er gemacht hatte. Er hatte das Gedicht geschrieben und so oft gelesen, dass er es auswendig wusste. Er hatte den Toten jeweils die entsprechende Zeile vorgesprochen. Die hatten das zwar nicht mehr gehört, aber wer wusste, was sie mit hinübernahmen in die andere Welt. Dann hatten sie wenigstens etwas, das erklärte, warum sie nicht mehr auf dieser Welt waren.

Vielleicht sollte er das mit den Säcken auf ein andermal verschieben. Das Nieseln war wieder in Regen übergegangen. Das wollte er sich nun wirklich nicht antun. Bei diesem Pisswetter jagte man doch keinen Hund hinaus. Er würde es sich in seinem Zimmer gemütlich machen. Drei von den Bildern an der Wand konnte er auskreuzen. Die gab es nicht mehr. Diese Aufgaben hatte er erledigt. Bisher war die Stimme nicht mehr zu hören gewesen. Aber das musste nichts heißen. Schon morgen konnte sie sich wieder melden. Wenn dann ein neuer Name fiel, was würde er tun?

***

Hauptkommissar Baisch war ganz durcheinander. Er konnte sich mit dem neuen Stil seines Chefs noch nicht anfreunden. So ganz traute er der Entwicklung nicht. Dieser freundliche Ton, dieses Verständnis, das konnte doch nicht von einem auf den anderen Tag kommen. Dass überhaupt so etwas passierte, war schon sonderbar, aber dann auch noch so schnell. Was war in dem Mann bloß vorgegangen? Es konnten doch nicht die drei Toten auf der Alb sein, die einen berufserfahrenen Kriminalbeamten so durchmischten. Natürlich war das für sie hier in Reutlingen ein besonderes Ereignis. Wann hatte es so etwas schon mal gegeben? Soweit er wusste, noch nie.

Es klopfte stürmisch gegen seine Tür.

»Herein!«

Kommissar Ruckle stand in der Tür. Sein hochroter Kopf ließ nichts Gutes vermuten.

»Es brennt, beim Flüchtlingsheim droba brennt's!«, schrie er in den Raum.

»Jetzt mal ganz langsam. Wo brennt es?«

»Beim Flüchtlingsheim.«

»Wieso beim Flüchtlingsheim?«, fragte Baisch.

»Ein Schuppen brennt, beim Flüchtlingsheim. Des könnte übergreifen!«

»Sind die Uniformierten schon vor Ort? Ist die Feuerwehr verständigt? Hat jemand den Notarzt gerufen?«, spulte Baisch die üblichen Fragen ab.

»Alles schon passiert. Aber beim Flüchtlingsheim! Trotz besonderer Bewachung!«, rief der aufgeregte Kollege.

»Jetzt reißen Sie sich mal zusammen. Das hilft doch nichts, wenn Sie hier durchdrehen«, sagte Hauptkommissar Baisch ruhig. Das fehlte ihm gerade noch. Ein brennendes Flüchtlingsheim und ein durchgedrehter Kollege. »Setzen Sie sich mal hin und schnaufen Sie durch«, sagte er und schob dem Kollegen einen Stuhl hin.

Der setzte sich, schnaufte durch, beruhigte sich langsam.

»So. Jetzt erzählen Sie mal, was Sie wissen.«

»Ein Schuppen beim Flüchtlingsheim im Schlingenbach steht in Flammen. Wahrscheinlich Brandstiftung, aber das steht noch nicht fest. Die Flammen könnten auf das Heim übergreifen.«

»Das ist schlimm genug. Aber wenn alle Hilfskräfte unterwegs oder schon vor Ort sind, brauchen wir uns doch keinen Kopf zu machen, oder?«

Der Kollege schaute ihn verdutzt an. Da hatte der Hauptkommissar recht. Er spürte, wie sein Blutdruck langsam nach unten ging.

»Ich dachte, weil wir doch die Überwachung übernommen haben. Deshalb«, stammelte er vor sich hin.

»Wir werden untersuchen müssen, wo unsere Überwachung war, dass so etwas passieren konnte«, sagte Baisch. Er hatte es kommen sehen. In anderen Städten war das schon öfter passiert. Brandstiftungen an Flüchtlingseinrichtungen. Die dunkle Seite der Volksstimmung wehrte sich, meinte sich zu wehren, indem sie Häuser in Brand steckte. Der primitivste Weg, Menschen gegenüber den Hass zu zeigen. Dabei gingen diese Zündler so weit, Menschenleben in Gefahr zu bringen. Das konnte keine Überwachung letztendlich verhindern. Meist waren Gebäude und Gelände so groß, dass immer ein Schlupfloch blieb.

Baisch hatte von Fällen gehört, wo die Bewachung regelrecht ausspioniert worden war, um den richtigen Punkt und die richtige Zeit herauszufinden. So weit ging das schon. Was diese Brandstifter damit erreichten, war eine weitere Polarisierung. Die einen klatschten Beifall, die anderen zeigten ihre Abscheu, indem sie demonstrierten. Die Polizei stand dazwischen, denn Staatsbürger waren sie alle.

Wenn ihm etwas in seiner langen Karriere in der Polizei auf den Geist gegangen war, dann so etwas. Ein Unrecht, eine Straftat, die menschliches Leid und sogar Tod in Kauf nahm, und der Rechtsstaat konnte dagegen kaum etwas tun. Natürlich wurde ermittelt, das würden sie auch in diesem Fall machen. Aber zum einen kam es nur in wenigen Fällen zu Verhaftungen, zum anderen hatte die Justiz ihre Schwierigkeiten, den Vorsatz, die Absicht auch zu beweisen. Ein Rechtsstaat war eine feine Sache, aber man musste sich immer wieder klarmachen, dass dieser Rechtsstaat für alle galt. Das hieß eben auch, Rechte für die Täter. So schwer das manchmal einzusehen war.

Das war auch einer der ersten Punkte, die er an der Hochschule den angehenden Kriminalbeamten eintrichterte. Immer den Blick auf dem Gesamten haben, nicht in den Einzelfall gehen, der mal so, mal so beurteilt werden konnte. Sondern, so schwer das manchmal fiel, die Gedanken darauf lenken, wie wichtig es war, das gleiche Recht für alle aufrechtzuerhalten. Dass dabei auch so mancher Schuldige durch die Maschen rutschte, war der Preis, der in einem solchen System zu zahlen war. Was das System anging, kannte er kein besseres.

Baisch griff zu seinem Telefon. Hier konnte nur Miriam Welsch von der Zentrale helfen. Die sollte den Kollegen mit einer heißen Tasse Kaffee versorgen, dann würde das schon werden.

***

Christian Schoch hatte sein Zimmer bezogen. Das Gästehaus des Gasthofs lag über dem Bach. Im Untergeschoss hatte der Besitzer ein kleines Bierkrugmuseum eingerichtet. Vom Biergarten des Bräuhauses, der direkt am Bach lag, ging man über eine kleine Brücke zum Gästehaus hinüber.

Der Kriminalhauptkommissar freute sich auf ein paar ruhige Nächte. Seine Wohnung in der Stadt lag zwar nicht gerade ungünstig, aber es war eben immer was zu hören, seien es Menschen oder Autos. Hier konnte er am Abend mal wieder so richtig entspannen.

Er räumte seine Sachen in den Schrank. Seine Uhr zeigte achtzehn Uhr fünfundzwanzig, er musste sich fertig machen. Die Kolleginnen und Kollegen würden gegen halb sieben da sein. Sie hatten einen recht frühen Zeitpunkt gewählt, weil der eine oder andere noch am Abend zurück nach Reutlingen fahren wollte.

Er machte sich im Bad ein wenig frisch, tat das, was Mann eben als frisch machen bezeichnete. Einen Schwung Wasser ins Gesicht, abtrocknen, dann reichlich Rasierwasser. So passte das.

Als Christian Schoch das Nebenzimmer betrat, waren die meisten der Kollegen schon da. Nur das Team Strobel und Kienzle fehlte noch. Er begrüßte die Beamtinnen und Beamten einzeln mit Handschlag. Eine gewisse Wertschätzung innerhalb eines Ermittlungsteams war ihm wichtig. Das wollte er von Anfang an so halten. Anschließend setzte er sich an die Stirnseite des langen Tisches.

»Wie kommen Sie damit zurecht, ich meine, mit der Rolle des Sonderermittlers?«, fragte der Kollege, der ihm am nächsten saß. »Entschuldigung, Marcel Richter, Kommissaranwärter, ich glaube, wir kennen uns noch nicht.«

»Freut mich, Herr Richter. Nein, ich glaube nicht. Sie sind noch nicht lange in Reutlingen, oder?«

»Erst seit ein paar Wochen.«

»Und? Schon ein bisschen eingelebt? Wo sind Sie her?«

»Waiblingen. Die ersten Jahre war ich in Schorndorf, Streife. Dann habe ich weitergemacht, nun bin ich Anwärter, aber erst seit dreieinhalb Wochen.«

»Finde ich gut. Sie fragten nach der Rolle. Was soll ich Ihnen antworten? Ich weiß es eigentlich selbst noch nicht. Sonderermittler, überflüssig, könnte man meinen. Aber ich habe in meiner Dienstzeit Fälle erlebt, da hätte ich mir einen Sonderermittler herbeigewünscht, ehrlich.«

»Warum?«

»Durch die Präsidiumsgrenzen gibt es immer wieder ein Hickhack um die Frage, wer zuständig ist. Das ist die eine Sache. Entscheidet dann Stuttgart, wer zuständig sein soll, macht das andere Präsidium mehr oder weniger nicht mehr mit. Das leitende Präsidium aber hat keine Handhabe, die anderen zur Mitarbeit zu zwingen. Das ist jetzt vielleicht ein wenig drastisch ausgedrückt, läuft aber real so ab. Man hilft sich nicht. Das wird bei mir anders sein. Ich hole mir die Leute, die ich brauche. Welchem Präsidium die angehören, ist mir erst einmal egal, verstehen Sie?«

Der Kommissaranwärter nickte, auch die anderen Kriminalbeamten am Tisch. Die Bedienung brachte bereits bestellte Getränke und für alle die Speisenkarten.

Christian Schoch orderte einen Russ und wartete die Reaktionen am Tisch ab.

»Was ist denn das?«, fragte eine junge Frau am Ende des Tisches.

»Frau Kommissarin Kehrer, wenn ich mich nicht täusche«, sagte Schoch.

»Stimmt. Dass Sie sich das gemerkt haben.«

»Ich bitte Sie. Hübsche Frauen kann ich mir immer gut merken«, gab Christian Schoch schlagfertig zurück.

»Na, na, Herr Sonderermittler«, schäkerte Kommissarin Kehrer zurück. »Aber jetzt mal ehrlich, was ist denn bitte ein Russ?«

Auch die anderen schienen den Begriff noch nie gehört zu haben.

Christian Schoch war ein wenig erstaunt. »Ein Russ«, sagte er, »ist ein Weizenradler, üblicherweise mit Hefeweizen und süßem Sprudel. Fragen Sie mich nicht, warum das Russ heißt. Früher sagte man ja auch zum Colaweizen Neger, das ist heute natürlich politisch nicht mehr korrekt.«

»Wie sagt man dazu heute?«, fragte Kommissaranwärter Richter.

»Colaweizen, soweit ich weiß. Oder, so eine Kabarettistin im Fernsehen, Weizen mit Migrationshintergrund. Ich glaube, das war in der Anstalt, Nessi Tausendschön, tolle Frau, gute Sendung. Ich bin ja ein Fan von Urban Priol, aber die beiden, also Jochen von Wagner und Max Uthoff, machen das ganz toll weiter, finde ich. Das ist noch politisches Kabarett, nicht diese Comedy-Scheiße.«

»Da gibt's aber auch ganz witzige«, bemerkte einer.

»Radtke, Torsten. Kommissar seit, lassen Sie mich überlegen, zwei Jahren?«, sagte Christian Schoch grinsend.

»Stimmt genau. Aber wir haben uns doch kaum gesehen. Waren wir überhaupt einmal zusammen in einer Ermittlungsgruppe? Doch, stimmt, einmal, aber nur kurz, gell.«

»Sehr kurz, Kollege Radtke, gerade mal zwei Tage, dann hatten wir den Mann. Aber bitte, schauen Sie in die Speisekarte. Empfehlen kann ich so ziemlich alles. Auch für Vegetarier ist hier was dabei. Das ist nicht in jedem schwäbischen Gasthof so. Sie sind natürlich eingeladen. Ich kann ja kein Abendessen ansetzen, für das Sie Ihre Freizeit opfern, und Sie dann auch noch bezahlen lassen. Das geht nicht. Also, greifen Sie zur Karte. Jetzt gilt's!«

Die Bedienung brachte die restlichen Getränke, dann nahm

sie die Bestellungen auf. Offensichtlich war niemand vegetarisch unterwegs, stellte Christian Schoch fest. Interessant. Auch ein Unterschied zu Stuttgart, dachte er.

»Herr Schoch, wir haben heute von Hauptkommissar Baisch gehört, wie die Ermittlungen im Augenblick stehen, also was wir haben. Wo sehen Sie jetzt unseren wichtigsten Ansatz?«

Christian Schoch schaute den Ermittler fragend an. Kannte er den Mann? Vielleicht mal gesehen, vielleicht.

»Nein, Sie kennen mich wahrscheinlich nicht«, beantwortete der Ermittler die unausgesprochene Frage, »ich bin zwar schon seit ein paar Monaten in Reutlingen, war aber meistens undercover auf der Straße unterwegs. Michel Freudigmann, Kommissar.«

»Angenehm, Herr Freudigmann. Na, dann ist es kein Wunder, dass ich Sie nicht kenne. Sie fragen nach dem wichtigsten Ansatz. Ich weiß nicht, ob ich dazu schon was sagen kann oder sagen soll. Wir haben drei Tote. Alle drei waren näher oder ferner mit Tourismus beschäftigt. Das haben die Ermittlungen ergeben. Einen anderen Zusammenhang zwischen den drei Fällen gibt es nicht, oder wir konnten ihn noch nicht finden. Die Frage ist nun natürlich die ganz klassische: Wer profitiert von diesen Morden? Das macht die Fälle für uns schwierig, denn jedes der Opfer hat sich mit seinem jeweiligen Projekt beschäftigt. Also müssen wir nach jemandem suchen, der ein Interesse daran hatte, alle drei Projekte zu verhindern. Wir sollten demnach zum einen mehr Hintergrund zu den Opfern erarbeiten. Zum anderen müssen wir am Profil des Täters oder auch der Täterin arbeiten. Welche Gemeinsamkeiten liegen vielleicht noch versteckt? Haben die Auffindorte etwas mit den Fällen selbst zu tun? Solchen Fragen müssen wir uns stellen. Im Augenblick lässt sich nicht mehr sagen. Alles andere wäre Spekulation. Wir können nur mit dem arbeiten, was wir wissen. Beantwortet das Ihre Frage?«

»Ja, natürlich. Danke.«

»Doch nun wollen wir uns im lockeren Gespräch weiter kennenlernen. Vergessen wir mal die Albtoten.«

Die Bedienung kam ins Nebenzimmer. Sie stellte das Tablett mit mehreren Tellern auf dem Nebentisch ab.

»Ah, da kommt unser Essen. Das geht ja schon mal locker los«, sagte Christian Schoch. »Ich wünsche Ihnen einen guten Appetit! Ach so, falls Sie noch nie hier waren: Das Besteck und die Servietten stecken in den Bierkrügen vor Ihnen auf dem Tisch.«

***

»Jetzt schalt halt om«, sagte Else, die geduldig abgewartet hatte, bis das politische Magazin im ersten Programm zu Ende war.

Hans Höhn griff zur Fernbedienung. Dann sollte sie halt ihren Willen haben. Er wusste zwar nicht, was in den anderen Programmen lief, aber bitte. Er hatte seine Sendung gesehen, mehr wollte er nicht.

»Wieso? Was willsch du denn gucka?«, fragte er seine Frau.

»Em Dritta kommt des mit dene Landfraua, die sich gegaseitig eiladet. Des isch emmer ganz nett. Du hosch doch gsagt, du gosch heit ens Bräuhaus nom. Ond?«

»Ach, i woiß et. Des viele Gschwätz halt dann wieder«, antwortete er.

»Jetzt hen ihr scho mol ebbes zom Schwätza, no isch au nex.«

»I woiß halt, dass mer des net weiterhilft. Glaubsch, i werd no wahnsinnig. Des fellt mir nicht ei!«

»Was?«

»Was, was. Des mit dem, was i d'r verzehlt han. Wasser, Hehl, Beim, Felsa. Des halt.«

»Also, mir fellt do nex drzua ei.«

»Danke. Des wisset mer ja scho a Weile. Mir sott des eifalla. Mir!«

»Am beschta, gosch ens Bett ond liesch en deim Buach weiter.«

Hans Höhn setzte sich aufrecht hin. »Else! Des isches, glaub i. Buach. Buach. Schwäbische Alb. Mensch, Buach. Do hemmer doch oins.«

»Mir hend sicher a bar ibr d' Alb.«

»Noi, des neie, vor ema Johr oder zwoi. Mit de Bilder ond dene Gedicht. Woisch?«

»Ach, des oine voma Freind vom Reinhold. Wie hot's au no ghoißa? ›Die Menschen ond die Schwäbische Alb‹?«

»Noi, aber so ähnlich. Wart.« Hans Höhn sprang aus seinem Sessel wie ein Zwanzigjähriger und ging zur Wohnzimmerschrankwand. Nach kurzer Suche hielt er ein dünnes Bändchen in den Händen. Auf dem blauen Einband stand der Titel. Ein Bild von der Alb darunter.

»Des isches. Do war's dren!«

»Was?«, fragte Else neugierig.

»Des Gedicht. Wart gschwend.« Er blätterte schnell das dünne Buch durch. Fast bei der letzten Seite angekommen, hielt er inne.

»Dohanna isch's, des Gedicht: ›Oh Älble, sei rau‹. Wart, i les d'rs gschwend vor, no begreifsch du au, von was i schwätz.«

***

Morgen war ein neuer Morgen. Das sagte er sich immer vor. Er schmiegte seinen Kopf an das Kissen. Waschen könnte er auch mal wieder. Er sagte sich seinen Satz vor. Vielleicht kam dann der Schlaf. Er hatte bisher nicht gewusst, dass er ein Gewissen hatte. Aber das war es wohl, was ihn nicht mehr so gut schlafen ließ wie vorher.

Er sah immer wieder die Gesichter der Männer vor sich. Das Entsetzen, dem Tode nahe zu sein. Die Augen wurden wässrig, glänzten, spiegelten die Angst. Dieser Moment, bevor es zu Ende ging. Da hatte auch er weiche Knie bekommen, war fast zusammengebrochen unter der Last, der Anspannung.

Er hatte sich das einfacher vorgestellt. Planen ließ sich so etwas leicht. Die Örtlichkeiten waren erkundet, die Männer bestellt. Das Einzige, was ihn unsicher gemacht hatte, war, dass sie vielleicht nicht kommen würden. Für diesen Fall hatte er nichts geplant. Was hätte er auch vorsehen sollen? Aber sie waren ja brav gekommen. Das lag wahrscheinlich an ihren Berufen, an ihren Tätigkeiten. Er hatte sie geködert, hatte von einer touristischen Attraktion gesprochen.

Das alte Handy lag noch in der Ecke. Die SIM-Karte hatte er entsorgt, die war in einem der Säcke, natürlich zerschnitten. Aber seinen Köder hatten die Männer geschluckt. Typisch, immer auf der Suche nach einem weiteren Highlight für die Alb, noch ein Bild für den Prospekt, für die Homepage. Nur immer weiter, alles abbilden, alles öffentlich machen, die ganze Alb. Das machte ihn wahnsinnig. Wo wollten sie die Welt? In ihren Prospekten und Broschüren, auf ihren Webseiten? Hier, dein Bild von der Welt, so sieht sie wirklich aus, glaube es mir. Er glaubte ihnen nicht. Wollte an dieses Trugbild nicht glauben.

Aber sie wollten nicht nur die Bilder, sie wollten auch verändern, einfacher, näher machen. Schnell hin zu den Bildern der Prospekte, hieß die Devise. Wenn die Touristen an diesen Orten kamen, wurde verkauft, der Blick, die Postkarte, das geprägte Fünf-Cent-Stück, das Wurstbrot, der Hotdog, die Pizza, egal. Hauptsache, Verkauf. Er konnte dann den Müll wieder einsammeln von diesen Verkäufen. Es ekelte ihn. Ja, wenn er ehrlich war, spürte er einen Ekel in sich. Er konnte nicht begreifen, wie Menschen ihre eigene Welt, ihre Natur, ihre unmittelbare Umgebung so verschandeln konnten.

Er hatte sie sich ausgesucht. Hatte er etwas damit erreicht? Eine gute Frage. Wenn, dann hatte er etwas verzögert, langsamer gemacht, weil ein paar Macher fehlten. Macher, die seine Alb verändern wollten, der eine mit dem Tunnel, der andere mit dem Albaufstieg, der Dritte mit seinem riesigen Freizeitpark.

Alles einschneidende Veränderungen. Veränderungen, die seine Alb nicht aushalten würde, nicht brauchte. So war die Alb nicht. Die Alb wollte sein, wie sie war, immer gewesen war. Eine Welt, die blieb, die war und bleiben würde, für immer.

So sollte es sein. Keine Tunnel, Autobahnen und Freizeitparks ohne Ende. Einfach Alb. So hätten sie ihre Arbeitskreise nennen sollen. »Einfach Alb«. Mal etwas so lassen, wie es war. Leben lassen, sein lassen, damit es bleibt.

Auch für die Kinder, dachte er, gerade für die Kinder. Die waren schon weit weg, auf einem Weg weg von der Alb. Die Eltern doch auch schon. Sah er doch, erlebte er doch. Er war ja da, Augen offen. Er merkte doch, wie weit weg jemand von der Alb war. Das war doch nur noch wohnen inzwischen. Wo gab es denn noch Bauern auf der Alb? Die konnte er doch mit den Fingern seiner zwei Hände zählen. Zumindest hier bei ihnen, auf der Reutlinger Alb.

Auch so was. Was hatte Reutlingen mit der Alb zu tun? Nichts. Aber: Reutlinger Alb, witzig. Eine Stadt beansprucht ihren Teil der Schwäbischen Alb. Lächerlich. Was machen die dann, wenn Reutlingen ein eigener Kreis wird? Ist es dann immer noch die Reutlinger Alb, obwohl der Kreis dann Albkreis heißt?

Haben die sich das schon überlegt?, fragte er sich. Gingen ihre Gedanken so weit?

Er wusste, wie weit Gedanken gehen konnten. Oh, er wusste das sehr gut. Obwohl, ohne die Stimme wäre es bestimmt nicht so weit gekommen. Er fühlte sich unwohl. Er spürte, dass etwas nicht gut war. Seine Ruhe fehlte ihm. Die war weg. Vorbei. Gewesen. Als ob er sich eine Schuld aufgeladen hätte, als ob ihn was bedrückte, belastete, so fühlte er sich. Vorbei die Abende an der Bilderwand, die Gedanken, das Denken, die Träume.

Träume? Wenn die Stimme nicht gekommen wäre, hätte er bestimmt Träume gehabt. Träume für sich und die Alb. Sie beide, miteinander. Aber dann war die Stimme gekommen, einfach so, eines Abends war sie da gewesen. Nun war sie still, die Stimme. Warum, das wusste er nicht, konnte er sich nicht erklären.

Hatte er jetzt erledigt, was die Stimme verlangt hatte? War es genug? Er glaubte das nicht. Er wusste nicht, was er glauben sollte. Was hatte er getan? Wegen einer Stimme. Wie hatte sie geklungen? Er versuchte sich zu erinnern.

Warum war ihm so schnell klar gewesen, dass er machen würde, was die Stimme wollte? Wie seine Mutter? Könnte sein. Etwas Bleibendes wie die Mutter. Das als Stimme. Ging das?

Konnte die Stimme einer Mutter einen Sohn so weit bringen, dass er drei Menschen ermordete? War so etwas möglich?

Er verbat sich sein Grinsen, denn es war sehr wohl möglich. Er hatte das schließlich getan. Er hatte getötet.

Der Sinn schwand ihm. Der Sinn seiner Tat. Wie hatte er?, fragte er sich. Wie konnte er?

***

Die Regenwolken hatten sich verzogen. Nur noch ein paar Reste trieben sich am Himmel herum. Christian Schoch schaute aus dem Fenster seines Zimmers im Gästehaus des Bräuhauses. Da war gleich eine ganz andere Stimmung in ihm. Mit so ein bisschen Maisonne ließ sich doch leichter ermitteln.

Was würde dieser Tag bringen? Tag eins seiner Übernahme der Ermittlungen. Es war halb acht. Um halb neun kamen die Teams zur Besprechung und Einteilung der verschiedenen Aufgaben. Amtsleiter Müller hatte ihm zugesagt, Miriam Welsch für ein paar Tage für die Arbeit hier in der Zentrale freizustellen.

Christian Schoch konnte sich über mangelnde Unterstützung nicht beklagen. Aber es mussten halt auch bald Erfolge her. Er war gespannt auf die heutigen Zeitungen. Was hatten sie schon herausbekommen? Viel Zeit blieb ihm nicht. Das Medienmonster wollte gefüttert sein, das wusste er wohl.

Er machte sich auf den Weg hinüber ins Gasthaus zum Frühstück. Hoffentlich hatte das mit den Zeitungen geklappt. Zumindest die »Stuttgarter Zeitung« war wichtig. Er musste wissen, wie der Informationsstand in der Landeshauptstadt war.

Als er über die kleine Brücke ging, hielt er an. Er lehnte sich an das Geländer. Es war schon etwas Beruhigendes, so ein plätschernder Bach. Er gönnte sich ein paar Minuten. Schaute auf das Wasser und überlegte. Was konnte, was wollte er den Kollegen sagen? Man müsste wissen, mit was sich die Opfer gerade am intensivsten beschäftigt hatten. Vielleicht lag dort eine Verbindung. Vielleicht ging es nicht um die vordergründigen Hauptprojekte. Das schien ihm zu einfach. Denn er konnte sich nicht vorstellen, dass darin ein Motiv verborgen war. Das notierte er sich im Geiste.

Genug nachgedacht, sagte er sich. Durch den Hintereingang ging er in den Gastraum hinein. Ein englisches Frühstück konnte er hier nicht erwarten, aber es würde bestimmt frische Brötchen, hier oben Wecken genannt, geben. Dazu natürlich Gsälz, also Marmelade, und die übliche Käse- und Wurstplatte. Er freute sich auf eine schöne Tasse heißen Kaffee.

Der Gastraum war spärlich besetzt. An einem der kleineren Tische war nur ein Gedeck aufgelegt. Das musste sein Tisch sein. Als er die drei Zeitungen liegen sah, war er sich sicher, dass dies sein Platz war. Die freundliche junge Frau, die sie auch gestern Abend bedient hatte, kam an seinen Tisch.

»Müssen Sie heute schon wieder ran und dann gleich in der Früh?«, fragte er.

»Es kommt, wie es kommt. Aber macht nix. Heit Mittag hanne no frei«, sagte sie freundlich.

»Bringen Sie mir bitte Kaffee.«

»Gern.«

Er schaute ihr nach. Eine fesche Person. Das Schöne im Bräuhaus war, dass alles so echt, so authentisch einheimisch war. Hier verkünstelte man sich nicht, hier wurde Schwäbisch geschwätzt. Wer es nicht verstand, war selbst schuld. Sie hatten sich hier ihren Standard gesetzt. Der Ruf des Gasthofes war sehr gut. Auch die Touristen akzeptierten wohl, dass sie sich hier dem Albleben anpassen mussten.

Christian Schoch bestrich ein Weckle mit Butter. Dann kam das Gsälz drauf. Er wollte nicht wissen, wie viele der Gäste beim Wort Gsälz stutzten. Die Nachbartische waren nicht belegt. Leider würde er heute keine Szene erleben können, wie einem Norddeutschen ein Gsälz serviert wurde. Schade.

Er blätterte die Zeitungen durch. Der »GEA« brachte das Bekannte. Nichts Neues. Der »Albbote« versuchte einen Serienmörder anzudeuten, aber sehr vorsichtig. Auch die »Stuttgarter Zeitung« berichtete zurückhaltend. Müller hatte einen guten Job gemacht, stellte Christian Schoch fest. In der »Stuttgarter

Zeitung« war ein kleiner Artikel zu seiner Ernennung zum Sonderermittler abgedruckt. Sehr knapp gehalten. Aber es wurde immerhin erwähnt, dass er nun mit den drei Toten auf der Alb befasst war. Er spürte den Druck, endlich einen Schritt weiterkommen zu müssen.

Er schenkte sich Kaffee nach. Jetzt ganz ruhig bleiben. Nun hatte es halt mal ihn erwischt. Wenn er das nicht hinkriegte, war das mit dem Sonderermittler schnell vorbei. Er kannte doch seinen Kriminaldirektor. Da war eine Idee gewesen, es folgten Planung und Umsetzung. Wenn das nicht gleich funktionierte, tschüss. Hohenlohe für ihn, womöglich.

Deshalb wollte er sich anstrengen. Am Anfang die richtigen Entscheidungen treffen, das war wichtig. Die Linien finden, hatte sein alter Kommissar immer gesagt.

Aber wie Linien finden, wenn man so wenig in der Hand hatte? Da draußen lief einer oder auch eine rum, der oder die scheinbar wahllos Menschen umbrachte, die mit dem Tourismus zu tun hatten. Ging das noch weiter? Was, wenn morgen der nächste Tote aufgefunden wurde? Vielleicht diesmal auf einer Wacholderheide, inmitten der ersten Orchideen.

Christian Schoch stutzte. Wieso war ihm das jetzt in den Sinn gekommen? Er überlegte. Ein Toter im Wasser, in der Höhle, ein zweiter Toter am Felsen, ein dritter unter einem Baum. War das die Linie, die dann auch wieder keine war? Wieso kam er intuitiv bei einem möglichen vierten Toten auf die Heide? Weil das noch gefehlt hatte? Weil es bisher typische Orte für die Alb gewesen waren?

Er holte seinen Block aus seiner Jacke, auch den Stift. Das wollte er sich notieren. Nicht für die Besprechung gleich anschließend, nur so für sich. Es könnte ein Muster sein, ein schwieriges allerdings.

»Guata Morga, Herr Kommissar«, hörte er plötzlich eine Stimme. Der Chef, Lambert Schmid, stand an seinem Tisch.

»Guten Morgen, Herr Schmid.«

Der Braumeister setzte sich. Er sah die Zeitungen auf dem Tisch. Er konnte sich denken, was den Kommissar interessierte.

Das war nicht mehr nur das Thema am Stammtisch, das war allgemeines Ortsgespräch, das ging rum. Denn hatte man so was schon erlebt? Drei Tote innerhalb weniger Tage.

Freilich fand er das ganz spannend, den Kommissar hier zu haben, auch noch die Zentrale zu sein. Das brachte Leben ins Leben, das war natürlich was. Aber so richtig freuen konnte er sich nicht über die Schlagzeilen. Schon hatten sich einige Fernsehteams angekündigt. Die wollten hier in seinem Bräuhaus Quartier machen. Klar, es hatte sich bestimmt schon rumgesprochen, dass der leitende Hauptkommissar bei ihnen nächtigte. Was konnte für so ein Fernsehteam besser sein, als direkt in der Zentrale zu wohnen?

»Äh, Herr Schoch, eine Frage: Do hend a bar Fernsehleit agfrogt, ob se bei ons übernachta kenntet. Wär Ihne des recht?«

Christian Schoch überlegte. Eigentlich machte es keinen Unterschied, ob die Medienleute hier wohnten oder ein paar Meter weiter in einem anderen Gasthof. Womöglich konnte er sich das sogar zunutze machen. Ein paar Informationen, zur richtigen Zeit gestreut, konnten ihm bestimmt helfen.

»Ich habe damit kein Problem, Herr Schmid. Die sollen ruhig kommen. So habe ich die wenigstens im Auge, verstehen Sie, was ich meine?«, sagte Christian Schoch und zwinkerte mit dem rechten Auge.

Das tat auch der Braumeister, er hatte also verstanden. »Alles klar, Herr Schoch, verstehe. Einen erfolgreichen Tag dann.«

»Ja, danke, machen Sie es auch gut«, sagte Christian Schoch. Er schaute Lambert Schmid noch einen Augenblick hinterher, dann widmete er sich wieder seinen Zeitungen. Das war ein guter Gedanke. Wenn er ein paar Informationen durchsickern ließ, würden ihm die Medienleute helfen, ohne dass sie es selbst merkten.

Er leerte seine Kaffeetasse und schaute auf seine Uhr. Acht Uhr fünfzehn. Es war Zeit, sich auf den Weg ins Nebenzimmer zu machen. Er musste noch die Karte an der Wand befestigen. Die bisherigen Ermittlungsergebnisse hatte Frau Welsch auf zwei DIN-A4-Seiten zusammengefasst. Er hoffte, dass bald die

Berichte der Gerichtsmedizin aus Tübingen vorlagen. Das sollte sie zumindest in Sachen Todeszeitpunkte weiterbringen. Er setzte sich ans Tischende, wartete.

Karin Strobel und Walter Kienzle waren die Ersten, die eintrafen. Kommissarin Strobel legte zwei große Umschläge auf den Tisch.

»Guten Morgen. Das hier sind die Unterlagen aus Tübingen. Heute Morgen gekommen.«

Sie setzten sich. Schoch öffnete die Umschläge. Er überflog die Untersuchungsergebnisse. Der aus Stuttgart lag ihnen bereits vor. Der erste Tote war offensichtlich nicht ertrunken, also schon vorher tot gewesen. Warum hatte sich der Täter dann noch die Mühe gemacht, die Leiche in die Höhle zu schaffen? Er notierte sich die Zeiten zu den jeweiligen Fällen. Immerhin konnten die Kollegen im Fall des Toten an den Traifelbergfelsen den Zeitraum auf weniger als vier Stunden eingrenzen. Das war ja schon mal was. Beim zweiten Opfer in Mägerkingen wurde von der Gerichtsmedizin nur ein vager Zeitraum angegeben.

Inzwischen waren auch die anderen beiden Teams eingetroffen. Christian Schoch begrüßte die Kollegen. Sie setzten sich zu ihm an den Tisch.

»Guten Morgen zusammen. Ich habe die Berichte aus Tübingen vorliegen. Wir können bei den Opfern zwei und drei den Todeszeitraum eingrenzen. Herr Wickenhauser, der am Traifelbergfelsen aufgefunden wurde, muss laut den Kollegen in Tübingen am Abend vor seiner Auffindung zu Tode gekommen sein. Zeitraum: zwischen vierzehn und achtzehn Uhr, kaum später. Beim Toten im Wald bei Mägerkingen, Herrn Neuendörfer, sieht es nicht so gut aus. Die Gerichtsmedizin grenzt den Todeszeitpunkt nur sehr grob ein. Aufgefunden wurde das Opfer am Mittwochvormittag. Nachdem noch keine Verwesung eingesetzt hat, können die Kollegen nur einen Zeitraum zwischen Montagvormittag und Dienstagabend angeben. Auch das sei sehr unsicher, schreiben sie. Das würde bedeuten, dass der Mord in Mägerkingen der erste war, der zweite dann der in der Wimsener Höhle, der dritte der an den Felsen. Von dieser

Reihenfolge gehe ich aus. Wir müssen uns nun auf die drei Opfer konzentrieren. Der Zusammenhang Tourismus ist mir, ehrlich gesagt, zu wenig. Es muss mehr geben, was den Mörder veranlasst hat, sich gerade diese drei Männer auszusuchen. Ein zweiter Punkt, der mir wichtig ist: Wie hat der Mörder oder auch die Mörderin sich mit diesen Männern verabredet? Um das herauszufinden, sollten wir die Handydaten der Opfer genau überprüfen, wenn möglich mit den jeweiligen Standorten der Telefonate. Das müsste uns zumindest Daten dazu liefern, wo sich unsere Opfer wann bewegt haben. Ich habe eine Karte aufgehängt. Bisher sind nur die Fundorte mit einem Fähnchen markiert. Ich möchte heute Abend so weit sein, dass wir die Wege unserer Opfer auch einzeichnen können. Noch Fragen?«

Die Ermittler standen auf und gingen zur Wand mit der Karte.

»Wir befinden uns ziemlich genau in der Mitte«, merkte Walter Kienzle an.

»Stimmt. Ich habe das Bräuhaus mit dieser Absicht ausgewählt«, antwortete Christian Schoch. »Die Überprüfung der Handydaten leite ich gleich in die Wege. Ich würde Sie alle bitten, gegen siebzehn Uhr wieder hier zu sein. Frau Welsch, die Sie von der Reutlinger Zentrale kennen, wird für die nächsten Tage ebenfalls im Bräuhaus erreichbar sein. Sie kann mit mir zusammen unseren Einsatz koordinieren. Am Abend können Sie dann Ihre Ergebnisse präsentieren. Bis dahin werde ich auch die Handydaten vorliegen haben. Geht das in Ordnung?«

Die Beamten nickten. Dann machten sie sich auf den Weg.

Durchs Fenster sah Christian Schoch die Dienstwagen vom Hof fahren. Er griff sich sein Handy, um Frau Welsch zu bitten, sich um die Telefondaten zu kümmern. Er selbst wollte sich ein genaueres Bild von den Opfern machen. Ermittlungsergebnisse waren eine feine Sache, aber es blieb doch der persönliche Eindruck, der einem als Kriminaler weiterhalf. Außerdem wollte er sich in Trochtelfingen diesen »ALA« mal anschauen, mit den Leuten sprechen. Dann würde er nach Hayingen rüberfahren. Das war ein ziemliches Programm für einen halben Tag.

Trochtelfingen und Hayingen ließen sich am Vormittag erledigen. Zu Mittag wollte er wieder hier sein. Mit ein bisschen Glück konnte er sich an den Stammtisch setzen, mal hören, was so geredet wurde im Ort. Das war oft wertvoller als akribische Ermittlungen. Wenn es seine Zeit erlaubte, wollte er am Nachmittag noch zum Freizeitpark an der Bärenhöhle fahren.

Christian Schoch hängte seinen Schlüssel ans Brett, grüßte die fesche Bedienung und ging hinaus zu seinem Wagen. Scheiß-Gewohnheit, dachte er, als er im Wagen saß und den Zündschlüssel ins Schloss schieben wollte. Die paar Meter hinüber zum Trochtelfinger Marktplatz konnte er ganz gut zu Fuß gehen.

Er stieg wieder aus. Prüfend sah er sich um, ob ihn jemand beobachtet hatte. Wäre peinlich, dachte er. Er ging wieder in die Gastwirtschaft hinein, weiter zum Hintereingang, über die kleine Brücke und zur Richtung Ortsmitte.

***

»Wir ziehen das jetzt noch einmal durch, damit es sitzt!«, rief Regisseur Ron den Schauspielern zu. Morgen war der große Tag. Sie hatten die Aufführung für siebzehn Uhr angesetzt. Nach gut anderthalb Stunden kam eine ausgiebige Pause. Es wurde etwa um halb sieben langsam dunkel. Die folgende Sterbeszene konnten sie im Abendlicht mit Lagerfeuer machen. So hatte er sich das ausgedacht.

Die Szenen saßen, das eine oder andere konnte im Laufe des Tages korrigiert werden. Vor allem wollte er noch mal mit den Holzholern sprechen. Das Lagerfeuer am Abend musste klappen. Um die Szene auch in die Nacht hinein zu beleuchten, brauchten sie ein richtiges Feuer, kein Feuerchen, wie es bei den Proben der Fall gewesen war.

Annerose betätigte die Klappe. Das hatten sie sich von den Filmleuten abgeschaut. Wirkte irgendwie professioneller.

»Schlussszene, Winnetou stirbt, die vierte«, sagte Annerose und klappte.

Ron schaute den Schauspielern zu. Es lief gut, Winnetou

wurde von Santer getroffen, Shatterhand fing ihn auf, ließ ihn zu Boden gleiten. Berti stand schon in der Nähe, griff mit zu, dann trugen beide den Winnetou auf eine Decke beim Feuer. Der Singsang der Squaws setzte ein. Winnetou starb.

Sie hatten lange überlegt, wie sie das Spiel beenden sollten. Schließlich konnten sie nicht wie im Theater das Licht ausmachen oder einen Vorhang zuziehen. Es war Rons Einfall gewesen, dass am Ende dieser Szene alle Schauspieler auf die Bühne kamen. Sie stellten sich einer nach dem anderen vor das Feuer, zum Schluss kamen auch Winnetou und Old Shatterhand dazu. Dann der Applaus und fertig.

Ron war stolz auf sich. Immerhin hatte er es geschafft, mit dieser bunten Truppe ein Winnetou-Spiel zu inszenieren. Das war nicht immer leicht gewesen. Aber nun freute er sich auf den morgigen Nachmittag, trotz der Anspannung und des Stresses, doch das eine oder andere vergessen zu haben. Es würde ganz einfach Spaß machen, das war das Wichtigste.

»Wecka, Tschick, Frog!«, rief er laut.

Die jungen Männer kamen aus der Hütte.

Dynamik sieht anders aus, dachte Ron. Als sie vor ihm standen, überlegte er, wie er ihnen sein Anliegen möglichst schonend beibringen sollte.

»Ihr drei seid doch für das Holz verantwortlich, oder?«

»Schon, ja«, sagte Wecka für alle drei.

»Des sollte morga Obend richtig brenna. Wir brauchen Licht für die Schlussszene vor allem. Klar?«

»Scho«, sagte Wecka.

»Deshalb wär's gut, ihr würdet morgen Nachmittag noch mal so richtig viel Holz holen, damit mir ein gescheits Feier hend. Verschtanda?«

»Guat. Mir send ja am Schluss eh nemme drbei. Dann feiret mir noch d'r Pause a, oder?«, fragte Tschick.

»Genau, dann brennt das richtig hoch, wenn wir zur Schlussszene kommen. Prima. Ich verlass mich drauf«, sagte Ron.

»Okay«, meinte Frog.

Der Herr Regisseur ging ihnen inzwischen mächtig auf die

Nerven. Nicht nur, dass er meinte, ein Regisseur müsste in jedem Falle Hochdeutsch reden, auch wenn er es gar nicht konnte. Nein, es war auch der Befehlston, den sich der Ron angewöhnt hatte, der tierisch nervte. Sie sahen zwar ein, dass es bei einer solchen Unternehmung jemanden geben musste, der die Dinge koordinierte, aber dieses barsche Mach-das-oder-das-und-Flott, das war einfach zu viel. Sie würden morgen Abend das Kreuz machen, wenn die Chose hier vorbei war.

Man hatte sich so einiges vorgestellt, es war auch einmal von Spaß die Rede gewesen. Aber mit Spaß hatte das für sie hier nichts mehr zu tun. Sie latschten durch die Wälder, suchten Holz, fanden Kittel und Blätter. Sie hatten keine richtige Rolle, sondern mussten immer mal wieder dort aushelfen, wo es fehlte. Nicht einmal richtige Statisten waren sie.

»Ist denn eigentlich geklärt, wer den Mann am Marterpfahl spielt?«

»Des misset mer noch ibrlega«, antwortete Wecka.

»Das sollte aber dann morgen Nachmittag klar sein, bitte.«

»Sehr gern, Herr Regisseur«, sagte Tschick.

»Aber sicher, Herr Regisseur«, meinte Frog.

»Do schtoht auf jeden Fall oiner«, sagte Wecka.

Ron sah die drei kritisch an. Hatte er da einen ironischen Unterton herausgehört? Die Männer gingen ihm eh schon auf den Geist. Die schickte man zum Holzholen, dann brachten sie eine Jacke und ein paar Zettel zurück. Anschließend musste man damit natürlich auf die Polizei. So ein Quatsch, denn hier blieb die Arbeit liegen.

***

Else bügelte. Wenn Else bügelte, dann bügelte sie. Das wusste Hans Höhn. Das kannte er, damit hatte er sich abgefunden. Aber das trieb ihn um, das mit dem Buch und diesem Gedicht. Else hatte nur gelächelt. »Mein Kommissar«, hatte sie ihn liebevoll genannt. Halt mit einem Lächeln.

Er hatte seinen Sohn Reinhold angerufen, wollte die Nummer

von dem Autor oder vielmehr Herausgeber. Das könnte doch weiterhelfen bei der Mördersuche. Von wem war das Gedicht? Wer könnte es gelesen und daraus ein Mordprogramm gemacht haben?

Hans Höhn war sich sicher, sein Bauchgefühl war in der Regel ein sicheres Zeichen. Zumindest galt es, diese Spur zu verfolgen.

Er ging in den Gang hinaus zum Telefon. Er würde jetzt einfach mal anrufen. Schaden konnte das keinesfalls. Er wählte. Ließ es klingeln.

»Ja, hallo, grüß Gott, hier Höhn, Hans. I glaub, mir hend ons mol gseah. Genau, d'r Vatter vom Reinhold. Genau. Danke, gut, ond bei dir, ich glaub, mir waret doch per Du, gell. Scho, eba. Du, i sott ebbes wissa. Do gibt's doch des Biachle von dir: ›Die Schwäbische Alb und ihre Menschen‹, genau. Do isch doch des Gedicht dren, ›Oh Älble, sei rau‹. Genau. Du, von wem isch denn des?«

Else war hellhörig geworden. Sie stand plötzlich neben ihm auf dem Gang. Er schaltete den Lautsprecher ein. Sollte sie doch ruhig hören, was der andere zu sagen hatte.

»Das ist sozusagen von einem Anonymus«, kam es aus dem Lautsprecher.

»Einem was?«

»Einem Anonymus, jemand, der seinen Namen nicht nennen und auch im Buch nicht genannt werden will«, erklärte der Herausgeber.

»Ach so. Aber du woisch, wer es isch, oder?«

»Vielleicht. Worum geht's denn?«

»Drei Morde, bisher«, sagte Hans Höhn ganz trocken.

»Was?«

»Drei Morde, oiner in der Wimsener Höhle, oiner an den Traifelbergfelsen, oiner em Wald, hier bei ons. Komisch, gell.«

»Sehr komisch. Und du glaubst, das hat was mit diesem Gedicht zu tun?«

»Kennt doch sei, oder?«

»Möglich.«

»Ond, kasch mer net den Nama saga?«

»Ich weiß nicht so recht. In so einem Fall vielleicht. Drei Morde?«

»Liesch du koi Zeitung?«

»Selten. Ich schreib gerade, da lass ich alles andere draußen, weißt du.«

»Ah so. Ond?«

»Was soll's, wenn es der Wahrheitsfindung dient. Der Winfried Burr hat mir das Gedicht zugeschickt. Ich fand es gut, deshalb ist es in dem Band veröffentlicht worden.«

»D'r Winfried, von Krausa? Des kennt passa. Ich dank d'r. Ade no.«

»Auf Wiederhören.«

Hans Höhn legte auf. Else schaute ihn mit einem seltsamen Blick an.

»Was moinsch du?«, fragte er seine Frau.

»D'r Winfried? Kasch du dir des vorschtella?«

»Et so recht. Aber des Gedicht, dia Textstella, des passt doch!«

»Schtemmt scho, aber d'r Winfried?«

»Auf jeden Fall muaß mer des ondersuacha. Do isch doch der Kommissar em Bräuhaus abgschtiega. Do gange nochher na. Der wird em Bräuhaus Mittag macha, do ben ich mir sicher«, sagte Hans Höhn.

»Jo, guat, schada kas nex«, sagte Else, dann wandte sie sich wieder ihrer Bügelarbeit zu.

»Solle no ibrhaupt kocha?«

»Wega mir net. I ess no em Bräuhaus«, antwortete Hans Höhn.

»Au recht. No mach i mir en Grießbrei, des magsch du sowieso net«, sagte Else Höhn. Die Gelegenheit musste sie nutzen. Der Hans war für die süßen Speisen einfach nicht zu gewinnen. Daher freute sie sich richtig, heute mal nur für sich einen leckeren Grießbrei zu kochen. Sie wollte gleich mal im Keller nachsehen, welche Dosenfrüchte sie noch dahatte.

***

In der Geschäftsstelle des »Arbeitskreises Lebendige Alb« saß Hauptkommissar Christian Schoch den Sekretärinnen des Herrn von Aue, Elfriede Schirmer und Susanne Sacher, gegenüber. Sie waren nicht überrascht gewesen, als der Kriminalbeamte so bald nach seiner Ankunft in Trochtelfingen bei ihnen auftauchte. Dass die Ermittler im Bräuhaus Quartier gemacht und dort auch ihre Zentrale hatten, war natürlich Ortsgespräch.

»Sie haben meinen hiesigen Kollegen die Termine von Herrn von Aue an besagtem Nachmittag ja bereits mitgeteilt. Das haben wir überprüft. Herr von Aue hat sich bei seinem letzten Termin mit der Bemerkung verabschiedet, er müsse noch weiter. War es üblich, dass er Ihnen einen Teil seiner Pläne verschwieg? Ich weiß, meine Kollegen haben Sie das wahrscheinlich schon gefragt. Ich bohre deshalb noch mal nach, weil ich vermute, dass dieser letzte Termin etwas mit dem Ort zu tun haben könnte, an dem er ermordet wurde, verstehen Sie?«

Die Sekretärinnen hatten ihm aufmerksam zugehört. Elfriede Schirmer rutschte unruhig auf ihrem Bürostuhl hin und her.

Susanne Sacher sah dem Hauptkommissar ruhig in die Augen. »Es konnte schon mal vorkommen, dass er spontan von unterwegs was ausmachte, das wir dann erst hinterher erfuhren«, sagte sie.

»Was konnte das zum Beispiel sein?«, fragte Christian Schoch.

»Ein Abstecher zu irgendeiner Sehenswürdigkeit. Herr von Aue war ja nicht von hier. Der schaute sich alles immer wieder an.«

»Zum Beispiel?«

»Eine Wacholderheide, wenn er wusste, dass dort gerade die Orchideen blühten, zum Beispiel«, sagte Susanne Sacher.

»Oder er hatte was in der Zeitung gelesen, des kann ein neuer Hofladen sei oder ein geplantes Heimatmuseum, lauter so Sacha halt«, ergänzte Elfriede Schirmer, die immer mehr ins Schwäbische hineinrutschte.

»Aha. Aber das hat er Ihnen hinterher immer erzählt, oder?«

»Meischtens, aber an dem Tag isch er ja nemme reikomma, gell«, sagte Elfriede Schirmer weinerlich. Sie holte ihr Taschentuch heraus und schnäuzte sich.

»Allerdings«, sagte Christian Schoch. »Wir werden anhand seiner Telefonate vielleicht bald mehr wissen. Jetzt habe ich noch eine andere Frage. Die Sache mit den Tunnelplänen war wohl hier schon im Amtsblatt. Weiß man denn, wer der Presse diese Informationen zugespielt hat?«

»Also, d'r Herbert Schick woiß nix, hot er mir gsagt«, meinte Elfriede Schirmer.

»Herbert Schick?«

»Ein Mitarbeiter vom Rathaus, der das Amtsblatt herausgibt«, erklärte Susanne Sacher.

»Wussten Sie von den Plänen?«, fragte Christian Schoch.

»Noi, mir doch net. Des hend d'r Merger und d'r Herr von Aue ganz geheim ghalta«, sagte Elfriede Schirmer.

»Seltsam, dass die Informationen nach draußen gedrungen sind, oder?«

»Schon. Deshalb hat sich der Herr Merger au so aufgregt. Der war an dem Nachmittag doch hier em Büro, gell, Susanne?«

Susanne Sacher nickte zustimmend.

»Der hot vielleicht einen Zirkus gmacht, als ob mir des gwesa wäret!«, empörte sich Elfriede Schirmer.

»Aber Sie waren das nicht?«

»Nein!«, antworteten Elfriede Schirmer und Susanne Sacher wie aus einem Munde. Sie sahen den Hauptkommissar mürrisch an. Eigentlich war der am Anfang ganz nett gewesen, aber wenn er ihnen so kam …

»Gut, gut, ich glaube Ihnen. Gab es denn außer dieser Tunnelgeschichte noch andere Projekte, die Herr von Aue verfolgte?«

»Soweit ich weiß, war des wohl sei Hauptprojekt. Aber mir wisset je net viel, mir hend bloß geahnt, dass der an einer größeren Sache dran gwesa isch«, sagte Frau Schirmer.

»Genau. Sonst war da wenig, also nichts, was Sie vielleicht interessieren könnte«, ergänzte Susanne Sacher.

Christian Schoch stand auf.

»Gut, dann danke ich Ihnen für Ihre Mitarbeit, einen schönen Tag noch«, sagte er und ging zur Tür.

Elfriede Schirmer und Susanne Sacher grüßten ebenfalls.

»Mir hettet es ihm saga solla«, flüsterte Elfriede Schirmer, als sich die Tür hinter dem Hauptkommissar geschlossen hatte.

»Ach was, des war doch bloß ein Anruf voma Verrickta«, meinte Susanne Sacher. »Du brauchscht nemme flüstera, er isch weg.«

***

Wenn er heute Vormittag die Scheuer auf Vordermann brachte, dann konnte er sich den Ausflug nach Mägerkingen am Nachmittag erlauben. Seinen letzten Ausflug.

Er hatte die Tabletten parat. Gut, dass Mama sie gesammelt hatte. Er wusste gar nicht mehr, warum. Aber er würde gut schlafen. Er hatte sich bloß noch nicht überlegt, wann es passieren sollte – und wie.

Der Abschied würde ihm nicht schwerfallen. Seine Aufgaben hatte er erledigt. Sie würden ihm irgendwann auf die Schliche kommen, da war er sich sicher. Das Gefängnis war für ihn unvorstellbar. Allein der Gedanke, Gitterstäbe vor dem Fenster zu haben, war ihm unerträglich.

Er war sich noch unsicher, wann der richtige Moment sein würde. Zu lange durfte er nicht warten. Womöglich standen sie morgen schon vor seiner Tür. Auf jeden Fall wollte er noch zum Mägerkinger See. Da war er schon lange nicht mehr gewesen. Er würde seine Pflicht tun, bis zum Schluss.

Morgen Abend dann vielleicht. Vielleicht morgen Abend. Das würde rechtzeitig sein. Noch hatten sie keine Spur. Wie auch? Er hatte ja keine Spuren hinterlassen. Nichts, was auf ihn hindeutete.

Er packte seine Sachen zusammen. Vom Mägerkinger See konnte er gut noch den Abstecher hinüber zu den Winnetou-Leuten machen. Dort musste er auch nach dem Rechten sehen.

Er sah zum Fenster hinaus. Der Regen war vorbei, der Himmel klar. Die Sonne kam durch. Es war warm genug, um im Wald bei Mägerkingen zu übernachten.

Wie das wohl sein würde? Einschlafen und nicht mehr aufwachen. Einfach die Augen zu. Vorbei war es dann, endlich.

Er musste die Säcke noch entsorgen, das wollte er auch noch erledigen. Den Nachbarn hatte er gefragt, er konnte den Wagen und den Trecker haben. Das würde vielleicht eine Stunde dauern, anderthalb maximal. Zeit genug, um dann zum See rüberzulaufen. Dort war es bestimmt noch leer. Der Kiosk hatte noch nicht geöffnet, soweit er wusste. Das war auch egal. Die würden ihn nicht stören. Sie kannten ihn schon. Er machte immer wieder seine Runde um den See. War eine schöne Tour. Mit ein bisschen Glück sah er ein paar Zugvögel, die auf dem See rasteten, um dann weiter nach Norden zu fliegen.

Nach Norden. Über Dänemark nach Schweden oder Norwegen. Das hatte er sich immer mal gewünscht. Die Fjorde mussten wahnsinnig schön sein. Hurtigruten hießen die Linien, da fuhr man mit Postschiffen mit, von einem Fjord zum anderen. Nach Norden. Komisch, der Süden hatte ihn nie so interessiert. Klar, in Schulzeiten und während seiner Studentenzeit waren sie oft nach Griechenland oder auch mal nach Italien gefahren. Ans Meer, baden, trinken, kiffen. Das waren Zeiten gewesen. Als er von Tübingen zurückkam, war das alles vorbei. Kein Gedanke an Urlaub. Seine Eltern hatten nie Urlaub gemacht. Die waren vielleicht mal mit der Feuerwehr ein paar Tage nach Südtirol gefahren. Das war es dann aber auch. Länger konnten, wollten sie nicht vom Hof wegbleiben. Selbst als er wieder da war. Sie konnten sich nicht mehr ändern.

Menschen ändern sich sowieso wenig, dachte er. Menschen leben meist in den Tag hinein, immer wieder und wieder. Bis kein Tag mehr kam.

Er hatte alles aufgeschrieben. Seine Geschichten und Gedichte. Einmal war sogar eines seiner Gedichte in einem Buch gedruckt worden. Sein Gedicht »Oh Älble, sei rau«. Eines seiner besten. Da kam letztendlich alles vor. Das Wasser, die Höhle, der Felsen und der Baum. So konnten sie sich hinterher einen Reim drauf machen, hatte er sich gedacht. Das Gedicht würde ihnen das Ganze erklären. Warum er das gemacht hatte und warum diese drei Menschen jetzt tot waren. Alles stand in dem Gedicht drin. Sie würden es schon finden.

***

Der Vormittag hatte nicht viel gebracht. Christian Schoch war in seinem Zimmer im Gasthof und machte sich frisch. Es war wie verhext. Niemand konnte Genaueres darüber sagen, was die Mordopfer in der Zeit vor ihrer Ermordung gemacht hatten. Sie hatten zwar nur vage Angaben darüber, wann genau die Männer zu Tode gekommen waren, aber selbst die Stunden um die wahrscheinlichen Zeitpunkte blieben dunkel.

Natürlich waren diese Männer in Positionen gewesen, in denen sie keine Rechenschaft darüber ablegen mussten, was sie konkret mit ihrer Zeit anfingen. Ihre Kalender waren voll mit Terminen auf Landratsämtern, Rathäusern und Touristinformationen. Nur rund um den Todeszeitpunkt klafften weiße Löcher. Damit fehlte den Ermittlern bisher jeglicher Ansatzpunkt.

Konnte ein Mörder so subtil vorgehen? Hatten die Opfer tatsächlich keinerlei Notiz gemacht? Wenn schon nicht im Kalender, dann vielleicht in der Terminplanung am PC? Fehlanzeige. Wie hatte es der Täter geschafft, so geheim zu bleiben? Hatten die Opfer ihm dermaßen vertraut, dass sie auf seinen Wunsch eingingen, keine Spur des Treffens mit ihm zu hinterlassen?

Christian Schoch ging hinüber ins Wirtshaus. Hoffentlich war noch ein Plätzchen für ihn frei. Er öffnete die Tür zum Gastraum und ging an der Garderobe vorbei direkt auf den Stammtisch zu. Der war unübersehbar. Es war nicht nur der größte Tisch im Gastraum, mitten auf dem Tisch stand ein großer schmiedeeiserner Aschenbecher mit einem Stammtischzeichen darüber. Der Aschenbecher wurde schon lange nicht mehr gebraucht. Die Zeiten waren vorbei, in denen die Bauern hier ihre Stumpen ablegten, um einen Schluck aus ihren Krügen zu nehmen.

Auch das mit den Krügen war vorbei, stellte Christian Schoch fest. Die Anzahl der Apfelschorlen überwog am Tisch. Schon mittags ein Bier, das konnte sich vielleicht noch mancher Rentner erlauben, der sich hinterher zum Mittagsschlaf nach Hause begab. Für die arbeitende Bevölkerung war das längst kein Thema mehr.

Die Zeiten ändern sich, dachte Christian Schoch, der mit einem Klopfen auf die Tischplatte die Anwesenden grüßte.

»Isch erlaubt?«, fragte er höflich.

Die Männer am Tisch nickten. Es waren noch einige Plätze frei. Vielleicht war er auch etwas früh dran. Er schaute auf seine Uhr. Kurz nach zwölf. Er bestellte sich auch eine Apfelsaftschorle, fragte nach dem Tagesessen, obwohl er bereits wusste, was er wollte. Heute war Freitag, da gab es im Bräuhaus immer geröstete Kutteln. Die würde er sich auf jeden Fall bestellen.

»Ond, Herr Kommissar, wie lauft's? Send Se scho weiter?«, fragte ein älterer Mann, der einen Blaumann trug.

Christian Schoch betrachtete dessen kräftige Hände, die einen Bierkrug fassten. Wahrscheinlich ein Handwerker, der hier seine Mittagspause verbrachte.

»Wir sind dran. Noch haben wir den Mörder nicht, aber wir sind ihm auf der Spur.« Er versuchte, möglichst überzeugend zu klingen. Es war wichtig, Vertrauen in die Arbeit der Polizei zu fördern. Noch hatten sie ein paar Tage Zeit. So schnell erwartete auch die Öffentlichkeit keine Lösung der Mordfälle. Waren aber diese paar Tage mal vorbei, wurde es zunehmend schwieriger. Die Medien würden entsprechend Druck machen, die Morde würden bundesweit Aufmerksamkeit erregen. Dann würde der Zirkus erst richtig losgehen. Kameras und Reporter überall. Das mochte sich Christian Schoch gar nicht vorstellen.

Die Bedienung brachte ihm seine Apfelsaftschorle. Als er Kutteln bestellte, erntete er bewundernde Blicke der Männer am Tisch. Aha, dachten die wohl, der Polizist kennt sich aus, weiß, was gut ist. Die Blicke wandten sich aber gleich der Eingangstür zu.

Ein untersetzter älterer Mann war hereingekommen. Er ging zielstrebig auf den Stammtisch zu.

»Servus mitnander. Isch no frei?«

Hans Höhn setzte sich auf den Stuhl neben dem Hauptkommissar. Er bestellte ein kleines Bier und ein Schnitzel mit Spätzle und Salat.

»'s Übliche halt«, meinte die Bedienung.

»Griaß de, Hans, ond, wia goht's emmer?«, fragte ein alter Mann am Ende des Tisches, der mit einiger Mühe seine Suppe schlürfte.

»'s isch elleweil no ganga«, sagte Hans Höhn lachend.

Auch die anderen Männer am Stammtisch kannten den Bauern. Christian Schoch genoss es, in solchen Runden zu sitzen. Das waren manchmal genau die richtigen Anlaufpunkte, wenn man in kleinen Orten etwas mehr erfahren wollte.

Hans Höhn wartete ab, bis er sein Bier bekommen hatte. Er prostete den anderen am Tisch zu. Auch Christian Schoch hob sein Glas.

»Sie send doch der Kommissar aus Stuttgart, gell?«, fragte Hans Höhn seinen Stuhlnachbarn.

»Stimmt.«

»Kenntet mir noch em Essa mol schwätza? I moin, bloß mir zwoi? I ben d'r Hans Höhn, a Bauer von hier.«

»Klar. Gern. Wir können rüber ins Nebenzimmer gehen. Das ist unsere Zentrale. Da können wir in Ruhe reden.«

»Guat. Dann nochher. Guat.«

Die Bedienung brachte die Kutteln des Hauptkommissars, bald darauf auch das Schnitzel von Hans Höhn. Sie ließen es sich schmecken. Natürlich war das einzige Thema am Tisch die Mordserie.

»Des ka bloß ein Verrickter sei«, meinte einer.

»Aber worom?«

»Weil es ein Verrickter ischt, deshalb.«

Christian Schoch mischte sich nicht ins Gespräch ein. Was sollte er auch sagen? Möglich, dass es sich um einen geistig verwirrten Täter handelte. Möglich aber auch, dass hier jemand ganz gezielt mordete, um irgendetwas zu erreichen oder etwas zu verhindern. Geld, Erfolg, Eifersucht, Leidenschaft. Er ging die üblichen Motive durch. Das war bei drei Morden gar nicht so einfach. Da schieden Eifersucht und Leidenschaft schon mal aus. Geld und Erfolg, die blieben. Konnte das sein?

Er hatte viel über Mordfälle gelesen. Aus der Fachliteratur war ihm kein Fall bekannt, bei dem gleich mehrere Morde aus Eifersucht oder Leidenschaft heraus begangen worden waren. Bei Geld war es vielleicht noch möglich, theoretisch. Aber Erfolg? Brachte jemand drei Menschen um, damit er in seiner Karriere weiter nach oben kam? Das konnte er sich nicht vorstellen.

Bei fiktiven Kriminalfällen waren die Autoren schnell dabei, irgendeinen Verrückten zahlreiche Morde begehen zu lassen. Die kannten da keine Vorsicht. Früher hatte er gern mal einen Krimi gelesen. Inzwischen suchte er sie sich ganz genau aus. Zu schnell war der Tod, zu wenig die Motive. Vor allem trat immer mehr in den Hintergrund, wie Mensch überhaupt zum Mörder werden konnte. Das war doch der eigentlich spannende Punkt.

Christian Schoch konzentrierte sich wieder auf seine gerösteten Kutteln. Ein Genuss.

»Schmeckt's?«, fragte er Hans Höhn.

»Emmer. A Schnitzel mit Spätzle ond Salat, do woiß mer halt, was mer hot, gell«, antwortete Hans Höhn.

»Die Kutteln sind aber auch sehr gut.«

»I han's net so mit den Innereia, wisset Se.«

Ein kurzes, schwäbisches Gespräch, dachte Christian Schoch. Er hatte einmal eine kleine Geschichte gelesen, von einem Autor namens Martin Lang, wenn er sich richtig erinnerte. Da fuhren ein Bauer und sein Sohn aus dem Oberland nach Stuttgart mit dem Zug. Der Sohn sagt unterwegs so was wie: »Guck mol, Babba, wie hoch dui Gerschte stoht.« Der Vater reagiert nicht. Sie kommen in Stuttgart an, besuchen ein Museum, kehren ein. Auf der Rückfahrt kommen sie wieder an den Feldern vorbei. Da sagt der Vater: »Ond Woiza au.« Diese Geschichte erzählte er gern, wenn es um die schwäbische Geschwätzigkeit ging. Die sagte alles aus, was über den Schwaben zu sagen war, vor allem vielleicht über den Albschwaben, den Älbler.

So einer saß wohl gerade neben ihm, ein richtiger Bauer von der Alb. Wortkarg, aber mit wenigen Worten treffend, einfach kompakt. Es gab Wichtigeres, als zu schwätzen, nämlich zu arbeiten. Und doch musste sich der Hauptkommissar eingestehen, dass ihm das deutlich lieber war als ein zu gesprächiger Rheinländer. Die redeten oft viel und schafften wenig. Das würde der Schwabe so sehen. Ein bisschen was war da sicherlich dran. Diese beiden Volksgruppen würden wohl nie richtige Freunde werden.

Christian Schoch dachte an die Sekretärin Miriam Welsch. Nach ihrer Beförderung in die Zentrale hatte sie immer wieder gemeint, sie müsse ihre nördliche Herkunft heraushängen. Das war ihr nicht gut bekommen.

Er legte sein Besteck auf den Teller. Auch Hans Höhn hatte sein Schnitzel besiegt. Die Bedienung räumte die Teller ab. Sie zahlten. Wie ausgemacht, gingen sie nach hinten ins Nebenzimmer.

Christian Schoch war gespannt, was ihm Hans Höhn zu erzählen hatte.

***

Am Kiosk war nicht viel los. Das hatte er sich ja schon gedacht. Ein paar Rentner saßen in der mittäglichen Maisonne. Sie beachteten ihn kaum. Der Winfried, werden sie denken, der Winfried säubert wieder mal die Alb, heute den Mägerkinger See. Er kannte die abschätzigen Blicke. Zwar versuchte er, ihnen auszuweichen, aber hier am See ging das eben nicht.

Im Winter war hier niemand, da gab es auch keinen Dreck, der wegzuräumen war. Deshalb kam er immer im Mai zum ersten Mal hierher. Dann war es schon mal sauber, bevor die Saison begann. Man durfte im See zwar nicht baden, aber die Sonnenhungrigen würden schon bald die umliegenden Wiesen nutzen. Wenn es dann richtig warm wurde, suchten sie in der Lauchert, dem Zufluss des Sees, Abkühlung. Das Wasser des Bachs war richtig kalt, so kamen auch die Kneippianer auf ihre Kosten.

Er ging über die Brücke, zog seinen Sack hinter sich her. In einer guten Stunde würde er hier fertig sein. Wenn es für ihn was einzusammeln gab, dann war es drüben am Spielplatz. Dort herrschte das ganze Jahr Betrieb.

Er schlenderte über die Wiesen, ging um die Büsche herum.

Ziemlich wenig, dachte er froh. Es war angenehm, mal einfach so zu gehen, ohne ständig was aufpicken zu müssen. Das wäre eine schöne Vorstellung, dachte er, eines Tages am Abend mit einem leeren Sack von einer Touristentour zurückzukommen. Das wäre was. Aber er würde keine Touren mehr machen.

Es dachte sich leicht, so Abschied zu nehmen. Er hielt es einfach nicht mehr aus. Das war ihm in den letzten Monaten und Wochen immer klarer geworden. Weil auch die Stimme nicht mehr da war.

Warum ist diese Stimme nicht mehr da?, fragte er sich. Sollte er sich jetzt schuldig fühlen? Wollte ihn die Stimme nun mit seinen Taten alleinlassen?

Der auf dem Felsen hätte sich vielleicht noch retten können. Schön blöd, wenn man sich so an den Rand stellte. Den unterm Baum hatte er unglücklich mit seinem Stock getroffen. Das war nicht so geplant gewesen, dass der schon vorher tot war. Dann erst ließ er den Baum fallen. Und der in der Höhle, der hatte immer noch von seinem Tunnel gelabert, wie wichtig der sei und überhaupt. Da hatte er ihn gestoßen, nur gestoßen, dahinter war der Fels.

Kann man so leicht sterben?, fragte er sich. Tot war er jedenfalls gewesen. Dann hatte er ihn in die Höhle verfrachtet. Das war was gewesen.

Ihn fror noch heute, wenn er daran dachte. So kalt hatte er sich das nicht vorgestellt. Gott sei Dank hatte er das kleine Boot gefunden. Es war ihm keine andere Möglichkeit geblieben. Die Stimme hatte von der Höhle gesprochen, die Stimme, die auch in seinem Gedicht war. Er war der, der sich wehrte, für die Alb. Deshalb war es richtig gewesen, zu tun, was er getan hatte.

Die drei würden nun fehlen, mit ihren hirnrissigen Ideen, Tunnel, Albaufstieg und Freizeitpark. Das hatte er jetzt erst einmal verhindert. Was dann kam, konnte er nicht mehr beeinflussen. Das hatte er von vornherein gewusst.

Irgendwann werden sie dich kriegen, dachte er. Immerhin hatte er drei erledigt. Sie waren ihm noch nicht auf der Spur. Er würde gehen, ohne in ein Gefängnis zu müssen. Das hatte er fest vor.

Am Spielplatz war heute recht wenig zu finden. Sein Sack war kaum halb voll. Er ging hinter dem Kiosk zurück auf die Fahrstraße. Er überlegte, ob er den Sack vielleicht auch in einen Abfallkübel stopfen könnte. Aber er musste sowieso zu Hause vorbei, seine Sachen holen. Die Decke, den Schlafsack, das Fernglas und ein wenig Verpflegung.

Er wollte heute Abend vom Wäldchen oberhalb der Hütte nach den jungen Leuten sehen. Er übernachtete gern im Wald. Er sah auch gern den jungen Leuten zu. Wenn er sich beeilte, schaffte er es noch zu den Proben. Dann konnte er noch einen Teil des Winnetou-Spiels sehen. Er freute sich darauf.

***

»Des wollt ich Ihne zeiga«, sagte Hans Höhn. Er legte das dünne Bändchen auf den Tisch zwischen sich und Christian Schoch.

»›Die Schwäbische Alb und ihre Menschen‹?«

»Des Gedicht. Wartet Se«, sagte Hans Höhn, nahm das Buch und schlug die richtige Seite auf.

»Ein Gedicht?«

»Genau, wartet Se, am beschta, ich les es Ihne mol vor, oder?«

»Warum nicht? Wenn es der Wahrheitsfindung dient, wie man so sagt.«

»Also, no: ›Oh Älble, sei rau‹. Des isch d'r Titel, also die Überschrift.«

»Hab ich. Gut, weiter.«

»Also: ›Schtell deine Felsa steil, mach d' Täler zua ond verschteck de. Wenn se no kommet, aus em Tal, no goht's los, dui Rennerei, des Wandra, der Turismus. Lass d' Beim naliega, ibr dia Bliamla, schick Wasser ens Tal ond frog da Wend ob er au mitmacht. Dei Ruah isch heilig, am Waldrand, en d'r Hehl, draußa auf d'r Hoid. Des isch dei Einsamkeit, oh Älble, sei rau.‹«

Christian Schoch hatte Hans Höhn ruhig und konzentriert zugehört. Was sollte das? Glaubte der alte Bauer etwa, dass sie es mit einem mordenden Dichter zu tun hatten? Bloß weil in seinem Gedicht ein paar Begriffe vorkamen, die auch im Zusammenhang mit den Todesfällen eine Rolle spielten? Aber er wollte den alten Mann nicht enttäuschen.

»Lesen Sie es bitte noch einmal vor«, bat er deshalb. Er lauschte dem starken Dialekt des Älblers. So hätte er selbst das Gedicht nicht vortragen können. Als Hans Höhn endete, bedankte sich Christian Schoch.

»Gut, jetzt haben wir ein Gedicht, in dem ein paar Wörter vorkommen, die durchaus auch bei unseren Fällen fielen: Wasser, Höhle, Baum. Und? Ich bitte Sie, Herr Höhn, das ist vielleicht interessant, aber mehr auch nicht«, sagte er.

Christian Schoch sah in die zweifelnden Augen des Bauern. Anscheinend war sich der sicher, die Lösung der Fälle gefunden zu haben. War ihm selbst nicht auch schon Ähnliches im Kopf herumgeschwirrt? Aber ihm fehlte noch immer ein richtiger Anhaltspunkt.

»Do hend Sie wohl recht. Des alloi hilft noit viel. Aber wenn Sie non au no wisset, wer des Gedicht gschrieba hot, dann wird's vielleicht entressant, moin i«, sagte Hans Höhn mit einem gewissen Stolz in der Stimme.

»Wer hat es denn geschrieben?«, fragte Christian Schoch. Nun war seine Neugier doch geweckt.

»Ich hab mit dem Herausgeber telefoniert. Des ischt ein Freind meines Sohnes. Der hot zwar erscht drmit net rausrücka wella, aber schließlich doch. Des Gedicht hot d'r Winfried Burr gschrieba.«

»Winfried Burr? Aus Kraußen? Den kenn ich aus meiner Zeit in Tübingen. Der hat doch auch studiert.«

»Scho, aber i glaub, bloß a bar Semeschter. No war's rom. Er ischt no zrickkomma. Weil doch sei Vatter gschtorba isch. No hot er gholfa auf em Hof. Sei Mutter isch jetzt au schon sechs Johr dot. Seither ischer alloi, wandert ibr d' Alb ond sammelt Abfäll ei.«

»Was macht er?«

»Der wandert ond wandert. No hott er so en Sack drbei ond einen Spieß. Do sammelt der elles auf, was d' Leit wegschmeißet, wisset Se.«

Christian Schoch wurde unruhig. Das war nicht nur ein gutes Stück, das war vielleicht die Lösung ihrer Fälle. Ein Gedicht. Hatte man so was schon gehört? Es passte. Die Fundorte, die Todesarten. Die Begriffe wiederholten sich in seinem Kopf. Wasser, Höhle, Baum, die kamen auch in dem Gedicht vor. Musste er mit noch einem Toten rechnen, dann auf einer Wacholderheide? Wie kam jemand dazu, nach den Worten eines Gedichts gezielt zu morden?

Gleichwohl konnte er ein Motiv hinter all dem noch immer nicht entdecken. Sie würden mit Winfried Burr sprechen müssen. Am besten gleich. Eines seiner Teams war noch unterwegs. Die könnte er herholen und dann nach Kraußen fahren.

»Herr Höhn, ich dank recht herzlich. Ich glaube, Sie haben uns ein gutes Stück weitergeholfen. Darf ich mir das Buch ausleihen?«

»Gern. Ich hoff, es hilft«, sagte Hans Höhn. Er schaute den Hauptkommissar fragend an.

»Bestimmt. Danke noch mal. Auf Wiedersehen.«

Er brachte den Bauern zur Tür. Wenn das wahr wäre, dann hatte der Mann den entscheidenden Hinweis für die Verhaftung eines dreifachen Mörders geliefert. Einfach so. Hier Buch, Gedicht, hat ihn.

Christian Schoch lachte in sich hinein. Da ermittelten und ermittelten sie. Verfolgten Handydaten, vernahmen viele Zeugen, und dieser Hans Höhn kam hier herein, legte ein dünnes Buch auf den Tisch, las ein Gedicht vor und gelöst war der Fall. Womöglich, dachte Christian Schoch. Immerhin war das mal ein ernster Hinweis.

Nun mal langsam, bremste er sich. Erst mal den Burr vernehmen, dann konnte man vielleicht an die Lösung eines Falles denken.

Er nahm sein Handy und rief das Trochtelfinger Team an. Am besten, sie holten ihn gleich hier am Bräuhaus ab.

***

Die Vorbereitungen an der Hütte beim Winnetou-Spiel liefen auf Hochtouren. Ron hatte für diesen Freitag einen letzten Probendurchgang angesetzt. Es lief gut, abgesehen von kleinen Fehlern, die aber schnell ausgemerzt waren. Er zeigte sich hochzufrieden mit seiner Schauspielergruppe. Nun sollte die Schlussszene mit Winnetous Tod folgen.

Auf ein großes Lagerfeuer hatten sie heute verzichtet. Ron hatte aber die Holzholer losgeschickt, diesmal mit zwei Leiterwagen, damit sie für morgen Abend genügend Holz hatten. Er wollte ein richtiges Feuer, vor allem, weil er sich nicht sicher war, wie hell so ein Feuer tatsächlich war.

Die Feuerwehrleute waren dabei, die Tribünen aufzubauen. Ron schaute zu ihnen hinüber. Das war schon eine Entfernung. Das Lagerfeuer musste die Szene ausleuchten, Scheinwerfer hatten sie keine. Darauf hatten sie bewusst verzichtet. Ob das die richtige Entscheidung gewesen war?, fragte er sich.

Wecka, Frog und Tschick kamen mit ihren Leiterwagen gerade den Weg vom Wald herunter.

»Das langt aber noch net!«, rief Ron, kaum dass er die drei gesehen hatte.

»Mir ganget morga ja no mol«, beruhigte ihn Wecka.

»Guat«, sagte Ron.

Die Männer luden ihre Holzladung ab. An ihren Mienen ließ sich ablesen, wie wenig Spaß ihnen die ganze Sache hier inzwischen bereitete.

»Ois kann ich dir saga, wenn des dohanna rom isch, no ka i koi Holz meh seha«, sagte Frog leise, denn er wollte vom großen Regisseur nicht gehört werden.

»Des kasch laut saga«, bestätigte Tschick.

»Besser et so laut«, meinte Wecka.

Die jungen Männer sahen den Feuerwehrleuten zu. Auch Hans Höhn hatte sich breitschlagen lassen, mitzuhelfen. Er kam gerade mit seinem Trecker den Berg herauf. Auf dem Hänger hatte er eine Ladung Biertischgarnituren. Vor der Hütte hielt er an. Er sah die drei am Lagerfeuer herumstehen.

»Kommet amol her, i han eich a Gschäft!«, rief er ihnen zu.

Wecka, Tschick und Frog schlurften langsam zum Bauern Höhn hinüber. Das konnte doch bloß Arbeit bedeuten.

»Ablada ond aufschtella«, kommandierte Hans Höhn.

»Des hot ons heit no gfhelt«, sagte Wecka.

Sie zogen die Bänke und Tische vom Anhänger, legten sie auf den Boden und klappten die Füße aus. Man merkte ihnen an, dass sie das nicht zum ersten Mal machten.

»Morga friah komme no mol mit einer Ladung, dann hemmer's. Wann fangt's denn a?«, fragte Hans Höhn.

»Om viere fangt's a«, antwortete Wecka.

»No langt's, wenn e om zehne oder elfe komm, ha?«

»Beschtimmt. Aber frog lieber mol en d'r Kiche. I woiß net, wann dia decka wellet«, sagte Tschick.

Hans Höhn ging zur Hütte. Nach wenigen Minuten kam er wieder heraus. »Des langt locker. Also, no bis morga«, sagte er, klappte seinen Anhänger zu und fuhr wieder hinab ins Tal.

***

Er hatte die Szene beobachtet. Früher hatte er bei Festen auch mitgeholfen. Unzählige Bänke und Tische hatte er auf- und wieder abgebaut. Als er dann aus Tübingen zurück war, nicht mehr so. Da war er irgendwie draußen gewesen. Hatte nicht mehr so dazugehört.

Durch das Fernglas konnte er alles genau beobachten. Sie probten jetzt die Schlussszene. Er sah Winnetou, hörte den Schuss, sah den Indianer sinken. Old Shatterhand versuchte, ihn aufzufangen. Dabei kam ihm ein anderer zu Hilfe. Gemeinsam legten sie den sterbenden Winnetou ans Lagerfeuer. Jetzt kamen die Squaws und betrauerten den toten Winnetou.

Eine ergreifende Szene, dachte er. Die Filme waren in den sechziger Jahren gelaufen. Vor seiner Kinozeit. Aber er hatte ein paar im Fernsehen gesehen. Die kamen ja immer wieder mal. Das hatte sich der Karl May alles ausgedacht, ohne einmal in Amerika gewesen zu sein oder einen Indianer wirklich gesehen zu haben. Unglaublich. Das war einer mit Phantasie gewesen, der Karl May.

Deshalb war er auch für die jungen Leute so faszinierend. Einer, der sich eine ganze Welt ausgedacht hatte. Mit Helden, Schätzen und dem Tod.

Der Tod. War das immer das Ende? Was hatte er gemacht? Drei Menschen waren tot, weil er sie umgebracht hatte. Das konnte man nicht anders sagen. Er hatte diese Tode herbeigeführt, so musste man das sagen. Was würde er einem Kommissar sagen? Die haben sich unglücklich die Köpfe angeschlagen oder sind zu weit auf den Felsen hinaus? Das konnte er doch zu einem ermittelnden Kommissar nicht sagen, oder? Er müsste seine Hände nach vorn strecken, die Handschellen erwarten, dann wäre es vorbei. Aber das wollte er nicht. Keine Gitterstäbe, kein Gefängnis.

Er würde sich heute Abend einen schönen Abend im Wald machen. In seinem Wald. Würde hinunterschauen auf die jungen Menschen, die noch so viel vor sich hatten in ihren Leben. Das würde ihm gefallen. Dann würde er auch ganz bestimmt die Stimme nicht mehr hören. Die Stimme, die beim letzten Mal von der Heide gesprochen hatte.

Warum von der Heide? Er hatte doch keinen Kandidaten mehr. Seine Liste war abgearbeitet, kein Name mehr, keine Idiotie. Warum die Heide? Die Wacholderheide wahrscheinlich. Wer war diese Stimme? Woher, wie, warum?

Für einen Moment hatte er geglaubt, die Alb wehre sich durch ihn, durch seine Taten. Aber war das wirklich so? War diese Stimme nicht einfach nur ein böser Ton, eine Tonlage, ein dreckiger Mund, der ihm Falsches einflüsterte? Konnte das stimmen? Er spürte in sich, dass er das glaubte. Er hatte sich hineingesteigert, Stimmen oder die Stimme gehört. Er war sich selbst auf den Leim gegangen.

Sie waren fertig mit der Schlussszene. Nun würde es nicht mehr viel zu sehen geben. Wahrscheinlich wieder rote Würste, Lagerfeuer und Klampfen. Es wird schön sein, bei ihren Gesängen einzuschlafen, dachte er.

***

Sie hielten vor dem Haus. Das kleine Bauernanwesen schottete eine hohe Hecke zur Straße hin ab. Hinter dem Hauptgebäude waren eine Scheuer und ein bescheidener Schuppen zu sehen.

Christian Schoch stieg als Erster aus. Er hatte den beiden anderen, Karin Strobel und Walter Kienzle, die Anweisung gegeben, im Wagen zu warten. Es sollte möglichst wenig bedrohlich aussehen. Er kannte Winfried. Hatte ihn während seiner paar Semester in Tübingen kennengelernt. Der hatte auch studiert, sogar die gleichen Fächer wie er. Dann hatte er ihn aus den Augen verloren.

Das letzte Mal, als er ihn gesehen hatte, stand der im Hades hinter dem Tresen. Als er das nächste Mal in die Kneipe gekommen war, war Winfried nicht mehr da. Er hatte sich nichts dabei gedacht. So war das im Leben, wenn man noch einigermaßen jung war, Menschen kamen und gingen.

Er hatte Winfried zu oberflächlich gekannt, um sich Gedanken zu machen. Warum war ihm nicht die Idee gekommen, warum hatte er sich nicht die Frage gestellt, was Winfried hinter der Theke machte? Musste er vielleicht nur Geld verdienen? Das gab es ja auch. Aber irgendwie wusste er es. Er hatte Winfried an der Uni nicht mehr gesehen. Der war plötzlich weg gewesen. Und jetzt war er hier.

Christian Schoch ging auf das kleine Haus zu. Nach den drei Treppenstufen drückte er auf den Klingelknopf. Drinnen läutete es. Er drückte noch mal. Keine Reaktion. Er wartete. Drückte dann wieder auf die Klingel. Nichts. Schade. Er ging zurück zum Wagen.

»Kein Glück gehabt. Wir müssen ihn wohl zur Fahndung ausschreiben. Das geht nicht anders. Frau Strobel, würden Sie das veranlassen?«

»Mach ich«, antwortete Karin Strobel, die auf dem Rücksitz saß.

»Gut. Dann können wir höchstens später noch mal klingeln. Bleiben Sie heute auf der Alb?«

»Hatten wir vor«, sagte Karin Strobel. Walter Kienzle nickte zustimmend.

»Na, dann freue ich mich auf den heutigen Abend«, sagte Christian Schoch.

***

Es war doch kalt geworden. Zuerst hatte er wenig gespürt, aber als er nicht mehr so tief geschlafen hatte, war die Kälte langsam in seinen Schlafsack gekrochen. Immerhin warfen die ersten Sonnenstrahlen ein wärmendes Licht in den Wald.

Er stand auf, versuchte, sich mit ein paar gymnastischen Bewegungen aufzuwärmen. Irgendwie konnte er das so nicht mehr. Ab einem gewissen Alter brauchte man sein Bett und seine Decke, um sich warm und gemütlich einzukuscheln. Das musste er sich heute Morgen eingestehen.

Es war überhaupt eine ziemlich blöde Idee gewesen, den Jungs und Mädels da unten zuzuschauen. Was machte er hier? Warum war es ihm so wichtig, diese jungen Menschen zu beobachten? Er fror sich hier einen ab, hatte keine Tasse Kaffee, geschweige denn irgendwas zu essen, und beobachtete. Toll. Aber er hatte gut geschlafen. Das musste er für sich feststellen. Sehr gut hatte er geschlafen. Als ob eine Last von ihm gefallen war, so fühlte er sich.

Seine Entscheidung stand fest. Er würde am Nachmittag nach Hause gehen, wenn das Winnetou-Spiel begann. Dann war das Dorf sicher leer, keiner würde ihn sehen. Er würde nach Hause gehen und alles vorbereiten. Es würde ein ruhiger Abschied werden. Das gefiel ihm so. Heimlich, still und leise würde der Winfried diese Welt verlassen. Einfach so. Augen zu und weg. Er würde das Fotoalbum noch mal anschauen. Die Bilder von früher, mit seinem Vater, seiner Mutter. Würde sich erinnern an die guten Zeiten, den Schnee im Winter, das Baden in der Lauchert im Sommer. Mit diesen schönen Erinnerungen würde er einschlafen.

Er nahm das Fernglas wieder hoch. Erinnerungen, die die jungen Menschen da unten gerade erst lebten. Auch sie würden sich erinnern, irgendwann einmal. An die Zeiten des Winnetou-

Spiels. An ihre gemeinsamen Tage hier oben auf der Alb. Auch sie würden sich vielleicht in zwanzig oder dreißig Jahren Bilder aus dieser Zeit anschauen. Obwohl, er wusste es nicht. Die fotografierten doch alles mit ihren Handys. Würde da was bleiben nach so vielen Jahren?

Er sah ihnen zu. Heute schien alles ein bisschen geschäftiger, als ob die Nervosität angesichts der anstehenden Aufführung gewachsen war. Wo waren denn die Holzholer? Er suchte Wecka, Tschick und Frog.

»Na, wen hend mer denn do?«, rief eine Stimme hinter ihm.

Kein Wunder, dass er sie dort unten nicht gesehen hatte. Sie standen direkt hinter ihm. Was jetzt?

»Der Winfried. Ja, was machscht au du dohanna?«

Es war der Größte der drei, dieser Wecka, der ihn fragte. Was sollte er sagen? Ich lieg hier eben so rum?

»Ich beobachte«, stammelte er.

»Er beobachtet! Wen denn, hä?«

»Vögel«, sagte er.

»Aha, Vögel. Hier vom Waldrand aus beobachtescht du Vögel. Des kasch deiner Großmutter verzehla!«

»Der guckt ons zua«, sagte Tschick entrüstet.

»A bisle noch de Mädla gucka, oder was?«, meinte Frog.

»Aufschtanda«, befahl Wecka, »mitkomma!«

Wecka zog ihn an der Jacke hoch. Die beiden anderen nahmen den Schlafsack und die Decke, auch seinen Rucksack.

»Ja, aber des kennet ihr doch net macha!«, rief er, versuchte, sich aus Weckas Griff zu befreien.

»Doch, doch. Des kennet mir guat. Du kommsch jetzt mit«, sagte Wecka, der ihn an der Jacke aus dem Wald führte.

»Mir brauchet noch jemand für da Marterpfahl.«

Sie nahmen den Waldweg. Nach wenigen Minuten waren sie am Waldrand angekommen. Den Berg hinunter schubste Wecka ihn immer wieder, dass er fast hinfiel. Sie näherten sich der Hütte. Schon waren die ersten Augenpaare auf sie gerichtet. Die jungen Leute sammelten sich langsam am Lagerfeuer. Was war denn das? Sie erreichten den Platz. Wecka setzte ihn auf die Bank.

»Ich hab hier einen Freiwilligen für den Marterpfahl. Gell, Winfried, des dädsch doch du gern macha?«

»Was soll i denn am Marterpfahl?«

»Weil mir doch noch ebber brauchet. Die andere Kandidata send elle ausgfalla«, erklärte Wecka.

»Wie, ausgfalla?«

»Krank, koi Zeit, was woiß denn i. Do kommsch du doch genau richtig.«

Regisseur Ron hatte sich nun auch zu der Gruppe gestellt. Das war eigentlich keine schlechte Idee. Es fehlte ihnen tatsächlich noch jemand für die zweite Szene mit dem Marterpfahl. Wenn Winfried einverstanden wäre, hätte er ein Problem weniger.

»Wie sieht's aus, Winfried? Machsch mit?«, fragte er.

»Von mir aus. Aber wie lang goht des denn?«

»Des isch die zweite Szene. Do bisch schnell fertig«, klärte Annerose ihn auf.

»Also gut. Dann ist das ausgemacht. Leute, wir haben noch drei Stunden, dann muss alles fertig sein. Winfried, du lässt dich noch einkleiden. Wir proben das nachher kurz. Aber du musst eigentlich nur am Marterpfahl stehen. Das ist schon alles.«

Annerose nahm Winfried an der Hand. In der Hütte würden sich schon noch ein paar Klamotten finden, die einigermaßen in die Szene passten. Winfried ließ sich von Annerose in die Hütte führen. Jetzt würde er auch noch im Winnetou-Spiel mitmachen. Vielleicht ein schöner letzter Auftritt, dachte er. Das mit den Fotoalben und den Tabletten konnte noch bis zum Abend warten.

»Und wo ist das Holz?«, fragte Ron.

»Kommt scho no. Jetzt war halt d'r Winfried wichtiger«, sagte Wecka entschuldigend.

»Schon gut. Aber auf geht's!«

Das Tuckern des alten Treckers war nicht zu überhören. Hans Höhn brachte seine zweite Ladung Biergarnituren. Wecka, Frog und Tschick, die sich gerade zum Holzholen aufmachen wollten, hielten inne.

Hans Höhn stieg von seinem Traktor. »Ablada, bitte«, sagte er.

»Du wolltesch doch heit Vormittag scho komma. Jetzt isch ja bald zwoi«, sagte Wecka vorwurfsvoll.

»Han halt no Mittag gmacht«, antwortete der Bauer.

»No aber los. Des isch zwar bloß onser Ersatz, falls meh Leit kommet, aber womeglich brauchet mer dia Garnitura au«, sagte Wecka. Er gab den beiden anderen einen Wink, mit anzupacken. Hans Höhn schaute ihnen zu.

Als Annerose mit dem neu eingekleideten Winfried aus der Hütte kam, waren die jungen Männer mit dem Abladen der Tische und Bänke beschäftigt. Hans Höhn lehnte an seinem Traktor, wartete. Er schaute zur Hütte hinüber. Die Annerose ist eine richtig hübsche junge Frau geworden, dachte er. Er erinnerte sich, wie sie als kleines Kind gewesen war. Die Zöpfe, später ihr Pferdeschwanz. So war das, wenn ein Mensch erwachsen wurde. Allein das Gesicht konnte die Geschichten erzählen, die zu diesem Leben gehörten. Er war frohen Mutes für die junge Annerose. Die würde ihren Weg machen, da war er sich sicher.

Hans Höhn stutzte. Wer war denn das, der da hinter der Annerose aus der Hütte kam? Konnte das sein? Der Winfried? Er hatte noch nichts vom Kommissar gehört. Wie auch? Er hatte sich vorgenommen, gleich das Radio einzuschalten, wenn er zurück war. Er hatte gedacht, dann schon von der Verhaftung zu hören. Aber anscheinend war Winfried jetzt hier. In den Lederhosen und der Weste sah er aus wie ein Cowboy. Es war ihm neu, dass Winfried bei der Winnetou-Sache mitspielte. Da hatte er den Kommissar schön auf den Holzweg geschickt. Der konnte in Kraußen lange nach ihm suchen.

Hans Höhn hatte kein Handy. Er wollte auch niemanden von den CVJMlern fragen. Er wartete, bis die Jungs seinen Anhänger entladen hatten. Dann verabschiedete er sich. Ohne Hektik, jetzt nur nicht nervös werden, dachte er, als er auf seinen Traktor stieg. Den Berg hinunter ging es eh schneller. Aber er drückte auch ein wenig aufs Gaspedal. Er hatte doch die Karte vom Kommissar. Der musste doch erfahren, dass sein Verdächtiger hier beim Winnetou-Spiel mitmachte.

Winfried sah dem Bauern mit seinem Trecker nach. Der schien

es eilig zu haben. Das konnte doch nicht der Hans Höhn sein. Das war immer so ein ruhiger, überlegter Charakter gewesen. Er kannte ihn schon lange, war damals auch in der Jugendfeuerwehr gewesen. Wieso fuhr der so schnell den Berg hinunter?

»So, ond jetzt noch der Hut, no bisch fertig«, sagte Annerose neben ihm. Sie setzte ihm einen echten Cowboyhut auf. »Des isch fei ein richtiger Stetson. Den hot mei Vatter aus Amerika mitbrocht«, erklärte sie.

Winfried nickte bloß. Spaß machte ihm die ganze Sache hier nicht. Er hatte ein ungutes Gefühl. Es war nicht ohne Bedeutung, wenn der Hans Höhn so schnell den Berg hinunterfuhr. Wenn er genau überlegte, hatte ihn der Bauer so anders angesehen. Nicht nach dem Motto: Ach, der ist auch da, sondern eher überrascht, mit aufgerissenen, großen Augen. Wusste der was? Ahnte der was?

Er wischte seine Bedenken beiseite. Wie sollte der Hans Höhn, ausgerechnet der, ihm auf die Schliche gekommen sein? Das war schlicht unmöglich. Gut, er hatte die dritte Leiche gefunden. Aber was brachte es ihm? Die dritte Leiche war eben auch tot. Erschlagen, von einem Baum. So hatte es zumindest aussehen sollen. Blöd, dass der gleich tot gewesen war. Das hatten die Gerichtsmediziner bestimmt inzwischen herausgefunden, dass der schon nicht mehr gelebt hatte, als der Baum auf ihn fiel.

Aber der Hans? Wieso schaute ihn der so an? Das musste doch einen Grund haben. Sonst grüßte er immer freundlich. Schließlich war er mit einem seiner Söhne in dieselbe Klasse gegangen. Der Fritz, sein Jahrgang. Wo der sich wohl inzwischen rumtrieb? Den hatte er schon lange nicht mehr gesehen.

Annerose führte ihn hinüber zum Marterpfahl. Ron kam hinzu und erklärte ihm den genauen Ablauf.

»Du bist an den Marterpfahl gefesselt. Die andern wollen dich befreien, werden aber von Winnetou und seinen Indianern entdeckt. Es kommt zu einem Schusswechsel. Du wirst von einer Kugel getroffen, sinkst zusammen, bist tot. Verstanden?«

Winfried nickte. So konnte er seinen Tod schon mal durchspielen. »Wann sinke ich zusammen?«, fragte er.

»Einfach nachdem einige Schüsse gefallen sind. Hauptsache, du bist getroffen, dann tot«, antwortete Ron und schaute auf seine Uhr. Noch knapp eine Stunde. Bald würden die ersten Zuschauer eintreffen.

Die Tribüne stand, die Garnituren davor auch. Die Vorbereitungen in der Küche liefen wie geplant. Das Bierfass war angestochen. Das hatte sich der Brauereichef nicht nehmen lassen. Mit einem »Azapft isch!« hatte er den Spund ins Fass geschlagen. Ron hatte anschließend viel Mühe damit gehabt, seine männlichen Schauspieler und Helfer davon abzuhalten, das Fest noch vor der Aufführung zu beginnen.

Er blieb in der Nähe des Bierfasses, bis die Sitzreihen auf der Tribüne gut gefüllt waren. Jetzt muss ich auf meinen Posten, dachte er. Bevor er hinüber zur Bühne ging, schärfte er den Leuten am Ausschank ein, keinem seiner Mitarbeiter und Schauspieler auch nur ein Bier vor der Vorstellung zu geben, sonst würden sie selbst am Marterpfahl enden.

***

»Wo han i denn des Kärtle na?«, fragte Hans Höhn seine Frau Else nun schon zum dritten Mal.

»Koi Ahnung. Du bisch vom Bräuhaus zrickkomma ond hosch de naglegt. Wie emmer, wenn da mittags scho a Bier trenksch.«

»Aber so ebbes Wichtigs leg i doch et oifach irgendwo na.«

»Wahrscheinlich doch. Hosch auf deim Schreibtisch guckt?«

»Noi, noit. Des kennt sei. Ganz vorbildlich, auf da Schreibtisch.«

Er ging in sein kleines Büro. Dort lag sie, die Visitenkarte des Kommissars. Mit der Mobilnummer. Hoffentlich hatte der hier oben ein Netz. Hans Höhn kannte das von seinen Enkeln. Je nach Position konnte man verzweifeln, weil der nächste Funkmast so weit entfernt war.

Er nahm sein Telefon, wählte die Nummer des Kommissars. So hatte er sich das vorgestellt. Kein Netz. Sollte er ins Bräuhaus nach Trochtelfingen rüberlaufen, sehen, ob der Kommissar vielleicht da war? Das dauerte zu lange. Er könnte mit dem Moped ... Auch das schien ihm zu aufwendig. Aber er musste Christian Schoch unbedingt erreichen.

»Des fangt fei om viere a«, sagte seine Frau.

»Was?«

»Des Winnetou-Spiel. Hosch des scho wieder vergessa?«

»Mensch. Ach so, ja. Des isch ja au no.«

»Eba. Ond mir hend Karta.«

»Ich erreich den Kommissar net.«

»Des wird scho Zeit han.«

»Von wega«, sagte Hans Höhn. Er wählte die Nummer noch einmal. Vielleicht, wenn er nach draußen ging, hätte er ein Netz. Manchmal funktionierte das.

»Ben glei wieder do«, sagte er zu seiner Frau.

Die schaute ihm entgeistert hinterher. Was war denn in diesen Mann gefahren?

Hans Höhn stellte sich draußen mitten in den Hof. Hier müsste es klappen. Tatsächlich, er hörte es am anderen Ende klingeln.

»Schoch«, meldete sich Christian Schoch.

»Höhn hier. Herr Kommissar, ich woiß, wo der Winfried isch!«

»Der Burr? Zu Hause war er vorher jedenfalls nicht. Wo haben Sie ihn gesehen?«

»Droba, beim Winnetou-Spiel, an onserer Hütte!«

»Bei was?«

»Ach, d'r CVJM macht doch des Winnetou-Festival, mir saget halt Spiel. Des fangt om viere a. Mir ganget au nauf. Dort ischer, d'r Winfried. Am Marterpfahl.«

»Wo?«

»Am Marterpfahl. Do hend sen nabonda.«

»Ich bin noch in Trochtelfingen, warte auf die Kollegen. Die müssten jeden Augenblick hier sein. Wir fahren dann sofort los. Wo ist das genau?«

»Am beschta, ich wart auf Sie. Kennet Sie onsern Hof?«

»An der Hauptstraße, der mit den roten Fensterläden?«
»Genau. Dort wart ich auf Sie, dann fahret mir nauf.«
»Wir werden sicherlich noch eine halbe Stunde brauchen.«
»Des macht nix. No hot's halt scho agfanga.«
»Also, bis gleich.«
»Ade.«

***

Was macht der Winfried beim Winnetou-Festival?, fragte sich Christian Schoch, nachdem er das Gespräch beendet hatte. Da konnten sie ihn lange suchen. Die Kollegen Reger und Schaich hatten das Telefonat mitgehört. Ebenso Strobel und Kienzle.

»Wir müssen so schnell wie möglich nach Mägerkingen«, sagte Schoch. »Sie beide«, er zeigte auf Reger und Schaich, »nehmen den Einsatzwagen. Sie fahren mit Blaulicht vorneweg. Wir drei hinterher. Es kann sein, dass unser Mörder in Mägerkingen am Marterpfahl steht.«

»Wo?«, fragte Karin Strobel. Sie hatte das Telefonat verfolgt, war aber aus dem, was der Hauptkommissar gesagt hatte, nicht recht schlau geworden.

»Ich kann das alles jetzt nicht erklären. Unser Hauptverdächtiger, der Winfried Burr, steht, warum auch immer, an einem Marterpfahl oberhalb von Mägerkingen. Mehr weiß ich auch nicht. Nur dass wir mit dem Mann sprechen müssen. Es deutet alles darauf hin, dass er unser Täter ist.«

Ernst Reger und Günter Schaich sprangen auf. Endlich war mal was los. Sie griffen ihre Polizeimützen. Die anderen folgten ihnen.

Reger saß am Steuer. Er drückte das Gaspedal ganz durch. Schaich schaltete das Blaulicht ein.

Im hinteren Wagen überlegte Hauptkommissar Christian Schoch, wie er die Sache am besten anging. Er konnte Winfried Burr schließlich nicht vom Marterpfahl weg verhaften. Andererseits war er jetzt ihr Hauptverdächtiger. Die Wahrscheinlichkeit, dass er die drei Morde begangen hatte, war ziemlich groß.

Sie rasten dem Polizeiauto hinterher. Es war kurz vor vier. Die Vorstellung würde bald beginnen. Schoch dachte über eine Möglichkeit nach, Winfried Burr ohne viel Aufsehen von dem Marterpfahl wegzuholen. Vielleicht konnten sie von hinten an die Hütte heranfahren, dann einen günstigen Moment abwarten. Das könnte gehen.

»Wie sind Sie auf Winfried Burr gekommen?«, fragte Karin Strobel.

»Sie werden es nicht glauben, durch ein Gedicht, das er geschrieben hat. Darin waren die Fundorte der Leichen genannt: Wasser, Höhle, Felsen, Baum. Mir war das schon früher aufgefallen. Aber ich wusste nicht so recht, was ich damit anfangen sollte. Bis Hans Höhn mir das Buch mit dem Gedicht gebracht hat. Wenn Sie mal reinschauen wollen.« Christian Schoch holte das Buch aus seiner Aktentasche. Er reichte es der Kommissarin. Sie blätterte.

»Ganz hinten. Das ohne Namen«, sagte er.

Sie blätterte weiter. »Hier ist es«, sagte sie schließlich. »›Oh Älble, sei rau‹.«

»Genau das.«

»Lies es doch mal vor«, bat Walter Kienzle, der am Steuer saß.

Karin Strobel las.

Das Polizeiauto vor ihnen fuhr mit Karacho nach Mägerkingen hinein. Die Hayinger Polizisten kannten den Weg. Sie bogen am Höhn'schen Hof scharf nach rechts ab. An der Hofeinfahrt bremste das Polizeiauto ab. Hans Höhn stieg ein. Reger gab Gas und fuhr schnell den Berg hinauf.

Christian Schoch schaute nach vorn. Nun mussten sie bald die Hütte erreicht haben.

Karin Strobel hatte inzwischen ihren Gedichtvortrag beendet. »Und das soll uns weiterhelfen?«, fragte sie ungläubig.

»Das Gedicht allein nicht. Es geht um denjenigen, der es geschrieben hat. Den Autor. Ein alter Studienfreund von mir, eben dieser Winfried Burr«, erklärte Christian Schoch.

Walter Kienzle schüttelte am Steuer nur den Kopf. Auch Karin Strobel verstand es nicht.

»Ich erkläre es Ihnen später«, sagte Christian Schoch.

Nach wenigen Minuten standen schon die ersten Autos links und rechts der schmalen Straße. Daran hatten sie nicht gedacht. Die Zuschauer waren natürlich zum großen Teil mit ihren Autos zum Spielort gefahren. Womöglich kamen sie da jetzt gar nicht durch.

Der Wagen vor ihnen raste mit hoher Geschwindigkeit weiter. Die Sirene hallte durch das Hochtal. Reger und Schaich schienen nicht wahrzunehmen, in was sie da hineinfuhren. Sie rauschten knapp an den parkenden Autos vorbei, hielten sich dann scharf rechts.

»Die fahren direkt vor die Hütte!«, rief Walter Kienzle.

»Diese Idioten«, konnte sich Christian Schoch nicht verkneifen.

Mit unverminderter Geschwindigkeit fuhr das Polizeiauto genau zwischen Bühne und Tribüne. Beinahe hätten sie die Biertischgarnituren umgefahren. Der Wagen hielt an. Die Sirene war immer noch eingeschaltet. Von der Tribüne war Applaus zu hören. Die Polizisten stiegen aus. Verdutzt sahen sie auf die Bühne, dann auf die Tribüne. Auch der Wagen der Kriminalbeamten kam zum Stehen.

Christian Schoch stieg schnell aus. Er kümmerte sich nicht um die Zuschauer, die das Ganze wohl immer noch für einen gelungenen Teil der Inszenierung hielten. Er schaute zum Marterpfahl, sah die Gestalt, die daran gefesselt war. Er erkannte Winfried Burr nicht wieder. War das schon so lange her?

Langsam ging er auf ihn zu. Die Schauspieler machten den Weg frei. Sie schauten verdattert zu, wie Christian Schoch vor dem Mann am Marterpfahl stehen blieb. Er zog aus seiner Jackentasche ein blaues Buch. Das hielt er ihm vor die Nase.

»Schtoht elles dren, gell«, sagte Winfried Burr.

»Wieso hast du das geschrieben, Winfried?«

»Damit ihr's nochher leichter hend, also du. Kennsch me no, Chrischtian?«

»Kaum. Lange her. Warum das alles?«

»Wega d'r Alb, wega mir ond de Leit. I woiß es au net so richtig.«

Karin Strobel und Walter Kienzle banden Winfried Burr los und legten ihm Handschellen an.

Christian Schoch schaute ihnen zu. Handschellen? »Lassen Sie mal, das geht ohne, denke ich«, sagte er.

Winfried Burr ließ sich abführen. Einen solchen Auftritt hatte er natürlich nicht beabsichtigt.

Christian Schoch schaute zur Tribüne hinüber. Die Leute applaudierten immer noch. Sie hielten das Ganze für eine moderne Version des Winnetou-Stoffes. Sollten sie. War ihm doch wirklich ziemlich egal. Er hatte seinen Verdächtigen. Die Geschichte ließ sich doch trefflich erzählen. Der erste Mörder, den er in seiner Karriere fasste, war an einen Marterpfahl gebunden. Er würde die Lacher auf seiner Seite haben, da war er sich ziemlich sicher.

Regisseur Ron kam auf ihn zu. Er stellte sich vor. Christian Schoch erklärte ihm die Umstände.

»Und wie soll ich jetzt weitermachen, nach Ihrem Einsatz?«, fragte Ron.

»Keine Ahnung. Tut mir leid, dass es so gelaufen ist.« Christian Schoch zeigte hinüber zur Tribüne. Einige der Zuschauer applaudierten immer noch. »Aber offensichtlich gefällt Ihre moderne Interpretation des Winnetou-Stoffes dem Publikum.«

»Vielen Dank für Ihr Mitleid«, sagte Ron. Die Sache war ja an sich gar nicht schlecht angekommen. Er fragte sich nur, wie er das bei der morgigen Aufführung wiederholen sollte. Vielleicht musste er mal mit den Polizisten sprechen. Wenn die dabei mitmachten, könnte man das Stück genau so wiederholen.

Christian Schoch folgte den Beamten und Winfried Burr zum Wagen. Es war vorbei. Der Rest war Ermittlungsarbeit, das Zusammentragen von Beweisen. Winfried würde reden, da war er sich sicher. Er würde wahrscheinlich viel reden. Christian Schoch war gespannt, wie das Motiv dieses Täters aussah. Das hatte sich ihm bisher noch nicht richtig erschlossen. Wieso hatte sein früherer Studienkollege, etwa so alt wie er selbst, drei Menschen ermordet?

Er setzte sich auf den Rücksitz neben Winfried Burr, der

zusammengekauert am Fenster des Wagens lehnte. Er schaute hinaus. Christian Schoch betrachtete von der Seite seine Augen. Sie waren feucht, Tränen liefen über seine Wangen.

Als ob er Abschied von seiner Alb nehmen würde, dachte er. Einer Alb, für die er bereit gewesen war, zu morden.

»Worom hosch des gmacht, Winfried?«, fragte er auf Schwäbisch. Das war näher, brachte Vertrauen.

»Weil des han macha miaßa, deshalb«, antwortete Winfried Burr.

»Was hend dia dir doa?«

»D' Alb verschandla, Tunnel, Albaufstieg, Freizeitpark! Se machet doch emmer weiter! Wo sollet denn onsere Kender amol spiela? Des isch dann doch nemme mei Alb.«

»Bloß deshalb hosch du drei Menscha ombrocht?«

»Des war dui Schtemm. Dui here jetzt nemme. Des isch vorbei. Noch em Letzschta hab e se nemme ghert.«

Winfried Burr wandte seinen Blick dem Hauptkommissar zu. »Gell, Christian, i komm et ens Gefängnis?«

»I glaub kaum, Winfried. Du brauchscht ebber, der dir hilft.«

»Des glaub i au«, sagte Winfried. Er lehnte seinen Kopf erneut ans Fenster. Sein Blick galt wieder der Alb, seiner Alb.

Das wird nicht so einfach werden, dachte Christian Schoch. Eine Stimme hören, das war manchen Psychologen zu wenig. Er würde sich darum kümmern, dass Winfried in eine gute Einrichtung kam. Das war er ihm schuldig. Schon um der alten Zeiten willen.

Oh Älble, sei rau

Schtell deine Felsa steil
mach d' Täler zua
ond verschteck de.

Wenn se no kommet
ausem Tal
no gohts los
dui Rennerei, des Wandra
der Turismus.

Lass d' Beim naliega
ibr dia Bliamla
schick Wasser ens Tal
ond frog da Wend ob er au mitmacht.

Dei Ruah isch heilig
am Waldrand, en d'r Hehl
draußa auf d'r Hoid
des isch dei Einsamkeit
oh Älble, sei rau.

Bernd Weiler

Ich habe zu danken …

… meiner Familie, die wie immer einiges mitmachen musste.
… meiner Lektorin Susann Säuberlich für emsige Arbeit am Text, kritische Anmerkungen und fruchtbare Anregungen. Es war eine prima Zusammenarbeit. Danke!
… den Trochtelfingern, Mägerkingern und allen anderen auf diesem Teil der Alb, die mir ihre Region so großzügig als Kulisse ahnungslos überlassen haben.
… Else und Hans Höhn, die mich ihre Namen verwenden ließen, weil es mir für meine Geschichte wichtig war.
… Lambert Schmid, Braumeister und Besitzer des Albquell Bräuhauses, der mir erlaubte, seinen Namen zu nennen.
… Bernd Höhn, alter Freund und jüngster Sohn von Else und Hans, der so manches wiedererkennen wird, das er mir irgendwann einmal erzählt hat.
… Jochen Bäuerle, der mir wie schon so oft einen guten Ratschlag zum Text gab.

Bernd Weiler
BUTTERBREZEL
Broschur, 208 Seiten
ISBN 978-3-95451-400-7

Nach haarsträubenden Aufregungen verläuft das Leben in Pfenningen am Fuß der Schwäbischen Alb wieder in beschaulichen Bahnen. Bis ein Bankraub und eine Reihe von Todesfällen die Kommissare Thomas Knöpfle und Willi Schirmer aufschrecken. Hat erneut der ominöse Schriftsteller seine Finger im Spiel? Und muss am Ende wieder Gott Ordnung ins schwäbische Chaos bringen?